GC NOVELS

失格から始める成り上がり魔導師道！

Start up from disqualification. The rising of the sorcerer-road.

～呪文開発ときどき戦記～

2

小説　樋辻臥命

イラスト　ふしみさいか

Contents

Start up from disqualification.
The rising of the sorcerer-road. 2
Story by Hitsuji Gamei, Illustration by Fushimi Saika

プロローグ　お酒造りへの誘惑

この日、アークスはノアと一緒に、クレイブが所有する書物蔵を訪れていた。

場所はクレイブが所有する土地の一角にある、小さな館だ。

普段は倉庫として扱われている……と言えば聞こえはいいが、実際は管理が行き届いていないため、物置の一つと化している。

ズボラな性格の人間が、荷物を押入れにぶち込んでそのままにしているものの規模の大きい版、というイメージが思い浮かんだのも無理からぬことだろう。

ところどころ埃を被って手入れが行き届いていないのは、あまり重要なものが入っていないと判断されているためだ。

館は雨戸が打ち付けられてあるため、光が入って来る場所がなく、薄暗いというか真っ暗。

そのため、あらかじめ〈輝煌ガラス〉のランタンを持ち込んで、照らしながらの探索となっているのだが、

「……なんていうか、お化け屋敷っぽいなぁ」

「ここは随分と手入れを怠っていると聞いていますからね」

「うげっ、でっかいクモとクモの巣」

男の世界のクモと比しても随分と大きなクモを照らして慄いていると、ノアが動じることなく訊ね

てくる。

「しかしアークスさま、どうしてこのような場所を見ようなどと？」

「なにか伯父上も見つけられてないようなものを見つけようと思ってさ。ほら、知識は伯父上の方が上だけど、視点が違うようなことがなきにしもあらずだし……」

「……では、本音は？」

「…………や、最近目新しいものが見つかんなくて停滞してるから、半分やけくそみたいなもので」

と言いつつ、誤魔化し笑い。

だが、勉強の進み具合が悪いのは事実だ。最近は【紀言書】の解読が停滞しがちで、新しい【魔法文字《アーツグリフ》】に触れていない。ひいては新規の呪文作製もままならないため、目新しい刺激を欲しているというわけだ。

「いや、俺だっていろいろ探してるんだよ？　でも手元にあるものじゃ限界があるしさ」

「それはわかります。ですが、こんな場所を漁るというのは、いくらなんでも苦し紛れ過ぎるのでは？」

「わかってるけどさ……あー、うまくいかないー！」

見つからないことに腹が立ち、八つ当たり気味に本を漁っていたそのとき。

本棚の上に乱雑に積まれていた本が、崩れてきた。

「うぎゃぁあああああああ!!」

「何をしているのですか……」

ノアは少し呆れつつも、駆け寄って本をどかし、埃を払ってくれる。

「それで、参考になりそうなものはありそうですか？」

「わからない。探してみるよ」

そう言って、埃の被った本棚から、片っ端から本を漁って回る。ページを開いてランタンで照らしつつ、基本斜め読み。ほったらかしにされて久しいため、どの本にもチャタテムシがうぞうぞしているが、手袋で払いつつ一つ一つ一つ検《あらた》めていく。

……しばらくそんなことをしている中、ふと巻物が乱雑に投げ込まれた袋を見つけた。

「お？」

保管の仕方が適当だ。読まずに積んであるというよりは、必要のないものをひとまとめにして置いてあるだけといった感が強い。

直感的に「これだ」と思う。こういったものこそ、細部まで目を通していないはずだ。ならば、発見されていない事柄がある可能性も高いというもの。

手を突っ込んでごそごそすると、変わった装丁の本を見つけた。

しかも、中身は【魔法文字《アーツグリフ》】で書かれている。

「これはよさげだな……」

新たな発見を前にして、気分が逸る。最近はあまり目新しいものを見ていないため、特別その気持ちは強い。

しかして、タイトルに書かれていた言葉は――

――【クリン・ボッターと秘密の酒造】

「って！　密造酒作りの手引きかよ！」

思わずそんなことを叫んで、床に叩きつけてしまう。

それを聞きつけたノアが、手を止めて近づいてきた。

「アークスさま、どうかしましたか？」

「……いや、なんでもない。そっちはどうだった？」

「こちらは目ぼしい収穫はありませんでした」

…………その後も庫内を探したが、結局、書庫には魔法の指南書などはなく、目新しいものは例の密造酒の本しかなかった。

少し残念な気持ちになりつつも、家に戻って見つけた本の中身を検める。

一応ながら、このクリン何某《なにがし》も【魔法文字《アーツグリフ》】によって書かれたものだ。表題や内容は魔法にまったく関係のない事柄でも、中に書かれている単語や成語は有用なものである可能性がある。読んでみる価値はあるはずだ。

「……読んでみるか」

一応裏切られることも考え、期待を持たずに読み進める。

意外にもクリン何某の本は密造酒の手引きではなかったらしく、正統な酒の造り方の本だった。

（それでもレシピ本の域は出ないんだよな……）

しかし、単語や成語は知っているものばかり。書いてある内容も、巷に出回る酒類のレシピを独自に改良した程度にとどまっている。著者はなぜこんなものに、わざわざ【魔法文字《アーツグリフ》】で書く労力を費やしたのか、これがわからない。

だが、

「……なになに？　魔法を用いた極上の酒の造り方をここに記す？」

本の最後の部分に、そんな記述があった。工程まで詳細に書かれており、まさか温度に関する事柄らしき概念まで記載されていた。

——この世界では、男の世界のように温度、気温、湿度の概念がまだ存在しない。

魔力計のことでもわかることだが、物質の膨張変化と目盛りを組み合わせることが革新的とすら言われるのだ。

つまり、これが書かれた時代には、きちんとそれらの概念が存在し、測ることができていたということになる。

（【魔導師たちの挽歌】に書かれる時代は、かなり文明が進んでたって話だからな……）

彼《か》の時代に隆盛を誇った文明は、その隆盛の中核であった魔法技術によって滅んだという。いまの時代は、それから数世紀ほど経っていると目されているのだが。

にしても、

「……極上の酒かぁ」

お酒に関しては、男の人生を追体験したときに味わっている。

いいことがあったときに飲んだ酒の味は、確かに美味かった。

いまはまだ飲むことはできないが、今後のために用意するのも悪くないかもしれない。

魔力計が大々的に発表されたときに飲めるようにしておけば……それこそ祝杯となるだろう。

そう考えると、自然に唾液が溢れ、ごくりと呑み込み喉が鳴る。

「お酒の誘惑には抗いがたい……」

しかして、そう考えてからの行動は早かった。【古代アーツ語】で書かれたレシピを共通語に起こして、必要な材料などの目録を作っていく。

どうやら特定の植物に秘伝の魔法をかけることによって、ソーマという植物に変質させることが重要らしい。

「必要な物はノアに頼んで用意してもらえばいいかな……」

そんなこんなで、酒造りまで始まってしまった。

第一章
「魔力計、発表」

Chapter1 ∽ Magic Meter

アークスはクレイブやノア、そしてカズィと共に、〈魔導師ギルド〉を訪れていた。

来訪の目的は、魔力計に関してだ。

そう、今日この日この場で、公式に魔力計の発表が行われるのである。

といっても、発表は大々的なものではなく、内々のものだ。

国定魔導師や将軍たち、軍事面で重要な人物のみを集めた、ある意味秘密会議的なもの。

発表がそのような形式になった理由は、魔力計の持つ性質にある。

魔力計を使用する大きな利点は、魔法の習得を早めることだ。

それはつまり、一定以上の力量を持った魔導師が、短期間で生まれるようになるということでもある。

それが直接的な影響を与えるのは、当たり前だが軍事方面だ。

魔導師が増えればそれだけ軍備増強につながるし、国軍所属の魔導師もまたその恩恵を受けられる。

それらのことを踏まえれば、だ。

魔力計を大々的に発表して、もしこれが市井《しせい》に出回るということになったとしよう。

そうなれば魔力計はたちまち他国にも流れてしまい、王国のみでその恩恵を独占することができなくなる。

たとえ情報が漏れるのが時間の問題なのだとしても、秘匿の有無の差は大きい。

だからこその、重要な軍事物資扱い。

取り扱いはいまのところ国軍や〈魔導師ギルド〉、魔法医療に関連する施設のみとなったため、こうして限られた発表となったのだ。

発表の場所は、〈魔導師ギルド〉では〈藍の間〉と呼ばれる一室だ。

ここは多人数での会議を行う際に用いられる部屋で、国定魔導師を集めた重要な会議を行う場合にも使用される。

室内は長方形で、窓なし。

床には刺しゅう入りの真っ赤な絨毯。

天井付近から垂れ下がったタペストリー。

柱にはいくつも、王家の旗が掲げられている。

部屋の真ん中にはガラス製、コの字型のミーティングテーブル。

その上に設置されるのは席次を示すネームプレート。

会議場としてよくイメージされるような場所を、中世ヨーロッパのお城風に味付けしたような内装であった。

室内にはすでに、ゴッドワルドとクレイブの呼びかけに応じた国定魔導師や国軍の将軍たちが揃っている。本来ならば他に重要な軍家の当主にも召集をかけるところなのだが、今回は前述の理由により厳選したものとなった。

そのため、パース・クレメリアの姿はあっても、ジョシュアの姿はない。

その辺り、ギルド長のゴッドワルドとクレイブが考慮してくれたのかもしれないが。

（やっとここまでこぎつけた。長かったな……）

アークスは室内に設けられた簡易の待機場で、歓喜の震えに身を浸す。

この発表にこぎ着けるまで、制作と調整、さらに増産のため二年の時間を費やした。

もちろん年齢が年齢であるため、発表する時期も考慮に入れなければならず、慎重にならざるを得なかったが、幼い身としてはひどく長かったように思える。

ふと、隣にいたクレイブが声をかけて来る。

「なんだ？　緊張してんのか？」

「ええ。やはりこういう場ですし……」

すると、後ろにいた怖い顔もといゴッドワルドが、声をかけてくる。

「アークス・レイセフト。楽にしていい。不備があれば我らがその都度対応する」

「あ、ありがとうございます。ギルド長」

「そもそも俺たちがお前以上にこれに詳しいわけはないんだがな」

「それもそうだ」

ギルド長は口元に小さな笑みを作って、クレイブの言葉に同意する。

……楽にしていいとは言われたが、やはり緊張をすべて取り除くことは不可能だ。

そうでなくても、相手は国の重鎮ばかり。そんな者たちの前で、リラックスして発表できるほどの図太さなど持ち合わせているはずもない。

しかし、慣れている二人はこちらの気も知らず。

「なに、そこまで気張らねばならないような面子《メンツ》ではない」

「ほら、見てみろよ」

クレイブの言葉に従い、パーテーションの脇から様子を窺うと、なにやら集まった面々はそれぞれ会話に興じている様子。

将軍たちは魔法関連と事前に聞いているためか、直接関わりないと思って静かなもの。

しかし、一部魔導師たちはしきりに話し込んでいる。

一見して年齢のわからない細身の男性魔導師。

紳士服を着た気品あふれる老魔導師。

気だるそうに背もたれに寄りかかり、手の中でクルミを弄《もてあそ》ぶ魔導師。

白いドレスに身を包んだ、前髪の長い女性魔導師。

さながら魔女っ娘を思わせる三角帽子をかぶった少女魔導師。

みな、特徴があり、格好も個性的な面々だ。

そんな彼らに向けて、聞き耳を立てると――

クルミを弄んでいた男性魔導師が、大きなため息を吐く。

「めんどくせえなぁ……」

重要な人間ばかりが集まるこんな場所にもかかわらず、そんなことを憚《はばか》らずに言えるのは、面の皮が厚いからなのか、なんなのか。

しかし、声には本気で面倒臭そうな雰囲気が滲んでいる。

すると、彼の正面に座っていた三角帽子の魔導師が、非難がましい半眼を向けた。

「そんなに億劫ならどうして来たですか？」

「だって【溶鉄】の旦那の仕切りだしよー。やっぱこれは出ねぇとマズいだろ？」

「誰の仕切りでも国定魔導師の会議には出ないといけないですよ。というか、どうしてそんなに面倒なのです？」

三角帽子の魔導師が訊ねると、クルミを弄んでいた魔導師が、やけに真剣な顔で答える。

「俺には今日、とてつもなく重大な用があるんだ」

「なんです？」

「睡眠」

「お前はいっぺん死ねです」

小さな口から放たれたのは、冷ややかな視線と言葉。

にべもない。

そんなやり取りがある一方、白いドレスを着た魔導師が、上座に座る男性魔導師に訊ねる。

「ローハイムさま。今日の発表に関して、なにかご存じなのではないですか？」

「ええまあ、それらしい話はギルド長からこまごまと聞かされていましたから」

「それは？」

「これから発表があるのですから、ここで私が説明することもないでしょう」

「そ、そうですね。申し訳ありません……」

白いドレスの女性の方は、野暮ということを指摘されたと深読みしたのだろう。

謝罪を口にして、やりすぎなくらいにペコペコと頭を下げる。

一方年齢不詳そうな男性魔導師は、やはりそこまでの意図はなかったらしく「謝らなくてもいいのですよ」と優しげな声をかけた。すると、クルミを持った魔導師が、その男性魔導師に含みのある笑みを向ける。

「実は【水車】の大旦那も知らないとかじゃないですか？」

「ふふふ……」

返されたのは、真実をうやむやにしてしまうような含みのある笑み。

クルミを持った魔導師はその笑みで煙に巻かれてしまったらしく。

「なあ大旦那。ケチケチしないで教えてくれよ」

「【水車】様。こいつ絶対、聞いたら帰るなどと言うつもりです」

「あ？　当然だろ？」

「まあまあフレデリック君。今日の集まりは参加しても決して後悔はしませんよ」

「うぐ……」

さすがに上位者に諭されたためか、クルミの魔導師は押し黙る。

すると、今度は男性魔導師の対面に座っていた紳士服姿の老魔導師が口を開いた。

「なるほど。では、今回発表される研究は、それだけのものということであるのだな？」

「ええ。ですが、ガスタークス様はギルド長からお聞きになっていないのですか？」

「此度は新しい砦の設計が忙しく、それに加え弟子の育成もあったのでな。聞き耳を立てていられなかったのである」

老魔導師は次いで、隣にいた将軍の一人である、パース・クレメリアに声をかける。

「クレメリア伯はどうであるかな？　アーベント卿とは縁もあろう」

「いえ。ロンディエル侯。今回のことは私の耳にも入ってはおりません」

「そうであるか……では今回の研究はかなり慎重に進められたのであるな」

「そうなのですかな？」

「うむ。こういった情報は必ず誰かに漏れているものである。研究に必要な物品を買い込み、書物を漁り、同じ国定魔導師の知恵を借りた際にな。それゆえ誰か彼かが知っているないし察している。だが、今回はそれが全くないのである」

パースや他の将軍たちも、「ほう」と感心したような言葉を漏らす。

「何かしている、ということも聞かなかった。ということは、秘匿にはよほど念を入れたのであろうな」

老魔導師はそう言うと、再度正面に座る男性魔導師に視線を向けた。

「どうやら発表されるのはクレイブ君ではない魔導師の研究のようです」

た。


「うん？　【溶鉄】の旦那の呼びかけなのにか？」

「どういうことなのです？」

「まず発表を待ちましょう。どうやら準備の方が整ったようですよ？」

魔導師たちは聞き出そうとするが、場にギルド長が現れたことで、みな静かにならざるを得なかった。

ギルド長ゴッドワルドが、簡易の待機場から進み出る。

やがて彼は所定の位置に着くと、厳格な声を発して、その場にいる全員に謝意を示した。

「多忙な中、集まってくれた方々に、まずは感謝を申し上げる」

ギルド長が集まった面々を見回すと、場の空気が引き締まる。

ギルド長ゴッドワルドは国定魔導師のその筆頭だ。

居並ぶ将軍たちですら、彼を前に畏まっている。余裕そうなのは、紳士服の老魔導師と、年齢不詳の男性魔導師、そして将軍たちの中では最も高齢らしいパースくらいのもの。

そんな中、一人だけ、おかしな態度を見せている者がいた。

魔女っ娘風の三角帽子とローブに身を包んだ魔導師だ。

彼女の様子を不思議そうに眺めていると、ノアが耳もとで囁く。

あれは国定魔導師の一人、メルクリーア・ストリングだそうだ。

しかも、見た目少女にしか見えない背丈と顔付きだが、あれで二十代後半なのだという。

そんな彼女は何故か、顔を両手で覆っていた。

「……メルクリーアよ。お前はなぜ顔を手で隠す？」

「ギルド長は顔が怖いのです。だからです」

「…………」

どうやら、顔が怖いというだけで、ギルド長と真正面から顔を合わせたくないらしい。

なんというか、ギルド長かわいそう。

しばらくすると、三角帽子の魔導師メルクリーアは、覆っていた手をわずかに動かして、

「……もう、大丈夫ですか？」

「ああ。そっちは見ていない」

ギルド長はそう言うが、実際はそんなわけもなく、ジッと彼女の方に視線を向けている。

大人げないとは思うが、一方メルクリーアはギルド長の言うことを素直に信じて手をどけた。

であれば、取り乱すのは当然で——

「ひっ⁉　こ、ここ、こっち向いてるです！　嘘です！」

「顔を見ただけで怯えるようなことか！」

「ひぅううう！　ごめんなさいです！　申し訳ないです！　殺さないでです！」

ギルド長が怒鳴りつけると、メルクリーアは半泣きになって命乞いをし始める。

以前魔導師ギルドを訪れた際もそうだったが、なぜみんながみんな、ギルド長を見ると『殺す』というワードが出て来るのか。

そんな血みどろ粛清的な過去でもあるのだろうか。

……まああの向こう傷だ。間違いなくあるんだろうとは思われるが。

すると、老魔導師がどこかしみじみとした態度を見せる。

「うむ。その存在だけで国定魔導師を恐れさせる。さすがはゴッドワルドである」

「ガスタークス様……」

どこかズレた感想を口にする老魔導師に、ギルド長もたじたじといった風。

ギルド長の挨拶が済んだのを見計らって、クレイブと共に、ギルド長の隣に向かう。

クレイブが今回の後見人で、ノアとカズィは助手だ。

助手にも職員にも見えない子供が出てきたことで、みな不思議そうな顔を見せるが、そのまま。

位置についた折、まずクレイブが一礼をして挨拶を行う。

「皆様方にはお忙しい中集まっていただき、感謝の言葉もありません」

一瞬誰が喋ったのかわからなくなるが——その挨拶を発したのはクレイブだ。

いつもぶっきらぼうに喋る彼からはまるで想像できない言葉遣い。

場にクレイブよりも地位の高い人間がいるからだろう。

パースに慇懃《いんぎん》に対応していたいつかを思わせる。

クレイブの挨拶が終わると、クルミを持った魔導師が口を開いた。

「【溶鉄】の旦那。今日は手短にしてくれよ？　呼びかけが旦那やギルド長じゃなかったらぶっちしてるとこだ」

「お前、ってことは何か？　集まりがガスタークス老やローハイム師の呼びかけだったら出てないって言うのか？」

「え？　いやそういうわけじゃ……」

クルミの魔導師は、クレイブに軽口の穴を指摘されてしどろもどろ。

上座にいた二人の魔導師の顔色を窺うように交互に見て、「そういうわけじゃ」とか「言葉の綾で……」など狼狽えながらに言い訳を並べている。

すると、年齢不詳そうな男性魔導師が人差し指を立てた。

「フレデリック君は国定魔導師二代目困った君、ですからね」

「う……」

「言われたですね」

「……うるせーよ」

メルクリーアの指摘とうりうりに、クルミの魔導師は力のない声を返す。

その一方で、クレイブは他に気になった部分があったようで。

「いやーローハイム師。ちなみにその困った君の一代目は誰なんですかね？」

「それは説明せずともわかり切っていることでしょう？」

男性魔導師がそう言うと、全員がクレイブの方を見る。

クレイブ伯父、やっぱりなかなかやんちゃしているらしい。

師と呼ばれた魔導師がくすくすと笑い出すと、クレイブはバツの悪そうな表情を見せる。どうやら彼もゴッドワルドと同じで、クレイブにとって頭が上がらない人間の一人らしい。

クレイブはバツの悪さを咳払いで払いのけると、一度面々を見回す。

「……アリシアの奴がいないのはわかるが、ルノーとカシームはどうしたんだ？」

クレイブが疑問を口にすると、それにはギルド長が答えた。

「ルノーは南方の視察、カシームは急遽陛下からアリシアを監督する命を下された」

「そうか。できれば国内の国定魔導師全員を揃えたかったんだがな。三人は運が悪かったってことにしとこう」

クレイブがそう言うと、先ほどの男性魔導師が静謐《せいひつ》な表情を見せ、

「運が悪い、ですか」

「ええ。最悪です。あとでルノーの奴が悔しがる姿が目に浮かびますよ」

「ルノー君が悔しがっているところなど想像もつきませんけどね」

「いえ、いくらあのむっつり顔でも、今回ばかりは歯ぎしりの一つもしますよ」

「やれやれ二人は相変わらずなのである」

だがその三人を合わせたとしても、国定魔導師が全員……というわけではない。

（……なあノア。国定魔導師ってこの前のアリシア・ロッテルベルを含めても、全部で十二人だよな？　その三人合わせても足りないぞ？）

（……名前が出なかったお二方は、他国の魔導師なのです。【狩魔】の魔導師シュレリア・リマリオンさまは同盟国サファイアバーグの魔導師にして同国の将の一人。もうお一方、【疾風】の名を冠す

る魔導師は、ライノール王国傘下にある独立君主、ツェリプス王国国王、アル・リツェリ・バルダン陛下です)

(……あー、他国の魔導師にも任命してるのか)

確かに他国の魔導師ならば、ここにいないのも頷ける。

サファイアバーグは隣国だが王都からは遠いため、招集してもすぐには赴けないし、領地と家臣を持つ地方君主に至っては国政に追われているため呼び出しに応じることも難しいはずだ。

そもそもこの場合、両者ともに他国の人間であるため、招集に慎重になった結果……ということもあるのかもしれないが。

ふと、白いドレスを着た女性魔導師がこちらを見た。

「クレイブ様、一緒に現れたそちらの少女は？　御髪《おぐし》の色から、ご親類と思いますが……」

「うむ。あと五年もすれば飛び切りの美人になると思われるのである。むふふふふふ……」

老魔導師が、そんな無慈悲な予想と、不気味な笑いを口にして追随する。

直後だった。

ぶるりと原因不明の身震いが起きる。

見れば、老魔導師はスケベジジイの視線を向けてきていた。

「いやぁ、ガスタークス老。こいつは俺の甥でしてね」

すると、クルミを持った魔導師が目を丸くする。

「甥？　男なのか？　そのツラで？　いやまあガキんちょだからそういうこともあるんだろうが……」

一方でそれを訊いた老魔導師は、大きな衝撃を受けたかのように、挙動も表情も固まってしまう。

そしてそれはすぐ変化し——

「そうか、男か。そんなにカワイイのに男であるのか。うむ……それはとてもとても残念なのであるな……くぅ！」

女の子とばかり思っていたのだろう。老魔導師は露骨にしょんぼりし始めた。

というかそんなことでむせび泣くなと言いたい。

……やばい。あれは紳士のようだが、変態だ。いわゆる変態紳士という奴だ。

老魔導師を見る女性陣が、呆れているというよりは若干引いている。

ということは、完全にそういう人間《スケベジジイ》として認識されているのだろう。

だが、あの老魔導師、ガスタークスと呼ばれていた。

つまり、城塞の魔導師ガスタークス・ロンディエル。

その名前は、アークスも耳にしたことがある。

（お、王国の大英雄が変態紳士って……）

王国において、おそらく最も有名な魔導師が彼だ。

先代国王の代からいくつも武勲を上げた魔導師で、彼がいなかったら王国はすでに帝国に吸収されていたと言われるほどの大人物である。

……それが、変態紳士。

まさかの事実に少しだけショックを受けつつも、気を取り直して挨拶に臨む。

「アークス・レイセフトと申します。本日はよろしくお願いします」

礼を執ると、一部がざわめく。

ジョシュアが無能だと吹聴しているため、名を聞いたことがある者もいたのだろう。

そんな中、クルミの魔導師が疑問を口にする。

「で？　なんで旦那の甥がいるんだ？」

「そりゃあこれから研究を発表するのは、俺じゃなくてこいつだからだ」

「はぁ？　そのちっこいのが？　旦那じゃなく？」

「ああ」

クルミの魔導師は確認するようにギルド長の方を向くと、ギルド長も頷いた。

そして、ギルド長は室内がさらなるざわめきに包まれる前に、場を制しに入る。

「方々、静粛に。この件についてはいろいろと疑問もあるだろうが、まずはだ――」

ギルド長がそう言うと、〈藍の間〉に集まった全員は何をするのか察したのか、言葉をきっかけに一斉に立ち上がった。

「――会の進行役であるルノー・エインファストが不在であるため、このたびの宣誓は僭越ながら、国王陛下より魔導師ギルドを任せられるこのゴッドワルド・ジルヴェスターが執り行う」

ギルド長の、重く、厳格な声が室内に響く。

そしてそれは、さらに続き、

「まず、この場にいない国定魔導師たちについてだが、先ほども名前を挙げた第五席、【護壁】の魔導師ルノー・エインファスト。第八席、【疾風】の魔導師ツェリプス国王アル・リツェリ・バルダン陛下。第十席、【狩魔】の魔導師シュレリア・リマリオン。第十一席、【眩迷《げんめい》】の魔導師カシーム・ラウリー。第十二席、【渇水】の魔導師アリシア・ロッテルベル。以上の国定魔導師たちはみな忙しく、出席が叶わなかったこと、どうかご了承願いたい」

ギルド長はそこで一度言葉を区切ると、室内によく通るほど大きな声で、

「では方々。王家にとこしえの忠誠を！」

そう口にした直後だった。

「――王家にとこしえの忠誠を！」

国定魔導師たちが。

将軍たちが。

みな一斉に、寸分の狂いもなく、一揃いに王家に対する永遠不変の忠義を宣言する。

腕を胸に当て、踵を床に打ち付ける仕草から。

放たれたのは、建物全体を揺らすほどの重さを持つ音声《おんじょう》。

次いで、まるで重力が数倍になったかのように、身体がひどく重くなった。

（な、あ……!?）

思わず、心の中で呻く。

あたかも強力なG《加速度》がかかったかのように視界が暗くなっていき、目の前がちかちかと点滅。

それが場にいる者たちの身体から自然とにじみ出た威風のせいだと気付くのに、そう時間はかから

なかった。
見回せば、穏やかな顔は一変。鬼気迫るような表情を見せている。
魔法関連の発表であるため多分に力を抜いていた将軍たちのみならず。
ギルド長の顔に怯えていた小柄な女性魔導師も。
面倒くさいと言って気だるげだった魔導師も。
女子だと思いスケベな視線を送っていた老魔導師も。
いまは隣に立っている伯父クレイブまでも。
みな、真剣な表情を通り越した狂気とも呼べる信奉を顔に表し。
瞳には、王家のために死することも厭わないという意志を赫赫《かくかく》と燃え上がらせている。
……いまこの場に居並ぶ者たちに訊ねれば、おそらく同じ答えが返ってくるはずだ。
この世の至上の誉れとは、王家の為に死ぬことである、と。
まさに鉄の結束である。
クレイブの武威を浴び続けてついた耐性がなければ、おそらく卒倒していただろう。
ふと、ノアが耳もとに顔を近付けてくる。
（……アークスさま、大事ございませんか？）
（……俺はなんとか生きてる。ノアは？）
（……私も、これは少々厳しいですね）
二人でそんなことをささめいていると、カズィが表情に疲労を浮かべ、

（……俺は帰りたくなった）

（……ダメ）

（……ダメです）

（…………だよなぁ）

やはり疲労を感じさせるため息を吐くカズィ。逃げ出したいのは同じだが、ここで踏ん張らなければこれまで頑張ってきた意味がない。

宣誓が終わると、ギルド長が本題を切り出す。

「今日の発表は、ここにいるレイセフト家の長男、アークス・レイセフトの研究成果および作製物に関してのものだ。王国の魔法技術の歴史に大きな変革をもたらすものであるため、方々は心して聞くようにお願いしたい」

「変革だって？」

「そうだ。私はそう確信している」

「いや、だが……」

「方々には疑問も多くあるだろう。しかし、まずは一度聞いて欲しい……ではアークス、前に」

ギルド長の言葉に、「はい」と返事をして、ノアに用意してもらった台に乗る。

背が低いのが恨めしいが、いまはともかく。

一度深呼吸を挟んで、胸に空気を満たし、口を開く。

「――私が今日発表するのは、魔力の量を数値化できる道具です」

ついに来た晴れの舞台。

その最初の幕が、いま上がった。


アークスが魔力計の存在を口にした直後。

〈魔導師ギルド〉の〈藍の間〉が、水を打ったように静まり返った。

言葉の意味が理解できなかった……ということはまずない。

それだけ、言葉の意味するところが、彼らには衝撃的なものだったということだろう。

やがて魔導師たちの間から、小さな呻き声が漏れ始める。

「ま、魔力の量を数値化できる道具、ですか……？」

「これは……随分と大きく出たのであるな……」

白いドレスを着用した魔導師と、ガスタークスが驚いたような声を上げ。

その一方で、クルミを持った魔導師がしばしの驚きから回帰。

すぐに慌てた様子でクレイブの方を向いた。

「おい待て待て！　本気か⁉　本気なのか⁉　よ、【溶鉄】の旦那⁉」

「じゃなかったらこんな場なんて作ると思うか？」

「いや、でも、だってよ……いくらなんでも」

彼にとっては話がぶっ飛びすぎたものだったのか。

クルミを持った魔導師は思考が追い付かないというように、半ば呆然とした様子で繰り返し呟いている。

クレイブはそんな狼狽ぶりが面白いのか、顔にはわずかに得意げな笑みが張り付いていた。

「フレッド。まさか俺が身内びいきでこんな発表するとでも？　ゴッドワルドのおっさんも抱き込んで？」

「それは」

「……あり得ませんね。ではクレイブ君、本当に実現できた……いえ、そちらの彼がそれを実現したと？」

クレイブは年齢不詳の魔導師の問いに、神妙な様子で頷く。

そんな中ふいに、白いドレスを着用した魔導師が身を乗り出した。

静寂の中に、椅子の足が擦れる音が大きく響き、注目が集まる。

何か発言をするのかと思いきや、見れば彼女は大きな衝撃を受けているらしく、口をぱくぱく。陸に打ち上げられた魚のように、言葉も呼吸もままならない有り様。

「あの、クレイブ様。それは、本当に、本当の、本当で……」

「ミュラー。お前の驚きはもっともだ。気持ちもわかる。だからいまは大人しく聞いてくれ」

「は！　はい、申し訳ございません……つい興奮してしまいまして……」

白いドレスの魔導師は、他の面々にぺこぺこと頭を下げ、取り乱したことについて謝罪を始める。

だが、彼女は他の魔導師よりも動揺が激しかったように思える。

クレイブはわかっている風であったが、何か理由があるのかもしれない。

今度はクレイブが、クルミを持った魔導師に視線を向けた。

「で、フレッド。まだめんどくせえか？」

「いや。俄然興味が湧いた。むしろぶっちしなくてよかった。今日来る気出した俺は超偉いぜ、旦那褒めてくれ」

「おう。偉いぞ。だからきちんと最後まで聞いて行けよ」

「もちろんだ」

クルミの魔導師も、興奮のあまり腰を若干浮かせていたのだろう。

腰を椅子にどっかりと下ろして、梃子でもここを動かないといった態度を見せる。

「それにしても【溶鉄】様。そんな途轍もないもののことをいままで黙っていたですか？」

「それは仕方ねぇだろ？　まあ、なんだ、これはゴッドワルドのおっさんがよ……」

「おい！　お前は私にそれを押し付けるつもりか！」

「いやそのために相談したんだからな」

「お、お前はぁ……」

「いやぁ、責任もろもろひっかぶってくれる上司がいると楽だな。うん」

「そもそも時間がかかったのはそう言った理由からではないだろうが！」

クレイブは場の空気を換えたいのか。ギルド長をおちょくり始める。

上位者に対し随分と馴れ馴れしいが、他の面々は将軍たちも含め、特に何か思っている節もない。

二人の間柄をわかっていてのものだろう。

ともあれ、だ。

「……あの、そろそろ説明の方を始めても?」

やいのやいの言い合っている二人に対し、おずおずとそう切り出す。

他方ノアは、しれっとした様子で資料を差し出してくる。

ここで、助けてくれるつもりはないらしい。むしろ内心では戸惑っているのを見て、面白がっているのだろう。微笑みと冷たい仮面が拮抗し、口元が痙攣しているように見えるのがその証拠だ。

……この青年の性格は、おそらくずっと変わらないのかもしれない。

クレイブとギルド長の了解を得てから、ノアとカズィに声をかける。

「ノア、カズィ、用意したあれを」

まず呼びかけると、ノアとカズィは頷き、事前に用意していた紙袋を持って魔導師たちの元へと向かった。

それに合わせて、説明を開始する。

「これから魔導師の方々に、魔力量の計測器である魔力計を一つずつお配りしますので、魔導師でない方はご一緒に性能を見ていただけると幸いです」

ノアとカズィが魔導師一人一人に魔力計を、マニュアルは将軍各位含め全員分、そして各単語成語の魔力量を記載した表を配布。魔導師たちは配られたものをすぐに手に取り、矯《た》めつ眇《すが》めつし始めた。

「これが?」

「木枠に目盛り、ガラスの管に、底に溜まっているこれは……赤い液体?」

「面白い作りであるな。しかし、これがどうなるのか……」

魔導師たちは、軽く振ったり、逆さにしたりしている。

だが中の感液には凝集力が働いているため、計測部分に流れ出ることはない。

「これは、ガラスの管に、特殊な加工をした魔法銀を封入したものです。魔力を発生させると、下部にある着色された魔法銀が膨張し、放出した魔力量に対応した目盛りまで上がってきます。魔導師の方々は魔力計を正位置に置いて、魔力を放出してみてください」

魔導師たちが魔力計を真っ直ぐに置くと、将軍たちが興味深げにそれを覗き込む。

間もなくそこかしこから、驚きの声が上がった。

「おお……」

「これはっ！」

「な、中の液体が動いているのです！　これは魔力に反応しているですか!?」

将軍たちが驚く一方で、魔導師たちは視野狭窄になったかのように、魔力計の感液をまじまじと見詰めている。

そんな魔導師たちに、補足を挟む。

「目盛りの単位はマナとしています。【念移動《ムーブメント》】の基本呪文に使われる分の合算で10マナとしています。必要な魔力量は上から３マナ、３マナ、４マナ、合計10マナです」

基本的な【念移動《ムーブメント》】の呪文は、《其を我が意志が示す先へと導け》だ。

この呪文は頭の、【其＋我が意志】が特殊だが、それを含め【意志が示す先へ】、【導く】と合わせて三つの部分に分かれる。

そのため、おおまか3、3、4と魔力を放出する必要があるのだ。

魔法のド基礎であるため、当然魔導師たちは呼吸するように使用できるし、数値にムラもまったく無い。

魔導師たちが食い気味な様子で表と数値を照合していると、将軍の一人が白いドレスの魔導師に訊ねた。

「で、どうなのかね？　クイント卿。これは正しく計測器として働いているのかね？」

「……はい、本当です。放出した魔力の量を示す赤い液体は、表通りにしっかりと動いています。いまこれが、この単語に消費する魔力量に相当していて……」

「これは、確かに表通りだな……」

白いドレスの魔導師は魔力計とマナ量を記載した表を交互に見ながら、魔力の動きを隣に座った将軍に見せている。

別の方に目を向けると、ある程度隣への説明や照合が終わったのか。

クルミを持った魔導師が、椅子の背もたれにだらしなくもたれかかっていた。

しかし驚きが抜けきっていないのか、ほぼ放心状態といった風。

「……おい、これ本気か？　俺、家で寝てて夢見てるんじゃないよな？」

「やめろです。これが夢だったらあまりの衝撃で二度寝してしまうですよ」

「だよなぁ」

「ですです」

先ほどまで言い合いをしていた二人がそんなやり取りをする中も、魔導師たちは各々将軍に魔力計の具合を教えながら、その性能を調べている。

魔力の放出量を調整し、膨張具合を確かめ、そしてそれが一致するたびに、驚きと感心で唸っていた。

「いかがでしょう？　何かご質問があれば」

区切りのいいところを見計らってそう言うと、魔導師が一人手を上げる。

魔力計の機能を見ても、冷静さを保っていた魔導師。

一見して年齢のわからない男性である。

「アークス君、だったね。お言葉に甘えていくつか質問してもいいかな？」

「はい、お受けいたします」

ふとノアが耳打ちしてくる。いま発言した魔導師は、国定魔導師の一人、【水車】の魔導師ローハイム・ラングラーだという。

「先ほども説明にあったが、改めてこの物質について訊ねたい」

「これは既存出回っている魔法銀に、特殊な加工を施し、辰砂《しんしゃ》で着色したものです。いまはまだ名前などはありません」

「では、この計測器……魔力計の有効範囲はどれくらいかな？」

「使用に関しましては『1メートル』から『2メートル』弱が最も良いかと。あまり離れ過ぎると魔力を感知しても数値に大きな誤差が生まれます」

「ということは、遠くの魔力を測ることはできないし、魔力の探知には使えない」

「はい。そういった用途で使用するのには向いていないかと」

「ということは、効果範囲は限定されるが、それゆえ魔力の計測には秘匿性も保たれるということだね」

そうだ。計測範囲が狭いため、他者が使った魔力の量を隠れて計測したり、探査装置として使用したりすることができない。

技術的な情報は、これまで通り秘匿できるというわけだ。

ともあれローハイムにはまだまだ質問したいことがあるようで。

「もし魔力量を段階的に変化させた場合、正確な数値を連続で求めることはできるかな？」

「難しいでしょう。計測にはある程度の時間遅れが生じますので、計測する際は、呪文を通しで使って測るよりも、単語や成語ごとに分けて測って教える方が、より正確な数値を導き出すことが可能かと」

計測の際には、どうしても膨張、収縮する時間が発生してしまう。

感液の反応はかなりいいのだが、早すぎる変化にはどうしても追い付かなくなるのだ。

主に速度計、体重計、もちろん温度計などにもよく使われるアナログメーターならば、そういった数値の変遷を出力することも可能だが、現状の魔力計ではいくら感度がよくても原始的すぎて誤差が出る。

膨張率の異なる金属を使ったバイメタルを作るか。それに相当する品を作成するか。どちらか。

他に何かあるのかもしれないが、男の記憶にはなかったはずだ。

「単語および成語に使用する魔力量は、基本的に平時に、落ち着いた状態で丁寧に教えるもの。通しで使うような場面はそもそも来ないため、別段不備でもない。ふむ……」

ローハイムは話を聞いて納得したのか、すぐに次の質問に移る。

「ではアークス君。加工した魔法銀が別の要因で膨張することは？」

「いまのところそういった現象は見つかっていませんが。少なくとも感液の元となった銀には魔法による加工が二段階施されているので、気温や湿気に左右されるようなことはないと思います」

「中身も含め、材質の劣化による誤差は？」

「魔法銀の劣化についてはまだ調査中ですが、容器はガラス製ですので、当然零点降下、零点上昇ともにあるだろうと推測します」

「ふむ……？」

答えると、ローハイムはわずかに眉をひそめる。

そう言えばこの世界、零の概念があるのかないのか、結構ふわふわしているのだった。

もちろん魔導師たちは零の概念は知っているだろうが、男の世界の言葉と照らし合わせて、こちらの言葉を組み合わせたため、新造語となったのだろう。

魔導師たちは言葉の意味を考えているのか、メモを取っていた手を止めている。

「あ、ええっと……おっしゃった通り、容器の変質による誤差のことです。急激な温度変化によるガラスの膨張で起こる誤差と、経年変化によって起こる『ガラスの枯れ』が生み出す、誤差のことです」

零点降下。

これはガラスを高温にしたあと、すぐに冷却した場合に起こる現象だ。

急激な温度変化により、ガラスが膨張したままもとに戻らなくなると、水銀溜めの容量が一時的に増えてしまう。

零の値でぴったり収まっていた感温液は、容量が増えたことで当然零点を下回る。

その状態で温度を測ると、正しい温度よりも低い数値が出てしまうのだ。

零点上昇。

これは製作後に、月日が経つにつれて起こる現象だ。

長い時間が経つことで、水銀を溜めておくガラス部分が収縮してしまい、水銀溜めの容量が少しずつ少なくなっていく。

そうなると感温液が水銀溜めから溢れ出し、計測する温度が通常より高くなってしまうのである。

……容器がガラスである以上、これらの誤差は起こり得る。

だからこそ、

「いつまでも精度を保ったまま使えるということではないのだね？」

「はい。その通りです。使用期限についても目下調査中ですが、一年程度ならほぼ変わらないかと。その後正しく使用するには、検査が必要になります」

「魔力計の保管に関しての注意点は？」

「計測時に衝撃を与えたり、長時間適していない向きで保管したりすることで、上昇した感液が降下せず、管の中に止まってしまうことがあります。なので、保管の際はできるだけ垂直に保つようお願いします」

「……では最後に、もう一ついいかな？」

ローハイムはそう言って、

「――これは魔力の何を計測して、その量を表しているのかな？」

やはりと言うべきか、魔力計の核心を突いてきた。

アークスも、この質問は必ず来ると思っていた。

そう、そもそもの話、この魔力計とは『計量器』ではないのだ。

重さを比べる秤の性質を利用しているわけでもなく。

バネが内蔵されている体重計のような、アナログメーターでもない。

つまり計測しているのは、魔力の『量』ではなく、魔力の『質』ということになる。

これのもとになった温度計に準《なぞら》えて考えれば、簡単だろう。

温度とは、量ではなく質だ。

そこから重さや量を読み取ることはできない。

だが、実際に魔力計は、質を測る道具なのにもかかわらず、量を測ることができている。

いや、そうではない。

これは別に量や重さを計量しているのでなく——

「この魔力計は、実際には『放出した魔力の量で変化する圧力、もしくは波動』を読み取っているのです」

その説明を聞いた魔導師たちが、ざわめく。

一方で将軍たちは専門的な話ばかりが続いたせいか、置いて行かれている状態。

やがて、ローハイムが口を開く。

「それでもこうして魔力量の変化に応じて、膨張率が変わっている。つまり、この数値は魔力の量数に代替できる、ということだね？」

「はい」

答えると、ローハイムは魔力計を眺めながら黙考に移った。

最後とは言ったが、また疑問が生まれることもある。

それを踏まえた場合、あとされる質問はなんだろうか。

温度計ならば、よく聞くのが浸没関連だろう。

温度を計測したいものと接している部分と、空気に露出している分との温度の両方を測ってしまうことにより、その温度差が数値に影響を与え、正しい温度を測れないことがある。だが、魔力計に関しては『放出した魔力の量で変化する圧力ないし波動』によって、内部の魔法銀の膨張率が変化するため、そういった誤差が生まれることはない。

しばしそういった話にまで質問が及ぶかと思ったが——

やがてローハイムは魔力計を持ち上げて、天井の〈輝煌ガラス〉に透かすようにそれを眺める。

そして、どこか感慨深そうに魔力計を見詰め。

「なるほど魔力に反応して膨張する物質を作り出すというのは盲点だった。いや、気が付いたところで、それが見つかるべくもないか……」

そう言うと、ふうと感嘆の吐息をこぼした。

「……素晴らしい」

それはまるで、長年見続けてた夢が現実になったかのようなもの。

その呟きを耳にした将軍たちがどよめく。

口々に「ローハイム殿が唸ったぞ」「では間違いなく本物だな」と。

説明には置いていかれ気味であったが、国定魔導師の中でも上位の人間がそう言えば、安心できるのだろう。

ふと将軍のうちの一人が、こちらを向いた。

「いいだろうか？」

「はい」

「既存の研究についてはどうだったのかね？　なぜこれまで、今回のように魔力の計測ができなかったのだ？」

「ええと……」

返答に一瞬詰まると、ローハイムが人差し指を立てる。

「では、それは私から説明しましょう。確かにこれまで、魔力の量を測ろうとする試みはいくつかありました。その主たるものは、水の入った容器に魔力を送り込み、容器内の水を押し上げることで、目盛りと見比べて計測するというものです。ですが、余分な魔力は空気や水に不規則に混ざり合ってしまうため、正しい値が出ず、数値も常に一定ではなかった。それが解消できなかったため、魔力を計測する研究は頓挫したのです」

「な、なるほど」

ローハイムの説明に、質問をした将軍が頷く。

別の将軍が、白いドレスの魔導師に質問する。

「……つまり結局だ。これがあると、どうなるのかね？」

「これまで一単語、成語に必要な魔力量の把握は、個人の感覚に頼り切りでした。ですが、これがあれば単語に込める魔力の量を伝えやすくなります。つまり、魔法の習熟速度が格段に上がるということです。数倍、いや、数十倍！」

「それほどか……」

「しかも、こいつがあれば戦場で使用する魔法の切り替えも早まるぜ。いちいち、戦力の平均化にかけていた調整時間がほぼ無くなる」

「有益な魔法の失伝防止にもなるのであるぞ。いや老い先短い老骨にはありがたい……」

「ガスタークス様。縁起でもないことを、王国の大英雄には、まだまだ頑張って頂かねば」

「この老骨にこれ以上働けと言うのはひどいのであるな」

と言いつつも、ガスタークスは笑っている。

すると、三角帽子の魔導師メルクリーアが、ですです昂る。

「これがあれば魔法に関連する事柄が根本から変わるです……ギルド長の言った通り、革命的な逸品です！」

ともあれ魔導師たちは大興奮だ。

いつかのクレイブやノア、ゴッドワルドを見ているかのよう。

魔導師たちは、子供のようにはしゃいでいるし、将軍各位はその有用性に唸っていると言った具合。

「ローハイム殿。簡単にだが、これから魔法技術はどうなっていくと思いますかな？」

「魔力に数値が設定できるようになったので、魔法技術の標準化が進むでしょう。それに合わせ、指導体系、作業形態の効率化も加速度的に進むはずです」

「ですです。魔力操作が不得手だった魔導師の助けにもなるので、戦場に立つ魔導師をいま以上に増やすことができるです。単純に国力、戦力が増強されるですよ」

「それは本当かね⁉」

「うむ。これは確実なのであるな」

軍備の増強が説明されたことによって、将軍たちはやっと呼ばれた意味がわかったらしい。俄然興味が湧いたといった風になっている。

そんな中、白いドレスを着た前髪の長い女性が、大人しくなっていたことに気付く。

よく見ると、どうやら震えているらしい。

驚き。興奮。感動。

そのいずれかは知れないが、ただ溢れる喜びを隠せないといったようではあった。

「……医療部門での有用性は計り知れません。外傷治療では、治療部位のムラを少なくできることもそうですが、いままで魔力制御が難しく、習得できる者が限られていた魔法についても、多くの魔導師が習得できるようになります。これで多くの方が助かるようになるでしょう……」

白いドレスの魔導師は、医療関係の魔導師だったらしい。

確かにそれなら、この興奮も頷ける。

魔力計が、魔法医療に大きく寄与するということは、もちろん考えられていたことだ。

それに関しての使用が考えられたため、調整にかなり時間をかけることになったのだが。

白いドレスの魔導師が、勢いよく立ち上がる。

「よく……よくこれを発明してくださいました！」

「は、はい！」

「医療部門を代表して感謝申し上げます！　この発明のおかげで……いえ、発表に踏み切っていただいたおかげで、魔法医療の進歩を阻んでいた障害の一つが取り除かれました！」

「こ、こちらこそ、ありがとうございます！」

女性の勢いに押されて、そんなワケのわからない返答をしてしまったのは、男がお礼文化、謝罪文化のある国の人間である影響なのか。何度か「ありがとうございます」「こちらこそありがとうございます」などと言い合ってしまう。

ふとそこで、クルミを持っていた魔導師が、

「で、ちっこいの、こいつが出回るのはいつだ？」

「こいつ持って帰りたくてしょうがないって顔してるです」

「当たり前だ。いますぐに持って帰って即使いたいぞ俺は」

「ものがものですので、販売という形式では取り扱いません」

「当然ですです。そんなことしたら国王陛下に斬首斬首されてしまうです」

「ですがお手元の物は、そのままお持ちいただいて結構です」

「本当か⁉」

「はい。誤差が出る可能性も考慮し、予備も別に二つ用意してあります」

「嘘じゃないな！　あとから嘘でしたって言っても聞かないからな！　絶対聞かんからな！」

「は、はい、大丈夫ですので、皆さま、どうぞお持ち帰りになってください」

みなすぐに手に入るとは思っていなかったのか、予期せぬ好事に魔導師たちから沢山の歓声が上がる。

「無論、横流しなど行った者、不慮の紛失についても厳罰だ。管理については各自、徹底していただきたい」

しかし、注意点を付け足すように、ギルド長が重い声を響かせた。

もちろん、ここにいる者は国事に関わる者ばかりで厳選しているため、そんなことをする者はいないだろうが。

次いで、将軍たちが発言する。

「して、これはどれだけ用意できるのかね？」

「そうだな。これだけのものだ。国軍への迅速な配備を期待したい」

「うむ……できれば辺境と接する地方の領主にも回したいのだが……」

「さすがにそれは陛下が条件を付けるだろう。王家と相談してからになる」

国軍に所属していない兵士は貴族の私兵だ。国軍と違い、ある程度貴族の裁量で動かせるため、軽々に渡すことはないだろう。

「では、国軍に優先するということで構わないかね？」

将軍の一人が答えを出そうとした折、白いドレスの魔導師が異議を唱える。

「いいえ！　これは医療部門への配備が最優先です！」

「ミュラー殿。確かにそれも必要だがな、国防という観点からもこれは重要な……」

「いいえ！　申し訳ございませんがこれに関しては断固譲れません！　それにこれは、怪我をされた兵士たちの治療にも大きく寄与します」

「しかしだな」

「ルーデマン様、ここはどうかご理解ください！」

魔導師、将軍。どちらも譲らない。

当然、こういった取り合いのような混乱が起こることはすでに予測済みだ。

だからこそ――

「よろしいでしょうか？」

「む、なんだろうか？」

「魔力計はすでにマニュアルを含め、ギルドに五百を提出しております」

「ご、五百……」

白いドレスの魔導師と議論を戦わせていた将軍が唸る。

すると、ローハイムが安心したような声を響かせた。

「……それだけあれば、どちらに回すのにも十分だね。広める準備が整っていたようで何よりだ」

「ではギルド長、すぐに魔導師の部隊に配備することは？」

「魔導師全員分とはいかないが、部隊単位ならば明日にでも行き渡らせることが可能だ」

「医療、医療部門の方はいかがでしょう！」

「もちろん医療部門の分も確保してある。ただ、管理の方法に関してはきっちり取り決めなければならないからな。関係各位にはこのあとに時間を設けていただきたい」

「ゴッドワルド。小生にもいくつか融通してくれぬか。息子たちに伝授できていない魔法がまだ山のようにあるのだ」

「そうですね。承知いたしました」

ギルド長はその求めに否やもない。

ガスタークスは、多くの秘術を持つ大魔導師だ。

その技術が失われたとき、王国の損失は計り知れないものとなるだろう。

ガスタークスがアークスの方を向いた。

「こんな形で憂いが晴れるとは、人生わからないものである。名はアークスであったな少年。この老骨、心から礼を言うのである」

「は、はい」

さすがに相手が相手。返事に緊張が混じる。

ガスタークスに名前を覚えられたというのは、王国ではとてつもなく栄誉なことだ。

これは緊張するなと言う方に無理がある。

…………変態紳士で台無しだけども。

クルミを持った魔導師が、クレイブに訊ねる。

「ちなみに訊くが、これはほんとに【溶鉄】の旦那が作ったんじゃないのか？」

「ああ。信じられねぇか？」

「だってなぁ。まだちびっこいガキだぜ？　言われて、はいそうですかって信じ切れる奴の方がおかしいだろ？」

「だが、俺じゃあこんなもの考え付かねえよ。ほぼこいつが形にしてきて、ちょいちょい改良案を出しただけだ…………二年も前にな」

「にね……!?」

「そ、そうなると七、八歳です!?」

会議場が驚き、いや驚愕に包まれる。いまの時期でも早いのに、さらに早い段階で原案ができていたとなれば、そうなるのも無理はないだろう。

その中で、平静さを保っていたローハイムが、

「二年ということだが、発表までそれほど時間をかけたのは何故かな？」

「はい。製作過程に特殊な工程があることと、ものがものですから、きちんとした統計を集めることが必要だったこと、あとは数値を測る道具ですので、個体毎に差が出てはいけません。作った物がすべて同じ性能を発揮するようになって初めて、世に出せるものだと考えました」

そして、やはりここが大きい。

「医療部門への配備が考えられたので精度は叶う限り高めなければならないということもあり……以上の理由もあって年単位で時間がかかってしまいました」

「ふむ、そうだね。そこまできちんと考えていたか」

ローハイムは改めて納得の声を出す。

測定器は、割り出す数値が不揃いになるとそれだけで使い物にならなくなる。

だからこそ、こういったものは精度を完璧にしないと、意味をなさないのだ。

そのため、一番時間をかけたのは検査だろう。

何度も何度も繰り返し作製、検査を行ったため、出た廃棄品の数は三倍以上にも上る。

これでお金が入ってこないとなると、金銭を拠出してくれたクレイブが破産してしまうくらいには力を入れた。

「それに……」

「それに、なにかな？」

「伯父クレイブが、発表したらみんなすぐ欲しがるだろうから、なるべく数は用意しないといけないと」

「当然だろ」

「であるな」

「ですです」

魔導師たちの意見が揃ったことに、苦笑いを浮かべる。

クレイブやノアがやったように、彼らも自分の魔法の改良を行いたいはずだ。

ここにいる国定魔導師の全員が、数日から数週間、家にこもってしまうだろうことは想像するに難くない。

やがてギルド長が会議の締めにかかる。

「まだ時期を見計らってのことになるが、アークスを魔力計の製作者として公示することになるだろう。無論、異論はないな？」

それに、場の全員が頷く。

これは当然だ。むしろそうならないと困る。

それについても、まだまだ当分先の話だろうが。

「そして製作費およびアークス当人への賞金は、〈魔導師ギルド〉から支出する。列席する国定魔導師に異議のある者は？　………………ないな。よし」

これにも、誰かが異を唱えることはなかった。

ふと、ガスタークスが口を開く。

「ゴッドワルド、勲章の方はどうするつもりであるか？」

「は。そちらは国王陛下に奏上《そうじょう》したうえでご判断を仰ぐことなるでしょう」

「ではこの老骨からも奏上しておこう」

「なら私からも、それとなくお伝えしておきましょう」

ガスタークスの提案に、ローハイムも続く。

すると、クレイブに激励のような形で、背中を軽く叩かれた。

見上げると、気風のいい笑顔。

「良かったな。国定魔導師の上位三席からのお墨付きだ」

「はい……」

嬉しい話だ。

勲章を下賜《かし》されるのは、よほどのことがないとあり得ない。

そろそろ大事になり過ぎて、恐れ多いくらいなのだが。

「なあー、まだ終わらねえのかー？」

……クルミを持った魔導師の空気を読まない催促には、周りから呆れのため息が漏れることになったが。

魔力計の発表および説明が終わり、ギルド長ゴッドワルドが会議を締めくくったあと。

一応の解散となったが、その後も魔導師たちからは、個別にいくつか質問を受けることになった。

――魔力計は月にどれくらい生産できるのか。

――国定魔導師が望んだ場合、受け渡しは優先されるのか。

――魔法院での取り扱いはいつからできるか。

――用途によって特注したいので受け付けてくれ。

――医療行為での使用時に立ち会って助言が欲しい。

などなど。

途中から質問が要望に変化していったことについては、まあ当たり前と言えば当たり前なのか。

そのあと当然のように、「魔法銀の再加工について」にも質問が及んだが、さすがに【錬魔】のことを公表するのにはまだ抵抗があった。

この【錬魔】については、研究しなければならないことがまだまだある。

呪文の魔力消費に直接【錬魔】を充てるのは規格が合わないためか、利用は不可能だが。

刻印技術への利用。

【錬魔】単体の利用法にもまだまだ可能性がある。

どこでなにが自分のアドバンテージになるかわからない以上、時期は慎重に見極める必要がある。

無論、魔力計の感液を増産する体制は整えなければならないが――以上の理由から再加工の仕方および【錬魔】の公表は先送り。

魔導師には、『他の魔導師の秘匿事項には極力触れない』という暗黙のルールがあるためか、特に食い下がられることもなく、その話はあっさり終わった。

その後は、国軍、医療機関での運用についての細かい取り決めが話し合われることになった。

しかし、その辺りは同席する必要がないことであったため、お偉い人たちであるゴッドワルドやクレイブに任せ、会議室を後にした。

扉を開けた折、後方からの会話が耳に入る。

「いくら貴族家の出でも、この場であれほど堂々とした立ち振る舞いができるとは……」

「まだ十やそこらの年齢だろう？　私の甥も似たような年頃だが、あのような振る舞いなどまるで」

「ローハイム殿への受け答えもしっかりしていたしな」

「なぜあれで無能と呼ばれて廃嫡されるのだ。魔導師の家はやはりわからん……」

「アークス・レイセフトの噂が根も葉もないものだということは、クレメリア伯はご存じだったので？」

「まあ、私もつい最近知ったことではあるがな」

「いやあれなら陛下が放っておくまい。いやいや、あれほど利発な魔導師と繋がりがあるのはまったく羨ましいことですな」

将軍たちの間から、そんな声。

それを聞くと、評価されているのだなと感じることができた。

「アークスさま。良かったですね」

「これまでがおかしかったんだっての。こんなとこまで漕ぎ着けないと評価されないってのは、いくらなんでも無茶苦茶すぎるぜ」

「……ああ」

「他の方では、ここまでたどり着くことすらできませんしね」

だろう。

国定魔導師たちの会議に、なんの実績もない魔導師が直接出席するなど、おそらくは前代未聞のことだったはずだ。

普通ならば国定魔導師になるか、よほどの有名になってからさらに成果を積み重ねなければ、出席など夢のまた夢。

その点、自分は伯父であるクレイブが国定魔導師だったことで、スムーズに来られたと言える。

そんなコネがなければ、魔力計を作ったとしても、まだまだ険しい道だったはずだ。

もしそうだったなら、どうなっていたのだろうか。

そんなことを考えていた折、誰かが隣を物凄い勢いで駆け抜けていった。

「ちびっこいの！　ありがとうな！　早速使わせてもらうぜ！」

「は、はい」

それは、フレデリックと呼ばれていた、クルミを弄んでいた国定魔導師だ。

急いで返事をするが、彼は嬉しそうに手を振って走り去って行った。

こちらが上位者に対する礼を執る間もない。

早く魔力計を使いたくて仕方がないといった様子。

忙しないことだが、それも無理のない話だろう。

すると、真後ろから、どこか呆れたような声。

「――まったく、忙しいやつなのです」

振り向くと、そこには国定魔導師のメルクリーア・ストリングが立っていた。

特徴的な三角帽子を目深にかぶった女性。

王国ではよくある、ブラウンの髪と鳶色の瞳。

背丈はいまのアークスよりも若干高いくらい。

顔立ちは幼く、さながら十代半ばの少女のよう。

そんな彼女に略式だが礼を執ろうとすると、「いいです」と手で遮って一言挟んできた。

いちいち気にしない性格なのか。

メルクリーアが、ノアの方を向く。

「ノア、久しぶりです」

「メルクリーアさま。ご無沙汰しております」

声をかけたメルクリーアに対し、ノアが頭を下げる。

礼儀の中に、親しさの感じられるやり取りだ。

そこから察するに、

「ん？　知り合いなのか？」

ノアに訊ねると、それにはメルクリーアが答える。

「ノアは私が講師になってから、初めての生徒なのですよ」

「ええ。恩師です」

「照れるです。もっと褒めるです」

「いえいえ、褒めてはいませんので」

「……いま確かに恩師と言ったのです」

「メルクリーアさまは恩師の意味を勘違いなさっているのかと」

「素直に誉め言葉にしておけです。まったく」

メルクリーアはそう言って、ノアに半眼を向ける。

やがて、大きなため息を吐いて、

「ノアは相変わらずです」

らしい。やはり彼は昔からこうだったようだ。

「いまは【溶鉄】様ではなく、アークス・レイセフトの従者になっているですか？」

「はい。魔力計のことがあって、アークスさまに付けられることになりました。おかげさまで充実した日々を送らせていただいています」

「確かにそうですね。こんな品を思いつくあたり、きっと刺激的です」

「それはもう。以前も天界の封印塔で――」

「封印塔？」

「ええ」

「あー、あれはですね……」

適当に誤魔化そうとするが、メルクリーアには思い当たる事柄があったのか。

目を大きく見開いて、口から唾を飛ばす勢いで叫んだ。

「も、もしかしてあの脱獄騒ぎはお前たちの仕業ですか！　おかげであのあと仕事がわんさか増えたです！　どうしてくれるですか！」

「これはこれは……ここにもガストン侯爵の哀れな被害者がいたとは。侯爵は本当に罪深い貴族ですね」

ノアは嘆くような素振りを見せ、責任転嫁である。

ハンカチで涙を拭く真似までして、演技過剰。

いや転嫁もなにもあの事件の責任の所在はすべて侯爵にあるのだが。

だがメルクリーアは聞く耳持たないのか、ぴょんぴょん飛び跳ねる。

「誰が哀れな被害者ですか！　というかあそこからどうやって脱出したですか！　こっちは脱獄対策について案を作らなければならなくなったです！」

「それはアークスさまの秘伝に関わりますので」

「ぐ、その手で逃げるですか……」

「はい。逃げさせていただきます」

ノアが頭を下げると、メルクリーアはさすがに聞き出すことを諦めたのか、一つため息を吐く。

ノアにジト目を向け、そしてすぐにこちらを向いた。

「このように、ノアは見てくれに反してアクが強い性格です。気を付けるです」

「それは、確かに」

「ですです。油断してはいけないです」

そう言ってメルクリーアと反撃じみた結託を見せるが、一方のノアはなんのその。

少しも響いていない様子で、苦笑している。

そんなことを言っていた折、メルクリーアは何かを見咎めたらしく、

「――【禁鎖】、一人でどこに行こうとしてるですか？」

「うげっ」

そんな、下手を打ったときに出すような声が上がる。

メルクリーアの視線の先には、場をこっそり離れようとしていたカズィの姿があった。

当然、彼女が出したのは呆れ声に他ならない。

「うげっ、とはなんです。うげっ、とは」

「メルクリーアさま。カズィさんともお知り合いなのですか？」

「こいつは魔法院の後輩です。まさか、こいつも従者になっているとは」

すると、カズィは脱出を諦めたのか、バツの悪そうな表情をして寄って来る。

「やれやれ、まさか【対陣】の魔導師様がいるとはな」

「国定魔導師の会議です。列席するのは当然です」

「【対陣】？」

二つ名のことを考えていると、ノアが耳打ち。

「メルクリーアさまは、主に敵国の魔導師の魔法に対抗するための研究を行っているので、国王陛下からその名を下賜されたと」

ということは、メルクリーアは国防の要でもあるのか。

見た目からは想像できないほど、かなり大変な人物らしい。

ふと、メルクリーアがカズィに咎めるような声をかける。

「【禁鎖】、衛士の方から熱烈に声が掛かっていたですよ。魔法院から出たあとすぐに消えてしまったですが、一体なにしてたですか？」

「ま、いろいろあんだよ。いろいろな」

いろいろ。

その辺りは、それとなく聞いている。

「やっぱ侯爵関連か？」

「……そんなところだ」

やはりノアの言った通り、侯爵は罪深いらしい。

「あと【禁鎖】。カシームが探していたですよ？」

「あー、やっぱりあいつかー」

カシーム。その名前には覚えがある。先ほど会議のときに、ギルド長が名前を挙げた国定魔導師の一人だ。【眩迷】の魔導師、カシーム・ラウリーと。

というかカズィ、監察局の長官といい、偉い人間の知り合いがやたらと多い。

「カズィさん。【眩迷】の魔導師さまとはどういったご関係で？」

「ああ。リサと同じで後輩なんだよ」

「この男、極悪そうな顔に反して面倒見がいいのです。先輩や講師に突っかかるのは問題でしたが、型破りだったおかげか後輩には尊敬されていたです。【眩迷】の魔導師カシームもその一人です。顔は極悪ですが」

「顔のことはいいんだよ」

散々言われているカズィに、フォローを入れる。

「いえ、身ぎれいにして多少は良くなりましたよ？」

「おい庇い立てになってねえだろそれ！」

「アークスさま。逆に悪党ぶりが上がっていませんか？」

「うーん」

「お前らだって顔のことは言えねえだろうが！」

そんな風に三人でぎゃあぎゃあ言い合う。

ともあれ、カズィはそれだけ評価されている人物だったということか。

メルクリーアに訊ねるような視線を向けると、その答えが返ってくる。

「こいつはこれでも首席。つまり魔法院の歴代でも特別優秀な人間です。国定魔導師になれる余地は十分あるですよ。もちろん努力はかなり必要ですが」

「めんどくせえからパス」

「どっかの不真面目野郎みたいなこと言うなです。まったく……」

「というかカズィ、国定魔導師に対してよくそんな言葉遣いできるな」

彼女もいまは力を収めているが、あの威圧感を持った一人だ。

この状態でも、身体にまとう威風は相当なもの。

もちろん、ガストン侯爵などとは比較にならないくらいの圧力がある。

こちらはまだびりびり来ている程度で済んでいるが、そんな相手にこの言葉遣いはどうなのかと思う所存だった。

「まあ先輩で顔なじみではあるからな。つーかお前だってあのおっさんには普通だろ？」

「伯父上は、まあ手加減してくれてるし」

そう、あれはだいぶ気を遣ってもらっているからそうなのだ。

正面から、本気をぶつけられるような対応であれば、おそらく日に数回は卒倒しているだろう。

自分の知る範囲でそれくらいなのだ。もしかすれば、それ以上ということもあり得る。

「アークスさまは、おそらく麻痺しているのでしょう。平時の国定魔導師さまの出す威風でも、常人ならば極度の緊張で一言も発せなくなるほどです」

「え？　そうなの？」

「ええ。魔法院時代はメルクリーアさまが近くにいるだけで、他の講師も含めてみな緊張で常に小刻みに震えていたほどです」

国定魔導師を相手にすれば、そこまでになるのか。

「国定魔導師は王国の力の象徴です。その存在だけでの他者を恐れさせる力がなければいけないです」

その国定魔導師に対して不遜な口を憚らない男に視線を向ける。

「俺はここ一ヶ月あのおっさんにしごかれたからな。まあ、余裕とはいかんが、なんとでもなる。……つーか数年顔見てないだけでよくこんな化け物になったなあんた」

「【禁鎖】が努力してなかっただけです。最近ではカシームもらしくなってきたですよ？」

「うおマジか、あのお人好しが……」

イメージに合わないためか、カズィは衝撃を受けている。

ということは、かなり人当たりのよさそうな人物なのか。

「では、そろそろお暇《いとま》するです。これ、ありがたく使わせてもらうです」

「はい。なにか問題があれば、ご連絡ください」

「わかったです。あと、こちらでも援助は惜しまないので、そのぶん特注品の方よろしくですよ」

メルクリーアはそう付け足して、ぺろっと舌を出す。

援助と言ってすぐ、要望を申し渡すとは、なんとも抜け目ないことである。

カズィ曰く、だからこその【対陣】なのだそうだ。見た目と態度に反して鋭く、抜け目なく動くし、目ざといゆえ、上手いこと弱点を見つけ出すのだそうだ。

……ノアとカズィの顔を見て、見た目に反する奴ばっかりだと思ったのはここだけの話。

メルクリーアがスキップを思わせるほど軽い足取りで去って行く。

さて、こちらも今度こそ帰ろうとしたその折。

覚えのある気配が近づいてくることに気付いた。

すかさず振り向いて、ゆっくりと膝を突く。

しかしてそこにいたのは、パース・クレメリア。

シャーロットの父にして、侯爵の事件でも顔を合わせた国軍の将軍だ。

礼を執ると、すぐに「楽にしていい」と声がかかる。

「アークス。侯爵邸の庭以来か」

「伯爵閣下。ご無沙汰しております。この度は会議へのご出席、かたじけなく」

「うむ。まさか隠れてこのようなものを作っていたとはな」

伯爵はそう口にしてから、

「魔力計……か。私は魔導師ではないゆえ知った口などは利けぬが、これがあれば王国のさらなる発展に寄与しよう」

「そうなれば、いち魔導師として幸いです」

「私も立場上魔導師の部隊も運用することがある。いつも部隊編成のときに苦労するのだが、これがあるだけで随分と楽に変わるだろうな」

「閣下の苦労をわずかにでも取り除けたのであれば嬉しく思います」

「王家のため、ひいては国の発展につながる発明。見事だ」

「いえ、これもすべて伯父上の尽力ゆえのものにございます」

「そうか……だが、謙遜するにはもう少し、表情筋を鍛えた方がいいな」

「あ、う……」

「ははは」

伯爵は、隠し切れない顔の喜色を見咎めたらしい。

時折口角が上がり下がりしているのが見えたのだろう。

快活な笑声を上げる。

これでは並べていた謙遜があまりに白々しい。

それに恥ずかしさを感じ、うつむいていると。

「……アークスよ。やはりこの魔力計のことは、ジョシュアには伝えていないのか？」

「はい。父に打ち明けるには、不安が多すぎますので」

「そうか」

父に話していないことに、伯爵には思うところがあるのか。

目がわずかに細められる。

……伯爵も自分の家族関係については知っているはずだ。

「これほどの偉業だ。これから、諸々厄介事も増えるだろう。その辺りの対処は考えているか？」

「はい。と言いましても、なるべく避けるよう立ち回るだけですが」

「気を付けることも大事だが、信頼のおける者を集めるのも大事なことだ。いずれは人手が足りなくなる。そういった者を求めることも、視野に入れておいた方がいい」

「ご忠告、ありがたく」

確かにそうだ。伯爵の言う通り、仲間は多い方がいい。何かしらの仕掛けに気付いても、手が足りなければ対処が間に合わないこともある。

これから動き出すに向けて、伯爵の忠告は大きな意味を持つだろう。

「その……厚かましいことを承知で申し上げますが、閣下に一つお願いがございます」

「言ってみなさい」

「閣下は父と会うことが多いことかと存じます。そのとき、父にはこれを作った者が誰か伝えないで欲しいのです」

それは、ささやかな自衛だ。

ジョシュアは魔導師の家の当主。魔力計が発表されて、各所に出回る以上、耳に入るのはもう時間の問題だ。

そして、製作者に気付けば、何をしてくるかわからない。

すでに発表は終えているため、成果を取り上げられるということはないだろうが、自身のことを疎んでいる以上は、嫌がらせをしてくるということは十分考えられるし、矛先がリーシャに向かうことも十分あり得る。

それを少しでも避けるための、この訴え。

「だが、あれも当主だ。調べ始めればたどり着くのは時間の問題だ」

「それでも時間稼ぎにはなるでしょう。それまでに、足場を固められればというささやかな抵抗です」

するると、伯爵は目を伏せがちにして訊ねる。

「アークス。ジョシュアを恨んでいるのか？」

「はい」

こちらが迷いなく言い切ったことで、伯爵の顔にわずかだが驚きのようなものが見えた気がした。

「ならば、その魔力計を当てつけにすることもできよう」

「それをするには、いまはまだ早いのです。感情に任せて行動を起こした結果。それに耐えられるほどの力が、いまの私にあるとは思っていません。歳を重ね、力を付け、対抗できるようになったそのときまで取っておきます。そして――」

――いつかレイセフトの家を叩き潰す。

その言葉だけは、呑み込んだ。呑み込まざるを得なかった。

その言葉を聞けば、有事には東部貴族を率いる筆頭。騒動を引き起こす芽を前に、黙ってはおけないだろう。

「……勝てぬ戦はせぬか」

「はい」

「ジョシュアは手ごわい相手を敵に回してしまったようだな」

ふと見上げた伯爵の顔には、どことなく悲しそうな色が見え隠れしていた。

それを証明するように、訊ねの言葉がかかる。

「アークスよ。親と子が争うのは、悲しいことではないか？」

「私もそう思います。ですが、避けられぬ戦いもあると存じます」

そして、

「閣下。男子にとって男親は、最初に乗り越えなければならない壁にございます。他人には内面的な壁であろうとも、私にとってはそれが、他人より早く、そして極度にあからさまな状態で、前に立ちはだかっただけのことです。であれば、乗り越える手段も、目に見えたものでなければなりません」

「なかなか面白い方便よな」

「そう考えないとやっていけませんので」

「……不幸なことだ。そんな決意をせねばならぬところにまで追い込まれたというのは、察するに余りある」

伯爵は天井を仰ぎ、そう口にする。

境遇を、慮《おもんぱか》ってくれているのか。

「御家にとっては、宿命なのかもしれぬな」

「宿命」

「いや、失言であったな。忘れよ」

「は」

伯爵はしばらく黙り込んだのち、やがて天井に問いかけるように訊ねを口にする。

「アークス。そなたは一体何を目指す？」

目指すもの。

それは一度、スウと話したことだ。

偉くなる。

成り上がる。

だが、それはこの問いかけの答えにはそぐわない。

だから、

「……わかりません」

「そうだな。いまの時分、そこまで明確なものはなかろうな」

答えは、いまだ出ていない。

自分が一体何者になるのか。一体何者になりたいのか。

地位を得て、立場を確立し、役職に就いたとしても、そこから何を成すかはまた別だ。

その何を成す者になるかが決まって初めて、伯爵の問いに答えることができるだろう。

「アークス。ただ偉くなりたい、強くなりたいでは、道を見失うこともあろう。いまはまだそれでもよいだろうが、早いうちにその答えは出しておきなさい。自分が一体何者になるのかを、道や己を見失わないためにな」

「はい」

「先ほどの望みは聞こう。ただ、手助けはできないこと、覚えておきなさい」

「私にはそれで十分でございます」

伯爵にも、立場というものがある。自分を贔屓《ひいき》するということは、ジョシュアを蔑ろにすることだ。それは、貴族家の秩序を乱す行為につながる。軍家という火薬庫を統括する者として、それはできないということだろう。

だが、こうして心配もしてくれた。

この日の忠告の数々は、その表れだろう。

伯爵はそのまま、幾人かの従者を連れて去って行く。

一人の親の背中を見送って、ノア、カズィと共に〈魔導師ギルド〉を後にしたのだった。


魔力計の発表があったその日の夜、ライノール王国の王城内に、クレイブ・アーベントの姿があった。

場所は、王城内に作られた庭園の一つ。

貴賓を招いた茶会に使う庭ではなく。

国王が私用《プライベート》で使うための場だ。

庭園には〈輝煌ガラス〉がさながら蛍のように淡く輝き、夜の庭園を幻想的に演出している。

アンティークなランタンを思わせるライトやアプローチを示すローポールのライト。

埋め込み式のライトはそこかしこに設えられており。

樹木からはさながらブドウの実のようなライトが吊り下がっている。

まるで、現代にあるようなライトアップされた庭のよう。

それと比しても遜色ない。

造形も。

コントラストも。

見た目の美しさも。

金のかけ様に至っては、それ以上か。

植えられているのは、青い花ばかりだ。

鮮やかなブルーが〈輝煌ガラス〉の光で照り映えている。

中心に置かれた総大理石の四阿《あずまや》には、水晶のように透き通ったガラスのテーブルと、その下に淡い輝きを発する光源が。

クレイブはその外で膝を突き、臣下の礼を執ったまま。

一方で四阿の中には、一人の男性の姿があった。

王国貴族に多い金の髪を長く伸ばし。

風貌は青年にも見える若々しさと瑞々しさ。

金の刺繍をこれでもかとあしらったジャケットをまとい。

中に着込んだシャツはボタンを外して、胸をはだけさせている。

そのうえ表情にはどことなく野性味が感じられるためか、王様というよりは王者という言葉がよく似合う風格を醸している。

シンル・クロセルロード。

これが、この男の名前だ。

ライノール王国を統べる現国王であり、王国最強の魔導師でもある。

大理石の椅子に腰かけるシンル。

足は組まれ。

手すりには頬杖。

気だるそうにする様は、子であるセイランに輪をかけるほど。

高貴な者の格式などどこへいったというような出で立ちだが、この男には許される。

否、すべてが許されるのだ。

この男が、この国の頂点に座す者であるがゆえに。

……クレイブがここを訪れた目的は、シンルに魔力計の存在を伝えるためだ。

しかしこの場に、製作者であるアークスの姿はない。

いまのアークスは、国王と面会できるだけの地位を持たない。

それゆえ庭園には、クレイブ一人だけで臨んでいた。

国王シンルはテーブルに乗ったワイングラスに軽く口を付けて、魔導師たちを熱狂させた道具を持ち上げる。

「やれやれ、オレに内緒でこんなことをやっていたとはな」

「は。なにぶん、これほどのものですので」

「やめろやめろ。お前に敬語なんて使われると鳥肌ものだ。いまは二人きりなんだからいつもの調子で構わん」

「そうか。なら、いつものようにさせてもらおう。よっと」

クレイブはそう言って立ち上がり、四阿の中へ。

国王の対面にどっかりと腰を掛ける。

度が過ぎた不遜だが、そういった見方はこの二人にはそぐわない。

この二人の仲は、シンルがお忍びで街に出たときから始まったもの。

それゆえ、シンルの方が、クレイブに当時の態度を求めるのだ。

「で？　なんで真っ先にオレに言わなかった？　お前、そこについてはどう弁解するつもりなんだ？　斬首ものだぞ？」

「はいはい斬首斬首。というかこれに関しては仕方ないだろ？　できたからって精度のしっかりしていない半端なものを見せたりしたら、真っ先に指摘される」

「オレはその場で確認するからな」

そうだ。

いまでさえシンルは、魔力計に魔力を放出して、具合を細かく確かめているのだ。

どんなものなのかを聞けば、すぐ確かめにかかり、それが納得のいくものでなければ、ぬか喜びさせたと言って叱りつけてくるのは間違いない。

「それにお前、作ったんならその先のことも進めてろって言うだろ？」

「当たり前だ。魔力を測定する道具ができました。じゃあ生産の目途はどうなんだ。性能はどうなっている。そう訊くのが普通だろ？　なにも決まっていませんなんて言われたら、首の一つも斬りたくなる」

「なるななるな。お前ほんとそういうところだからな？」

クレイブがシンルに半眼を向け、ビシッと指を差す。

冗談なのか、そうでないのかわかりにくい物言いに対する指摘である。

シンルのこの冗談とそうでないときの境界が、普通の人間には見極めにくいところなのだ。偉いくせにこういうことを平気で口にするため、下の者には恐れられている。

気分で首を斬ったことがいまだかつてないのが、救いだろうが。

シンル・クロセルロードは王だ。

陽気な態度は見せていても、王は王。

国のためにならないこと。

国を脅かすこと。

それらがわかった途端この男は、まるで使えない道具を処理するように人を斬る。

もちろん、彼に人間味がないわけではない。

ただ、国王という職責が、人情に勝るというだけだ。

常人はそれが理解できないため、国王に怖れを抱くのだ。

ともあれそうでなければ、クレイブも友人などできてはいないわけなのだが。

「なに、国王なんてものはな、民に怯えられている方がいいんだよ」

「そんなもんかね？」

「なんだ？　オレには人心を掴む力がないって？」

「いや、それはないな」

そうだ。彼の言葉通り、民衆を始め多くの者が心酔している。

王国の歴史の中で、これほど民の信認篤い王もいないだろう。

クレイブもまた、その内の一人であるのだが。

「生産の準備を進めてたんなら、どんな感じだ？」

「夕方には〈魔導師ギルド〉で話がまとまった。いまはそれで各魔導師部隊に緊急の呼び出しがかかっているころだ。国軍の魔導師部隊は明日にでも、これを使った訓練を導入できるぞ」

「くくく……そうか、そうか」

シンルは忍び笑いを漏らす。

その声音には、喜色が隠し切れていない。

「……素晴らしいな。すぐにでも、軍の戦力の底上げが図れるというわけか」

「そうだ。下準備はできてるからな、半年もすれば目に見えた結果につながるだろうよ」

「魔導師の戦闘力の均一化は、魔導師を抱える軍にとって越えがたい命題だった。まさかこうも簡単にそれが叶ってしまうとはな」

「ゴッドワルドのおっさんもたいそう喜んでたぜ？」

「だろうな。ぶふっ……あの怖い顔が笑顔になるとどうなるのかは気になる」

「あん？　そりゃそんなの怖いまんまに決まってるだろ？」

「ははは！」

ギルド長の怖い顔で盛り上がる二人。

本気か冗談か、シンルが以前にギルド長の通り名を【強面】の魔導師に改名させようかと言い出したくらいだ。

当然それは国定魔導師の威厳に関わるため、頓挫した――ギルド長が全力で拒否したが。

「で、国軍の魔導師を統括する一人であるお前は、まずどうする？」

「そうだな。魔導師の魔力量がどれだけあるかをきちんと測るのが、最初にやらなきゃならないことだろうな。均一化も標準化もそれからだ」

「そのためのアレ、か？」

シンルの視線の先には、巨大な魔力計があった。

それは、大量の魔力を測るために設計されたもの。

一品限りの特別製。王家に納入され、今後は他で作る予定のないものである。

「そうだ。あれだけデカけりゃ、王家の権威にぴったりだろ」

これは、国軍の魔導師たちに向けて『王家には、すでにこれだけ特別なものが納入されている』『真っ先に特別なものが納入される』ということを示すものだ。

あからさますぎて逆に幼稚にも思えるが。

だからこそ、誇示するのに十分なのだ。

「まず、こいつを王家から魔導師の部隊に貸し出して、一人一人測定する」

「自分の魔力の正しい量が、王家の恩顧によってわかるとなれば、兵士は感涙にむせび泣くか？」

「さあなぁ」

それでもわかりやすい恩恵に、魔導師たちは感謝するだろう。

王家に納入された特別なものを、真っ先に使わせてもらえるのだ。

国軍にいればそれだけ優遇される。

ひいては、魔導師たちの士気も上がるというわけだ。

「これもゴッドワルドとの謀《たばか》りか？」

「まあな」

クレイブはそう言って、手持ちの袋から魔力計をいくつか取り出す。

「こっちは殿下に」

「あいつも喜ぶ。数日は部屋にこもりそうだ」

「お前もだろ？」

「まあな。俺やお前と同じで筋金入りの魔法バカさ」

「公務はしろよ」

「おろそかになったらお前らの責任だからな。覚悟しろよ？」

「ひでぇ理不尽だな……いままででも上位に来るぜそれ？」

「ははは！」

シンルは、愉快そうに笑っている。

彼のこれほどの喜びようを見るのは、クレイブも久しぶりだった。

最近では、外交やらなにやらのせいでなんとはなしに不機嫌なときが多かった。

それを少しでも取り除けたのならば、友人としては幸いだった。

シンルはひとしきり笑うと、まなざしを真剣なものに変える。

そして、

「あとは、公示の時期だな」

だろう。

それは当然、慎重に見極める必要がある。

「開発者は、お前の甥のアークス。歳は十で、すでに廃嫡。レイセフトの当主からは毛嫌いされている。はっ――どこかで聞いた話だな」

「あいつの場合は俺ん時よりひどいからな。きちんと測ったわけじゃないが、たぶん魔力量は2000程度だ」

「お前は？」

「俺は13000とちょいだな」

「なら、オレはその三倍くらいか」

「はー、陛下は王国をあまねくお照らしになるただ一人の魔導師様でありますのでー」

「世辞言うんならもっと考えて言えよ」

そんな話はさておき。

「アークスがこいつを作ったのはそれのせいってのもあるな？　自分の魔力量を正しく測ることができれば、計画的に魔法を使える」

「だろうよ。俺が魔法を教えたときに、あいつは真っ先に魔力を込める量を正しく測る術を求めて来たからな。基本的な数値とか、誤差とか言い出したときは、少なからず驚いたもんだぜ」

「じゃあ執念か？」

「いや見つけたのはまったくの偶然らしい」

「それで上手くものにしたか。頭の中を覗いてみたいぜ」

「……脳みそ取り出すとかいうんじゃねぇぞ？」

「それで他人の考えてることがわかれば苦労しないな」

そんな話のあと、シンルが何かを思い出したか。

「……そういえばレイセフトには娘もいたな。そっちの方は有能なのか？」

「ああ。歴代当主と比べてもいい方だと思うぜ？　兄貴が常に先に先にいるからか、向上心もやたら高い」

「なるほど。下手をするとお前の弟が『当たる』か？」

「今は可愛がっているが……絶対にないとは言い切れん。俺もあいつがそこまでするとは思わんがな」

ジョシュアはリーシャを可愛がっているし、きちんと育てている。

使用人やノアに聞いていても、厳しくはしていても理不尽には扱っていないと聞いている。

クレイブの考えでは、アークスの偉業を知ったとて、教育に熱が入ることはあっても、当たるようになることはないと思うのだが。

一度予想外《はいちゃく》に出ている以上は、断言することはできない。

「……それで、陛下のお答えは？」

「わかっていることだとは思うが、製作者の公示は政治的に使わせてもらう」

「その辺りは考えているはずだ。あいつもいますぐ発表してくれなんて言わんだろうよ」

政治的な使用。

それは当然、国力アピールのためだ。

もし国策で何かマイナスになったとき、アークスの成果を発表することで、目くらましにする。

そうでなくても、この発明は巨大なカードなのだ。

〈魔導師ギルド〉での発表会でも言われていたが、あまりに革命的なもの。

おそらく王国は稀代の大発明に湧くだろう。

もちろん国内だけでなく、対外的な取引にも使える。

国王からすれば、使いどころは慎重に、そして自由に選びたいはず。

となると、勲章授与は公示の時期と同じ年でなければならないため、当然これも先送りだ。

「王家からも褒美を出さないとな。なにを欲しがりそうかわかるか？」

金はギルドから出されるし、名誉はすでに約束されたようなものだ。

そのうえで、アークスが欲しがりそうなものといえば。

「後ろ盾だろうな」

「……なんだ。首輪をつける必要ないのかよ？」

「子供をそんなもので縛り付けようとするな」

「馬鹿言え。有能なのは甘い言葉で誘って身動き取れなくするのが覇道だ。飼い殺しにしないだけ温情だぞ？」

シンルはそう言って、胡乱な目付きを見せる。

「そもそもな話、まず十歳で後ろ盾が欲しいってなんだよそれ？　おかしくないか？」

「だってなぁ。金もギルドの会議で決定されたし、名著も約束されてる。じゃあ次は何かって考えると、それだろ？」

ふいに、シンルの気配が冷たくなる。

「それだけ野心があるのか？」

「まあ成り上がりたいって程度だがな。最初はそうでもなかったんだが、一体誰にそそのかされたんだか……」

アークスの向上心が目に見えて上がったのは、ここ一、二年のことだ。

それまでは魔導師になって親を見返すだけだったはずが、目標が大きくなった。

それ自体悪いことではない。むしろ良い方に働くだろう。

だがやはり、野心は統治者にとっては見過ごせぬもの。

野心の度合いがわからない限りは、警戒の一つもしたくなる。

「なら、近づいてきている奴はいるか？」

「いまのところないな。ただ、発表時に同席した将軍たちが動くかもしれんが」

「クレメリアはどうだ？　パースがいたなら、乗り気になるだろ？　あそこには同じ年頃の娘がいたはずだ」

「なんだお前。パースの親父さんを警戒してるのか？」

「パースの忠誠を疑うわけじゃあない。東西南北、軍家筆頭の中ではあの男がもっとも王家に尽くしてくれているのはオレも承知しているところだ。だがな」

「必要以上の力になる、か」

貴族家に、大きな力を持たせたくはない。

国王としては、当然の考えだろう。

シンルもパースを信頼しているため、たとえ力を持たせても反逆されるとは思っていないだろうが、それはパースに対してだ。

パースが裏切らなくても、その子、そして孫と続けば、臣従がどうなるかはわからない。

代替わりしたことで背任に走り、お取り潰しになったという話も少なくないのだ。

「すでに、クレメリア、レイセフトという繋がりで、パースとアークスには伝手ができている。それで十分だな」

「アークスが新しい家を興してもか？」

「当たり前だ。アークスがどうしてもと望むなら……王家が出す条件は譲歩しても第二夫人までだ」

「つまり、婚姻については王家が口出しすると？」

「仕方ないだろ？　魔力計《これ》ははっきり言ってやり過ぎだ。それに、アークスはこれだけじゃないんだろう？」

「たぶんな。まだいろいろ考えてるだろうぜ」

「なら、婚姻はこちらで決める」

挙げた功績が功績だ。

もし婚姻を望むなら、縁戚関係で力が及ばぬように、第一夫人に王家と繋がりの強い貴族の娘を宛がってけん制するということだろう。

もちろんこの話も、パースやシャーロット、アークスが乗り気であればの話だが。

……クレイブも、その辺りは呑み込んだクチだ。

クレイブの婚姻は出奔していた時期のもので、相手はサファイアバーグの貴族家の娘。

もちろん、お互い好き合ってのものだ。

だが、王国に戻る際に、連れて帰ることができなかった。

家族と離れて暮らしているのは、両王家の意向である。

サファイアバーグは、国定魔導師との繋がりを。

ライノール王国は、サファイアバーグへの定期的な干渉を求めた結果である。

もちろんその辺りシンルが気を遣って手を回し、しばしば会いに行くための口実を作ってくれているのだが。

ままならない婚姻は、貴族家の……いや、上位者の宿命だろう。

だがこれでアークスの婚姻に関しての謀略からは、王家が守ってくれるというお墨付きを得たわけである。

貴族の中には、高い地位を盾に婚姻を無理矢理迫って来る者も多い。

そういった場合往々にして不自由を被るのだが、これでその不安はなくなったと言っていいだろう。

シンルも魔導師だ。

魔導師は自由にさせておいた方が、研究がよく進むというのは当然わかっている。

その辺りは上手くアメとムチを使い分けてくれるだろう。

「あいつも大変だな」

「なに、いざとなったら養子作戦があるからな。制限ってほどの制限でもないさ」

ある程度、話がまとまった折。

「乾杯だ。ついでくれ」

グラスを横柄に差し出す国王シンルに対し、クレイブはかったるそうな態度で、ボトルを持ち上げる。

「へいへい。国王陛下の御意のままに」

「王国の発展のために、今後もよろしく頼む」

「国王陛下の御為に」

そう言い合って、二人はグラスの中身を一気に呷ったのだった。


この日、リーシャ・レイセフトは父ジョシュアと共に、とある貴族が主催する魔導師サロンに出席していた。

――サロン。それは主催者が知識人を招致して、知的な会話を楽しむ会合だ。

上流階級が交流を求める社交の場であり、ヨーロッパではフランス貴族の私的な集会がその走りだと言われている。

魔導師のサロンも、当然それに該当する。

有名な魔導師を招致して、彼らに魔法に関する知識を語らせ、出席した者に啓蒙する。

当然ここには魔導師という上位の知識層にいる者しか呼ばれることはなく、その中でも高貴な身分の者しか出席できない。

魔法だけでなく、洗練された作法、政治的な知識までも必要とする集まりなのだ。

今回リーシャが出席するサロンは、ロンディエル侯爵家が主催するものだ。

国内でもとりわけ有名な魔導師であるガスタークス・ロンディエル。その三番目の子息キャシスタ・ロンディエルが始めたもので、数ある魔導師サロンの中でも、この集まりは特に選ばれた者しか出席できないのだという。

リーシャも、この日で出席は二度目となる。

これまで父ジョシュアに連れられ、魔導師のサロンには何度か出席していたが、この会は特に緊張する。普段出席するのは、家格も同程度で、同じ系統の魔法を使う魔導師のサロンばかりなのだが、このサロンはそれとは一線を画するものだ。

レイセフト家とロンディエル家は、魔導師としては別の派閥。

片や炎を好んで使う魔導師の家系であり、片や物質操作に関わる魔導師の家系だ。

当然魔法の考え方にも差異があり、サロンではときに派閥内の秘技も語られるため、ふとした会話の食い違いや禁忌《タブー》についてなどにも気をつけなければならない。

彼女にとって敵地……と言うほどではないが、集まった者の中には過剰に警戒する者もいるため、どこか肩身の狭い感じがするのも確かだった。

しかしそれでもこうして出席できるのは、ジョシュアの手腕ゆえだろう。

レイセフト家は王国全体で見ても歴史のある家系であり、代々強力な魔導師を輩出している。そのうえ戦場での活躍もとりわけ多いため、当然、出席に否も突き付ける貴族も少ない。

キャシスタ・ロンディエルが「別派の魔導師をサロンに招こうとしている」という話を聞いた際に

も、真っ先に手を上げて方々に根回しを行い、こうして出席に漕ぎ着けたというわけだ。

会場の奥には、サロンの主催者であるキャシスタ・ロンディエルの姿。

歳の頃はもう四十代も半ば。

すらりとした美丈夫で。

着ている服は伝統貴族が着る服ではなく。

最近流行しているという、ジャケットと長ズボンの組み合わせ。

胸には勲章がいくつか。

人好きのする笑顔を振りまきつつ、参加した貴族たちに朗らかな様子で応対している。

リーシャの知る軍家の人間は、普段からきびきびとしており、常に威厳に満ち、身分や実力に応じた威風をまとっているものなのだが――彼からはとても柔和な印象を受ける。

女性によく声をかけているのは、その血統ゆえか。

よく見れば鼻の下が伸びているような気がしないでもない。

父曰く、ロンディエル家の人間は『女好き』とのこと。

ガスタークス・ロンディエルを始め、兄弟姉妹に至るまでみな可愛い女の子が大好きらしい。

……その辺り、よくわからないが。

ふとジョシュアが口を開く。

「リーシャ、今日でこのサロンへの出席も二度目となる。多少の緊張は仕方ないが、魔導師と語らう機会を逃してはいけない。積極的に会話に加わっていく気概で臨みなさい」

「はい」

「この会は家格の高い貴族家の子弟も多い。私も気を付けるが、声をかける前は相手の振る舞いや服装、装飾品から立場をよく見極めることだ」

注意を促す言葉に対し、了承の返事をする。

こういった場では家格の低い貴族家の者が、家格の高い貴族家の者に先に声をかけるのは失礼に当たる。そのうえ、ここに子弟が混じるため、目上、目下がややこしいことになるのだが、基本的には自分たちと同格かそれ以上の者ばかりであるため、常に気を払う必要があるのは確かだ。

最近の貴族は伝統、新興に関わらず、服装の変化も顕著であるため、その辺り基準にはならないのが難しいところ。

再度、ジョシュアから注意事項を聞いていると、ふと声がかかった。

「これはレイセフト卿ではありませんか」

「おお、ラズラエル卿。ご健勝そうでなによりです」

緊張を保つ中、気軽そうな挨拶をしてきたのは、ラズラエル子爵だった。

南部に領地を持つ貴族の一人で、彼自身も岩石などを扱う魔法を得意とする魔導師である。

以前の集まりでは見かけなかったが、今回は出席していたらしい。

見ると、ラズラエル子爵の隣には自分と同じ年頃の子供が一人、付いて歩いていた。

父親と同じ茶色の髪。

少年の凛々しさを感じさせる容貌。

貴族男子の着る服をまとい。

優しげな表情の中には、強い意志を同居させている。

まず、互いの親に挨拶をしたあと、

「ケイン・ラズラエルです。よろしく」

挨拶の口調はかなり砕けているが、礼はまるで型に嵌めたように綺麗に整っている。

所作は徹頭徹尾美しく、厳しい教育を受けていることが窺えた。

おそらくは親であるラズラエル子爵が意図的にそうさせているのだろう。

礼節をしっかりと弁えさせたうえで、しかし態度は友好的にさせる。

堅苦しい話し方が普通である貴族家でこれは、とても新鮮な印象を受けた。

他家の子弟と友好な関係を上手に築かせるためのものだろう。

――ケイン・ラズラエル。

この名前は、魔導師界隈では有名なものだ。

豊富な魔力を保有しており、魔力を測った当初はあまりの放出時間の長さに、立ち会った多くの者が驚いたという話だ。

嘘か真か、【紀言書】に語られる【英雄】、その再来などと噂されているのだという。

「リーシャ・レイセフトと申します」

ケインの挨拶に対し、こちらは基本に則った挨拶を返す。

対してケインは、やはりかなり砕けた口調で、しかし自信を覗かせる言葉を口にした。

「君のことは聞いているよ。これから王国を魔法の力で支えていく者同士、仲良くやっていこう」

「はい。よろしくお願いします」

初対面にしては馴れ馴れしいようにも思える挨拶だが、屈託のない笑顔が警戒心を解きにかかる。

ふと、父たちの会話に耳を傾ける。

どうやら二人は、他の誰かに注目しているらしかった。

「……あちらには、サイファイス公爵家の」

「……クローディア姫様ですな。あの方も、豊富な魔力を持つとか」

二人の視線の先には、優美な少女の姿。

年のころは自分やケインと同じくらい。

クローディア・サイファイス。

王家の屋台骨を支える四公の一つ、サイファイス家の姫君であり、彼女も相当な量の魔力を持つらしい。

「いやこの年代は他の年に比べ粒ぞろいと聞きます」

「その中に、御家のご子息も含まれている」

「御家のご息女もそうだ」

ジョシュアと子爵が笑い合う。

そんなお世辞の言い合いも挨拶の内なのだろうが、それを聞かされる子供は、なんとも居心地が悪くてしかたない。

ケインとお互い照れた顔を見合わせる中も、親同士、子供の自慢が止まらないようで。

「親バカでお恥ずかしい。ですが、息子の魔法院への入学が楽しみでなりませんよ。きっと歴代に名を連ねる魔導師にもなれるでしょうな」

「私の娘も負けませぬよ」

「ははは！　いやお互い三年後が楽しみですな！」

「まことに」

二人が上機嫌に会話する中、挨拶回りをしていたキャシスタが現れる。

「ご歓談中のところ申し訳ない。ご挨拶よろしいですかな？」

声がかかると、ジョシュアと子爵はすぐさまそれまでの雰囲気を消し去って、畏まった態度を取る。

ケインと共にそれに倣うと、まずラズラエル子爵が挨拶をする。

同じ南部の貴族で、魔導師としては同派ということもあり、知らない仲ではないのだろう。

二人に対しキャシスタが朗らかに応対すると、今度はこちらを向いた。

「キャシスタ様。レイセフト家のジョシュアでございます」

「ジョシュア殿にリーシャ嬢。今宵の会で出席は二度目でしたね。先日はあまり時間が取れず申し訳ない」

「いえ！　キャシスタ様から謝罪をいただくなど恐れ多く……」

「私などたかだか貴族家の三男。爵位も父から余った子爵位をいただいただけの小者ですよ」

「ご謙遜を……」

キャシスタのあまりの遜《へりくだ》りように、ジョシュアは半ば困り気味。

彼の持っている爵位はジョシュアと同じ子爵だが、年齢もジョシュアより一回り以上高く、当然力具合は侯爵家の人間であるキャシスタの方が上だ。

この魔導師サロンを見てもそう。

これだけのサロンを開催するなど、いち子爵家が到底真似できるものではない。

それでもこうして腰が低いのは、その性分なのか。

ジョシュアに次いで、キャシスタに礼を執る。

「御家では魔法の教育にかなり力を入れていると聞きます。リーシャ嬢、魔法の勉強はどこまで進んでいるかな？」

「はい、キャシスタ様。つい先ごろ、【火閃槍《フラムルーン》】の魔法で、石材を破壊することができました」

「なんと！　それはまことか！」

キャシスタが驚愕の声を上げ。

周りにいた貴族やその子弟たちも聞き耳を立てていたのか、驚きでこちらを向く。

魔法には、呪文を正しく唱える詠唱技術もそうだが、想像の正確さも求められる。たとえ呪文を覚えて魔法を使えるようになったとしても、想像が甘かったり、必要な魔力を込めることができなかったりすれば、期待した威力が発揮できないのだ。

そのため、【火閃槍《フラムルーン》】での、岩石など硬質な物体の破壊は一つの指標とされる。

火とは現象だ。

これは物質として論じることができないものでもある。

王国ではこれで物質を破壊するということができて初めて、この魔法を覚えたと言えるのである。

そのうえ、【火閃槍《フラムルーン》】は国軍で基本使用される魔法の一つだ。

これを使うことができれば、いつでも戦いに赴けるということでもある。

キャシスタは驚いた顔のまま、ほうと感嘆の息をこぼす。

「今年〈石秋会《せきしゅう》〉に入った子弟も、まだ魔力の操作に苦慮しているというのに……」

〈石秋会〉。

これはサロンなどの集会ではなく、魔法の訓練を行う私塾のようなものだ。

ある程度の魔法技術を会得した魔導師を講師に置き、魔導師たちはその者の下で魔法を覚え、極めていく。

ある意味、魔法版の道場とも言えるだろう。

この〈石秋会〉は、有能な魔導師を多数輩出しており、その中には魔法院の講師を務める者も多くいるという。

そんなところであっても、十歳前後で魔法を使える者は珍しいらしい。

「素晴らしい。これもレイセフト卿のご指導あってのものですかな？」

「いえ、娘の才覚の高さゆえのものにございます。私など、いまのリーシャの年頃には、魔法を使うのにも四苦八苦していた記憶がありますので」

ジョシュアがそう言うと、ラズラエル子爵と息子のケインが驚きの吐息をこぼす。

「レイセフト家はこの年でもうそこまで教えているのですか……」

「僕も、【石鋭剣《リアースザッパー》】が使えるようになったばかりなのに」

「いえ、私などまだまだです」

そんな謙遜を挟むと、キャシスタが訊ねてくる。

「やはり、御父上と比べているのかな？」

「………はい。父さまは強力な魔導師です」

間があったのは、比べた対象に、真っ先に『あの人』のことを思い浮かべたためだ。

魔導師としての実力は、あの人よりも父や伯父、次いでノアやカズィの方が高い。

魔力の量など、言わずもがなだ。

だが、それでも思い浮かべてしまうのはあの人のこと。

そう、あの人は二年も前に、【火閃槍《フラムルーン》】よりもさらに強い魔法を使えていたのだから。

この前も、両親に隠れて会いに行ったとき、あの人から魔法を教えてもらっている。

【廃品鎧袖《スクラップドアーム》】という魔法だ。

以前に作ったオリジナルの魔法を、改造したものらしい。

いまでは生み出したオリジナルの魔法の数は、あまり使えないものも含めると二十を超えるとのこと。

父も新しい魔法を作るのには、想像を固めるのに随分と苦慮すると言っているのに。

兄は言葉さえあれば、簡単に生み出してしまうという印象だ。

まるで作りたい魔法があり過ぎて、逆に困っているように見えるほどに。

……しばらく、魔導師の講義が始まるまでの間、父はラズラエル子爵と。

自身はケインと魔法に関しての会話をしていた、その折。

会場の入り口付近で一際大きな歓声が上がった。

同時に、道が大きく開かれる。

そこには、キャシスタと同じ種類の紳士服を身にまとった老人がいた。

両脇に従者を一人ずつ連れ。

手にはハンドルが曲がったステッキを持ち。

頭には中折帽子と呼ばれる最近流行りのハットを被っている。

周囲から「ガスタークス様だ……」と畏敬にも似た呟きが聞こえてきた。

ガスタークス・ロンディエル。王国の英雄にして、国定魔導師の一人である。

「御無音《ごぶいん》に乱入の条、お集まりの方々にはまことに相済まぬことと存ずるのである」

彼が歩き出すと、貴族たちがその場から一歩後ろに下がる。

あるいは遠慮して。

あるいはその威風に恐れをなして。

人の垣根が自然と割れ、大きな道に。

貴族たちはみな、最敬礼を執る。

ガスタークスが近付いてくるにつれ、その強烈な威風によって、会場の空気は緊張で張りつめ、手足に鉛の枷を掛けられたかのように身体の動きが鈍っていく。

それでも、ガスタークスに向けられるのは憧憬の視線だ。

場にいる貴族――魔導師の誰も彼もが、彼に対して怖れを抱くと同時に、それ以上の憧れを抱いている。

王国の英雄として。

大魔導師として。

それに対して普段通りに接することができるのは、息子であるキャシスタだけだ。

ジョシュアも礼を執ったまま、緊張している。

自分も、思うように動けない。

指先一本動かすにも、やはり鉛が感じられる。

キャシスタが優雅な足取りで近付くと、会場に満ちていた緊張が緩和する。

「これは父上」

「突然の来訪あいすまぬのである」

「いえ、父上ならばいつでも歓迎いたしますよ」

そんな風に、二人はしばらく気安げな会話を交わしたあと。

「いやそれにしても可愛い娘ばかりが揃っているのであるな」

「そうでしょうそうでしょう！　いや、麗しいご婦人方や将来が楽しみなお嬢様方ばかりで……」

何故か、女子の話で盛り上がり始めた。

「――あちらの娘は可愛らしい」

「――あと五年もすれば……」

などなど。

二人の間から、「えへへ……」「でへへ……」といった妙な忍び笑いが聞こえて来る気がしないでもない。

当然、会場の緊張が壊滅したのは、言うまでもないことだろう。

ともあれ会場の貴族たちはそれを契機に、礼を収める。

いまだ威風の余韻が抜けきらず、静けさは保たれたままだが。

近くで立ち止まったため、二人の会話が聞こえて来る。

「して、今日はいかがしましたか」

「緊急で家族を集めたくなったのである」

「は？」

そこで、ガスタークスがキャシスタに耳打ちする。

すると、キャシスタの顔色がみるみる内に変化。

顔に驚きを張り付けた。

「そ、それは真でございますか……！」

「うむ」

「ですが一体誰がそのようなものを？　他の国定魔導師たちですか？」

「製作者のことは話せぬのである。それだけの物ということは、お主も察せよう」

「は……はっ！　そうですな……」

「それに伴って、いくつかゴッドワルドに融通してもらった。もちろん使用については条件付きであるがな」

「つまり、この招集は」

「察する通りである。久方ぶりの指導、覚悟するのである」

「もちろんでございます！」

キャシスタが喜色に満ちた声を上げる。

まさに飛び上がるほどの喜びようだ。

それを見たジョシュアとラズラエル子爵がひそひそ話。

「……何か好事があったようですな」

「ええ、そのようです」

そんな話を聞く中、ふとガスタークスの視線がこちらに向いた。

先ほどまで不穏な視線を振りまいていたとは到底思えないような、鋭いまなざし。

そして、何かに気付いたような表情を見せる。

「――ほう、その銀の髪、レイセフト家の者であるか」

すると、キャシスタが補足するように、

「は。今後は別派の魔導師とも交流を深めていくべきかと存じまして。今回は折よく、レイセフト子爵に手を挙げていただいたのです」

「ふむ。王国でも由緒ある家系がいち早く行動してくれたのは、幸いであるな」

そう言って、ガスタークスが近付いてくる。

老齢であるにもかかわらず、矍鑠《かくしゃく》とした足取り。

背は父より少し高い程度にもかかわらず、その三倍は大きいように錯覚される。

以前にあの人が倒した貴族も侯爵だったが、あれなどまったく豆粒に思えるほどだ。

ジョシュアが、膝を突いて礼を執る。

「侯爵閣下、ご無沙汰しております。ジョシュア・レイセフトにございます。こちらは娘の」

「リーシャでございます。侯爵閣下、初めてお目にかかります……」

「うむ」

緊張に身体を縛られるが、挨拶だけは成功させることができた。

これも、父の教育あってのものだろう。

強い圧力に慣れるために、日ごろから訓練を施してもらっている。

さすがに伯父クレイブまでとはいかないものの、父も強力な魔導師だ。

放つ威風は、身体を縛るに至るものがある。

すると、ガスタークスが感心したような声を出す。

「この老骨にきちんとした応対ができるのは偉いのである。将来が楽しみであるな」

「は、はい」

周囲から「閣下から称賛の言葉をいただけるとは」「いや素晴らしい」などと驚きの声が上がる。

視線が一気に注がれる気恥ずかしさもそうだが、いまは国定魔導師を前にした緊張が勝っていた。

ガスタークスが気になることを口にしたのは、そんなときだった。

「――今日はそなたの兄に会ったのである」

「え……？」

困惑の声を上げてしまう。

どうしてガスタークスの口から、兄の話が出てくるのだろうかと。

戸惑っていると、ガスタークスは優しさと厳しさの両方を感じられる声で。

「今後も励むがよい。努力を怠れば、すぐに追い付けなくなるのである」

そんなことを、言い渡された。

戸惑いはそのままだが、返す答えは一つだ。

自分だって、兄に置いて行かれたくはない。

だからこそ、

「さらなる高みを目指し、精進いたします」

「それがよかろう」

ガスタークスが頷くと、ジョシュアが口を開く。

「閣下に質問をする無礼をお許しいただきたく。さきほどのお言葉は一体どういう――」

「子爵よ。それはこの老骨が語ることではないのである。よいな」

「……ははっ」

ガスタークスの言葉で、ジョシュアは追求を完全に封じられた。

やがて、ガスタークスは従者とキャシスタを引き連れ、会場を後にする。

サロンはキャシスタの意向でそのまま続けられたが、この日は最後まで父の顔から苦みが抜けきらなかったのは、言うまでもない。


この日リーシャは、レイセフト家の屋敷にある、父ジョシュアの第一執務室に呼ばれていた。

ここは、レイセフト家の当主が代々、実務作業に使用する部屋だ。

執務机の後ろには、レイセフト家の軍旗が交差して掲げられており。

絨毯とカーテンは落ち着いた色合いで統一。

革張りのソファと、ガラスのテーブルも置かれており、応接室の面も兼ね備えている。

レイセフト家の内装は、貴族家勃興以来、質実剛健を旨としているため、基本的に他家のように華美な装飾にはこだわらない。

家具調度品など、しなくてもいい贅沢に金をかけるならば、戦費に費やして王家に尽くせというのが、初代当主から連綿と続く信条だからだ。

お家の経済力を示す手段は他にもあるため、新しく取り入れたものといえば、〈輝煌ガラス〉を使った照明やテーブル、すりガラス製の衝立程度である。

しかしていまは、執務机の前に据えられたソファに、父ジョシュアとともに座っている。

ガラスのテーブルを挟んで対面に座るのは、ジョシュアの実兄であるクレイブ・アーベント。

王国が誇る国定魔導師の一人にして、自分のことを娘のように可愛がってくれる優しい伯父である。

「――兄上、この度は呼び出しに応じていただき感謝する」

「おう。だが今日は一体どういう風の吹き回しだ？　そんなに畏まって？」

クレイブが不思議そうな顔を見せたのは、ジョシュアの態度のせいだ。

普段のジョシュアの、クレイブへの接し方は、これほど堅苦しいものではない。

二人の間にはそれとない蟠《わだかま》りはあるものの、兄弟らしい親しさはきちんとある。

だが今日のジョシュアは少し違っていた。

怒っているのか。

苛立っているのか。

どことなく機嫌が悪いように感じられる。

ジョシュアはクレイブの質問に答えず、脇に用意していた包みから何かを取り出す。

それはガラスの管を木枠に嵌めたものだ。

透明なガラスの管の底には赤い液体のようなものが溜まり。

木枠には神経質なほど精密に目盛りが刻み込まれている。

一見して、何に使うかわからない道具だった。

しかしてジョシュアは、それをテーブルの上に置いて、

「――これに関して、率直に訊ねたい」

ジョシュアが厳しい口調で訊ねると、クレイブはまず、吸っていた葉巻の煙を天井に向かって吐き出した。

そして、

「その前に、俺も国定魔導師として聞かなきゃならんな。こいつをどうやって家に持って来た」

クレイブが露わにしたのは、ジョシュアのものよりもさらに厳しい口調と態度だ。

それはまるで、厳格な規則を犯したことを、強く咎めるようなもの。

「これの管理が厳重なのは知っている。特別に貸してもらったのだ」

「つーことはお前、握った弱みをいくつか使ったな？　ひどい奴め」

という。

「それくらいせねばならないことだ」

二人の会話から、いまテーブルに置かれた道具がかなり重要なものなのだとはわかった。

だが、なればこそ。

「父さま、それは一体何なのですか？」

「これは……魔力の量を測る道具だそうだ」

「ま、魔力の量をですか⁉」

「そうだ。こうして魔力を放出すると……」

ジョシュアが魔力を体外に放出すると、ガラスの管の底にあった赤い液体が上方向に伸びていく。

木枠には目盛りが付けられているため、おそらくはそれに対応するのだろう。

魔法の勉強をしてきたからわかる。

これは途轍もない発明だ。

驚くのもそうだが。

自分も魔導師の端くれ。

すぐに使ってみたいという気持ちに駆られるが、しかし恐れ多くて手を伸ばせない。

すると、クレイブが幾分厳しい声を発する。

「リーシャ、これはまだ公式に発表されていない国の機密だ。いま見たこと、ここで話されることは誰にも言うな。いいな？」

「は、はい……」

武官としてのクレイブの言葉に、一度は了承の答えを返したのだが――

「あの、兄さまにもですか？」

「……そうだ」

「そうですか……」

それは、正直なところ残念に思う。

この存在を教えれば、魔法が好きなあの人は、きっと喜んだはずだ。

いつも訪れるたびに、いろいろなことを教えてくれるのに、自分はこんな重要なことを伝えられない。

それが、とてももどかしい。

兄のことを訊ねたとき、一瞬父ジョシュアから厳しい視線が及んだ気もしたが。

ジョシュアはそれ以上にこの魔力量を計測する道具の方が気になっているのだろう。

クレイブへ、問いの答えを促すように呼び掛ける。

「兄上」

「そもそも、なぜ俺にこれのことを訊く？」

「可能性を一つずつ消していった結果だ。出所を探っていくうちに、兄上、あなたのところにたどり着いた」

「ほう？」

「これは、あなたが作ったのか？」

「いいや。俺じゃあないぜ」

「シラを切るおつもりか？」

「本当だっての。俺じゃあそんなものは作れないからな」

「では一体どこから出て来たというのだ！」

ジョシュアの語気が強くなる。

ふとした大声に一瞬肩が竦んでしまうが。

一方のクレイブは薄い笑みさえ浮かべられるほど、余裕があった。

「どこから？　なんだその物言い？　それだとまるで、まだ他に出所があるような言いようだぜ？」

「煙に巻こうとするな！　だからあなたという人は！」

「わかったわかった。いまのは俺が悪かった」

クレイブはそう言ってジョシュアを宥め、また葉巻を吸い始める。

気まずい沈黙が場を支配する中、ふと勇気を出して、その道具を持ってみる。

魔力の量を測る道具は、手で持ちやすい大きさであり、さほど重くもない。

魔力を放出すると、やはり底部に溜まった液体が伸び上がり、魔力量の変化を示す。

目盛りはきっちりと定められており。

量が一目でわかるよう、区切りのいい数値の部分は目立つように仕上げられ。

そしてところどころに、王国の文字でも【魔法文字《アーツグリフ》】でもない種類の文字が記載されている。

何かのサインなのか。

だが、この文字。どこかで見た覚えがなかったか。

(あ……)

それで、わかった。

これを作ったのが、一体誰なのかが。

このきめ細やかなディテール。

神経質なまでに組み込まれた刻印。

間違いない。

これを作ったのは、あの人なのだ。

それなら、クレイブが、自分が作ったのではないと言い張る理由もわかる。

(兄さま……)

色んなことをする人だったが、まさかこんなものまで作ってしまうとは。

そこで、ふと気付く。

そう、だからあの日、ガスタークスがあんな言葉をかけてきたのだと。

おそらくはあの日、何かしら重要な会議が開かれ、これの存在と製作者が発表された。

ガスタークスはあの人が作ったことを聞き。

自分に激励の言葉をかけ。

ジョシュアの追求には素気無く応対したというわけだ。

……あの人はずっと、父や母に疎まれ、使用人からも冷たくされていた。

不遇を託ってきたあの人が、ついに認められるほどの功績を挙げたのだ。

それは純粋に、嬉しいことだった。

「……ジョシュア。そいつはきちんと返しておけ。今回は見なかったことにしてやる」

「わかっている」

「本当か？　これはすでに王家の預かりだ。俺は陛下のお言葉をいただいている。おかしな真似をすれば、陛下はレイセフトを即座に潰しにかかるぜ？」

「それでも私はっ！　私は……」

ジョシュアは気色ばむが、そこで怒りの声をぐっと飲み込んだ。

がっくりと落とした肩には、どこか失意を思わせる寂しさが感じられる。

「……まあ気持ちはわかるが。俺じゃない。もし俺が作ったものだったら、お前にきちんと教えてるさ」

クレイブが質問を封じたからか。

ジョシュアが失意に項垂れたのは何故か。

いや、違う。

ジョシュアは、クレイブの作ったものを、クレイブの口から教えて欲しかったのだ。

ジョシュアはクレイブに対し、時折厳しい態度を見せ。

一方クレイブも、ジョシュアに対し茶化すような態度を取る。

確かに二人とも、複雑な感情を持っているようだが。

しかし決して、お互い嫌っているわけではないのだ。

そうでなければ、どうして本家への自由な出入りを許したり、何かにつけ呼び出し合ったりしているのか。

本当に嫌いであれば、二人とも顔も見たくないはずだし。

もっとあからさまな行動に出ているはずなのだ。

蟠りこそあるが、確かな絆はある。

だからこそ、ジョシュアはクレイブが何も言わなかったことで、腹を立てたのだ。

ジョシュアは、クレイブの弟だから。

……だが、これはあの人が作ったものだ。

だからクレイブは、これを作った者が誰なのか、ジョシュアに言わないのだ。

決して。

絶対に。

ジョシュアが道具を包み直すと、クレイブがテーブルの上にバッグを置く。

そして、そこから取り出したのは。

「それと、リーシャ。お前にだ」

「私に、ですか？」

「ああ」

クレイブが取り出したものは、先ほどジョシュアが包みに戻したもの。

魔力の量を計測する道具だった。

ジョシュアが、驚いた顔を見せる。

「いいのか？」

「作った奴たっての希望だ。管理はしてやれよ。他の奴に使わせたり、横流ししたりしたら」

「それはわかっている」

「あと、取り上げるなよな」

「そんなことはしない！」

「ならいい。あとはこれが王家の預かりだということを、よく覚えておけ。俺が言えるのはここまでだ」

「……そうか」

ジョシュアはそう言って、追及を諦める。

王家の関わりを匂わせられれば、納得せざるを得ないか。

だが、よく考えれば、これを作ったのがあの人だとすぐわかるはずだ。

しかし、ジョシュアはそんな簡単なことがわからない。

いや、そうではない。

ジョシュアは気付きたくないのだ。

だから、これを作った人間を、別の誰かにしようとして必死なのだ。

あの人のことを無能と信じているからこそ、無能だと信じたいからこそ。

あれほどの魔法の腕前も。

こんな素晴らしい功績も。

決してあの人には結びつかないのだ。

そしてクレイブも、それがわかっているからこそ、それを利用しているのだ。

ジョシュアは正面から突き付けられなければ、絶対に信じない。

だからこそ、答えを語らず、さらに王家の関わりを匂わせ、有耶無耶《うやむや》にしようとしているのだ。

いやもしかすれば、これもあの人が考えたことなのかもしれない。

――人は信じたいものを信じようとするものだ。

あの人が侯爵の事件のことを振り返る際、よく口にする言葉だ。

その対象は、あの人が戦った傭兵頭。

一度頭に「アークスは無能」と刷り込まれたため、傭兵頭はついぞ、あの人を侮ることをやめなかった。

これは、それと同じだ。

きっとジョシュアは、これからも兄を無能だと言うだろう。

父にとって、兄は無能でなければいけないから。

……もしかすれば今後、自分への魔法の指導が厳しくなるかもしれない。

だが、望むところだ。

それくらいでなければ、きっと自分はあの人に置いて行かれてしまうだろうから。


魔力計の発表から、数ヶ月の月日が経った。

近年稀にみる大発明に王国は大いに湧いて…………などということは当然ない。

ギルドでの発表、各所への導入までの流れはスムーズに進んではいるが、当然その存在に関しては、広まっていない状況にある。

魔力計が魔導師たちの扱うものであるということもあるが、やはり特筆すべきは〈魔導師ギルド〉の徹底した秘匿だろう。

配備は国軍、医療部門とそのほか特別に認められた部署だけに留め、厳重に管理されているらしい。

市井に流れることがないのはもちろん、噂もほとんど聞こえないため、それだけ重要視されているのだと思われる。

アークスとしては秘匿呼称でも付くのかと少しわくわくしていたのだが、そういったこともなかった。

制作者についても、アークスが成人して独立するまで伏せられるそうだ。

現在の自分のおかれた状況を鑑みて……ということもあるようだが、やはり大きいのは、魔力計を発表することによる副次的な効果を期待してのものだ。

魔力計の存在が、国内外に大きな影響を与えるのは確実である。

これを発表すれば、王国の魔法技術がいかに優れているかということを、改めて示すことができるだろう。

カードとしては最上。

もし国策で下手を打ったときに、その挽回はおろか失敗を霞ませるほどの力を持つ。

王家としては使いどころを選びたいということで、発表は先送り。

こちらとしても、いまは金銭さえ入ればいいため問題はないし、むしろ大人しく言うことを聞いておけば、何かあったときに王家を頼ることもできるだろうという打算もあった。

欲を出すといいことはないのだ。

何事も適度をきちんと見極めて動くのが一番いいに決まっている。

『出る杭は打たれる』

『Tall trees catch much wind』

とは男の世界の言葉。

すでに杭はだいぶ出てしまっているが、今後上手く立ち回ることを心掛けたい。

そして、魔力計の使用状況に関してだが。

国軍の魔導師部隊への導入は予定通り会議の翌日から始まり、魔導師たちの訓練で使用されている。

使い始めたばかりであるため、効果の有無は数ヶ月単位で見る必要があるとのことだ。

医療関連では、すでに多くの結果が出ていると聞く。

こちらは軍と違い、個人単位で始められるからだろう。

魔力操作が難しくて使えなかった魔法が、魔力計のおかげで使えるようになった。

そのため、特定の魔導師の負担の軽減化がなされ。

各魔導師の能力の平均化にも成功。

治療魔法の幅広い習得ができるようになった。

それにあたって、医療部門からお礼の書状が届いたのには驚いたものだが、それだけ医療部門は魔力計の恩恵に与ったということだろう。

王家が管理する事業、ソーダ産業、製紙工業関連でも、効果が上がっていると聞く。

以前までは日に一度は大なり小なり事故が起こっていたそうだが、魔力計を導入したことでそれが目に見えて減ったらしい。

作業で使用する魔力量を、これまでよりも細かく調整できるようになったためだそうだ。

いずれは魔法院の講義にも使用されるということだが、こちらは折を見てらしい。

あとは、増産の要請がきたことくらいだろう。

〈魔導師ギルド〉を通して、王家から、魔力計の配備をさらに進めるよう指示があった。

そのため、そのうち魔力計作製に必要な【錬魔】の技術についても、徐々に開示する必要がある。

もちろんそれは、自分が管理できる範囲で、という条件は付くだろうが。

……現在アークスは、伯父であるクレイブの屋敷、アーベント邸の庭にいた。

その目的は、手の空いたときにちょくちょく進めていた酒造りのためだ。

そう、クリン・ボッター何某のアレである。

先ごろ折よく、酒造りに必要な植物が手に入った。

これが王国北方の高原にある植物なのだが、ちょうど国定魔導師の一人が薬草作りの一環で栽培していたのだ。

その株を一つ譲ってもらい。

アーベント邸の庭に植え。

書に記載されていた魔法をかけた。

……ちなみに株を譲ってくれた国定魔導師と言うのが、【恵雨】の魔導師ミュラー・クイント。

医療部門の責任者であり、魔力計を発表した折には、途轍もなく感激していた女性である。

先日受け取りに行ったときも、とにかく好意的だったのは、やはり魔力計のおかげだろう。

先述したように、医療部門に絶大な恩恵をもたらしたためだ。

困ったことがあったらなんでも言って欲しい。

できうる限りの協力はする。

そんなことを言われるくらいには、魔法医療で効果が出たということだろう。

ともあれ、譲ってもらった植物に魔法をかけて、例の書物に記された植物――〈ソーマ〉にしたわけだが。

それがいま、自分の目の前にある。

「…………」

その〈ソーマ〉を前にして、なんとも言葉を発せない。

目の前にあるのは、樹だ。

でっかい樹。

どういうわけか、魔法をかけたせいで、小さな植物が見上げるほど大きな樹木になってしまった。

魔法をかけた直後からすぐに成長が始まり、ここ何ヶ月かの間に徐々に徐々に大きくなり――いまに至る。

あまりの急成長ぶりを見て、危険な遺伝子改良とか、やばい薬を使ったとかそんなイメージが頭をよぎったくらいだ。

幹を拳で軽くトントン叩く。

太く堅い。

完全な大木だ。

「これはいい丸太になりそうですね」というのは、これを見たノアの皮肉である。

「……おい、アークス」

「なんですか伯父上？」

「庭で魔法を使うのはいい。だけどな、人ん家の庭におかしな植物植えるのはよ」

「ですが、レイセフトの本邸に植えると、父上や母上に何されるかわかりませんし」

「なら別の場所ってことだっての。というかな、たった数ヶ月でどうやったらこんな立派な樹になるんだよ？」

「いやー、これは俺も予想外でした」

「どの口で言うんだ。どの口で」

「痛いです痛いですぐりぐりしないで」

隣に立っていた伯父クレイブに、拳で頭を軽めにぐりぐりされる。

背が縮むからほんとやめて欲しい。

ともあれと、サトウカエデよろしくメープルウォーター採取の要領で、幹に自作の蛇口もどきを取り付けると、樹液が出て来た。

指を付けて、舐めてみる。

「お、甘い」

樹液には、ほのかな甘みがあった。

くどくなく、さっぱりした甘味だ。

薄いということもあるのだろうが。

同様に指で掬って舐めたクレイブが、

「それでアークス、これは一体何に使うんだ？」

「これですか？　ええっと、その…………ま、まだ秘密です！」

「そうか。じゃあ出来上がりを楽しみにしてるぜ」

クレイブはそう言って、屋敷に戻って行った。

何を作っているかをここで答えるのは、なんとなく憚られた。

酒を作っているのを知られたら、怒られるから……ということではないのだが。

（なんかな……なんか）

波乱をもたらす何かになるような気がして、口に出せなかった。

当然できたらクレイブにも言う羽目になるのだろうが。

棚上げした気がしないでもない。

「あとは、この樹液を、酵母を入れた樽に入れて……」

酵母に関しては、ノアにいくつか手に入れてもらったものを用意している。

どの酵母で具合がいいのかは、作ってみなければわからないが、上手くかみ合うものがあって欲しいと切に願うばかり。

温度管理については、刻印があれば十分だろう。

樽には保存関連に効くような刻印を刻み。

地下室には温度が一定になるような刻印を全体に施している。

改造に一年を要したミニ醸造所。

この辺りは場所を提供してくれたクレイブ様様。

もちろん、刻印様様である。

この要領なら、男の世界の家電製品を完全に再現することはできなくとも、それに近いくらいのことはできるような気もしている。

涼しさ、暖かさを保つ刻印。

冷蔵庫、冷凍庫にできる刻印。

「……上手くやれば意外とこっちでも男の世界みたいに快適に過ごせるんじゃね？」

刻印は魔法と違い、詠唱や魔力注入という工程がないため、呪文ほど汎用性は高くない。

だが、やってみる価値はあるだろう。

溶鉄

ようてつ

アークスの伯父、クレイブ・アーベントの国定魔導師としての通り名。クレイブが魔力量を増やす技術を探すためライノール王国を出奔した際に修行を重ねて編み出した魔法【鉄床海嘯】が元となっている。クレイブは第一紀言書【天地開闢録】の一部分を読み解き、世界を形作ったとされる「十の言象」の一つ、鉄甲山脈を生み出した赫津波（アカツナミ）を再現。煮えたぎった溶湯を自在に操ることができるため、国王シンルからこの名が与えられた。

天地開闢録

てんちかいびゃくろく

古代アーツ語によって記された紀言書の一つ。第一紀言書。世界の成り立ちである天地創造と、生命の誕生が描かれている書物。単なる創世の歴史だけでなく、世界を形作る強力な自然現象までが記されているため、これをすべて読み解くのが攻性魔法を扱う魔導師たちの命題ともなっている。中でも「十の言象」が有名。解読難易度は第三紀言書【クラキの予言書】に次いで高い。

精霊年代

せいれいねんだい

古代アーツ語で記された紀言書の一つ。第二紀言書。まだ世界が混沌として、人々が悪魔や自然の脅威に翻弄されていた時代。双精霊ウェッジとチェインが世に安らぎと平穏をもたらすべく、世界中を旅したと記述される書。“男の世界”の神話や伝承、英雄譚や童話をごちゃ混ぜにしたような話が書かれている。

双精霊の遍歴。農夫アルゴルの一週間。宿り木の騎士の冒険など。

第二章

「アークス・レイセフト、十二才」

Chapter2 ∽ Arcs Laceft, Age Twelve

魔力計の発表から、二年の月日が経った。
アークスは今年で十二歳。
背も（少し）伸び。
体格も（ささやかだが）男性のものへと近付いてきた。
鏡を見ても、やはり顔が男らしくなってくれていないのが、一番の悩みか。
喉仏は埋まっているし。
目もパッチリ。
まつ毛も長い。
女の子っぽさから抜け出せないのは、何かの呪いなのかと疑いたくなるほどだ。
最近では鏡を見ながら顔をぐにぐにする機会が増えている。
……そんなことをしても顔形が変わらないのはわかってはいるのだが。
アークスを取り巻く環境も、少しずつだが変わってきている。
以前に魔力計をクレイブ経由でリーシャに贈ったわけだが。
それに際して、危惧したことは特段何も起こらなかった。
ジョシュアが制作者を特定できたかと訊かれれば否であり。

秘匿の方もきっちりしている様子。

リーシャに対して八つ当たりをする節もない辺り、その点に関しては、あの父はまともだったということだろう。

魔法の指導が少し厳しくなったようだが、それ以外は特に変わらず。

リーシャからもそういった話はされていない。

変化という点で挙げるならば、リーシャと会う機会が以前にも増して減ったことくらいだろう。

その理由は、ジョシュアがリーシャの魔法の指導にさらに力を入れたからということも挙がるが、他家への顔見せなどが増えたというのが大きいようだ。

魔導師のサロンや夜会への出席、さらにはレイセフト家の分家筋への挨拶など。

すでにリーシャの実力は他家からも一目置かれているらしく、魔法の腕前だけで言えば、リーシャの当主の座は盤石になったと言える。

一方で、アークスの方も、魔力計の作製など、やらなければならないことが増えたため、時間の都合が付けにくくなった。

外出や伯父の家への泊まり込みもあり、会えるのは月に一回程度。

まったくない月もある。

父ジョシュアや母セリーヌの目がなければ簡単に会えるのだが、そういった機会はそうそう巡って来ることはない。

他に変わったことと言えば、文通を始めたことだろう。

その相手はクレメリア伯爵家長女、シャーロット・クレメリア。

以前に侯爵の一件で助け出した少女である。

文通は彼女たっての希望であり。

魔力計の発表などが落ち着いた頃から始まった。

連絡のやり取りが文通という形になったのは、お互い忙しく、かといって直接会うのもお家の体面上なかなか難しいという理由があったからだ。

彼女は二歳年上であるため、現在十四歳。

魔法院への入学は十三歳からであるため、一年ほど前から魔法院に通っており。

魔法は使わないが、対魔法戦の勉強をしているとのこと。

当然、剣の修行にも励んでいるらしく。

その内、剣の手合わせをしたいとも書いてあった。

淑やかな見た目だったが、その辺りはやはり武家の娘といったところか。

あとは、自分のことだが。

魔力計の運用も順調で、問題なども特になく。

【紀言書】の読み解き、魔法の試作なども順調。

ギルドから入った莫大な報奨金も含め、金銭もかなり貯まってきている。

現在はノアやカズィに頼んで、王都で物件を探してもらっているという状況だ。

……アークスとて、このままずっとレイセフト家にいるつもりはない。

いつまでも伯父クレイブの屋敷を使わせてもらうわけにもいかないし。

魔力計など、抱えている事業もあるため、アーベント家の別邸という形になるにしろ、別途きちんとした拠点が必要というわけだ。

金銭については先述の通り貯蓄があるし、足りなければ借りればいい。

それでも上手くやりくりできなければ、いくつか魔法をギルドに売り払えばいいとも考えている。

夢のマイホーム計画（切実）だ。

これはもう間もなく結果が出ることだろう。

その他成果が出たものと言えば、例の酒造りだろう。

試行錯誤……というほどでもないが、書物に書かれた品質に近付くよう、何度か作業を繰り返し、見た目はらしい感じになった。

いまは以前と同様に、クレイブ邸の地下の一室を借り受け、醸造や保管を行っている。

室内の壁には刻印を施しており、一年を通してひんやりとした室温を保ち。

湿度もできる限り一定を保てる状態になっている。

詰めた樽にも、書物に書かれていた刻印を施しており、多少だが発酵が進みやすいように処置。

刻印だらけで目が痛くなりそうだというのは、ここに入ったことのある者たちが口を揃えて言う言葉だ。

ともあれ、地下のミニ醸造所にて。

保管していた樽の上蓋を開ける。

中には酒が収められており。

見たところ上層と下層に分かれているらしい。

上は透き通ったいわゆる上澄みで、下には澱《おり》が溜まり、白く濁っている。

割合は、上澄み二割、沈殿層八割といったところ。

こちらの世界で酒と言えば、蜂蜜酒やエール、ワインだが、上澄みだけを見るにウォッカやジン、日本酒を思い起こさせる。

日本酒の場合は、沈殿層である醪《もろみ》を絞るなどの工程が必要だが——それはともかく。

出来てもどぶろく程度だと思っていたのだが、意外にもらしいものができ上がった。

「これが極上の美酒……」

必要な材料。

温度管理。

定期的な撹拌。

出来上がりの状態。

書物に記されていた醸造期間もクリア。

おそらくはこれで完成しているだろうと思われる。

……樽の中身を注視していると、階段の方から足音が聞こえてくる。

数は二人分。

やがて階段を下りて現れたのは、自分に付いている二人の従者たちだった。

片や、女と見紛うばかりの顔立ちと美貌を持った青年。

歳は二十代前半。

群青の髪を、いわゆるおかっぱのようなショートボブにしており、左は肩に付くほど長めに切り揃え、右は耳の横に短い三つ編みを作っている。

右目には片眼鏡《モノクル》。

腰には細剣。

黒のモーニングコートをきっちり着こなし、まるでお手本のような執事像。

片や、黒い髪を流し、前髪をオールバックに固めた悪人面の男。

歳は三十代に届くか否か。

三白眼で、切れ上がったまなじり。

口元には常に皮肉気な笑みが目立ち。

シャツの胸は開かれ、それに合わせてタイも緩められており、かなり着崩していることが窺える。

腕にはスカーフ。

腰元には鍵束。

その他にも小道具のような物品をじゃらじゃらと携行している。

「ノアにカズィ」

階段を下りて来たノア・イングヴェイン、そしてカズィ・グアリに声をかける。

すると、カズィがあからさまに眉をひそめて質問を投げてきた。

「何してんだお前？」

「クリエイター活動」

「あん？」

「物作りのことだ」

聞き返されて、言い直す。

ついつい男の国の言葉を口にしてしまうのは、彼の影響が色濃いためか。

自身が基本とする言語体系は王国のものなのだが、ふとしたときに男の言葉が顔を出す。

気を付けなければならないが、言いやすいというのには抗えない。

ふと近寄ってきたノアが、樽を覗き込んでくる。

「そう言えば、以前に材料を集めさせられましたね。結局これはなんなのですか？」

「酒だよ。お酒」

「酒ぇ？　お前酒なんか造ってんのかよ？」

「ふふふ、その通りだ」

「酒の味も知らねぇガキんちょが酒造りねぇ……」

微妙そうな表情から吐き出される、微妙そうな吐息。

確かに、カズィの呆れようはわかる。

子供が酒を造るなど、トチ狂っているとしか思えない。

胡乱げな表情を見せる男の横で、ノアがやけに大仰な素振りを見せ、悲嘆の言葉を口にする。

「この歳でお酒に手を出すとは、教育の一端を担ってきた者としては、無力さを感じずにはいられません」

「どの口で言うんだっての。それに、俺の場合飲む方じゃなくて造ってる方だし」

「自分で購入することが難しいので造ってしまえということですね。もっと罪深いかと」

罪深いとはどんな言いようか。侯爵と同レベルなのか。

まあ罪云々に関して言えば、男の国の酒税法には確実に引っ掛かる所業だろう。

飲酒も合わせて間違いなく役満だ。

だが、この国にそんな法律はない。

地域によっては水の保存の関係上、飲み物にアルコールが入っているのがポピュラーだというところもあるほどだ。

「それに、家庭で造るものの域を出ないだろうし」

「と言いつつ、いろいろ手を凝らしているのでは？」

その辺りは、ノアの言う通りだ。

これまでの経験をフルに使って、室内から道具に至るまですべてに刻印を施している。

地下室はほぼ刻印でみっしり。

カズィが周囲を見て「うへぇ」と言って辟易するくらいには刻印だらけである。

「それで？　今日もその酒造りの作業か？」

「いや、今日はそれが出来たから試飲会でもしようかなって」

「ほう？」

「というわけでいまから味見だ」

そう言いながら、用意してあったカップで、酒の上澄みを掬い取る。

カップを差し出すと、カズィがいつものように不穏な笑い声を交え、

「先いいぜ。キヒヒッ」

「では、いただきます」

試飲の一番手を譲られたノアが、カップを受け取る。

カップを口元に宛がい、ゆっくりと傾けると。

「ふむ。これは」

飛び出たのは、そんな言葉。

口元を手で押さえ、目には驚きが確かに窺える。

その様子だと、不味くはないと思われるが、一応訊ねた。

「どうだ？」

「……美味ですね。お酒にはさほど詳しくないので言葉で言い表すことはできませんが」

ノアほどの知者が言葉で言い表せないとは。

酒に詳しくないなら仕方ないかもしれないが、これは期待できる。

ふと、カズィがノアに訊ねた。

「白ブドウのワインとは違うのか？」

「はい」

「芋の蒸留酒とは？」

「それとも違いますね。あちらよりも酒精は低く、まろやかな甘みがあります」

「ほー」

そんな風に、カズィが興味深げな声を出して顎をさする。

もう一つカップを用意し、上澄みを掬った。

「カズィは？」

「俺は最後でいいわ」

というわけで、飲んでみる。

「――おぉ!?」

まず口の中に広がる、馥郁《ふくいく》たる香り。

そしてとろりとした口当たり、甘みとうま味を含んだ飲み口。

甘味よりもうま味の方が格段に強いが、どちらもあるおかげか、強烈な甘みに感じてしまう。

日本酒、ウイスキー、果実酒のどれとも違う。

ミルキーさを感じさせる部分も見え隠れする。

不思議な雰囲気の酒だった。

「……やばい。これはマジでやばいぞ」

男もそれほど酒をたしなむ人間ではなかったが、それでもわかる。

これは様々な種類の酒が大量にあった男の世界にも、ないタイプのものだ。

いつまでも飲み続けていたくなる。

そんな麻薬並みの中毒性が確かにあった。

そんな中、ふとノアが訊ねてくる。

「アークスさま、さきほどの表現は？」

「え？　あ、いや、なんでもない。すごく美味いってことだ」

「そうでしたか」

語彙が死滅したせいか、またも男の国の言葉を使ってしまった。

ノアは慣れたのか、最近その辺り、そういうものだと納得してくれている節がある。

最後に、カズィの分を掬って渡すと。

「へぇ、果物の香りがするな」

「お、それちょっと通っぽいぞ」

「だろ？　酒を飲むんならお前も覚えておけ。それっぽく振る舞えるぜ？　キヒヒッ」

そんなやり取りをしつつ、カズィが口に含むと。

彼は驚きで目を見張った。

「うおっ！　こいつはすげえな……」

「やっぱそうだろ」

「ああ。いままで飲んだ酒が泥水みてぇに思える。いや、安酒だったからってのもあるだろうがよ……」

カズィはそう言いながら、カップを干す。

そして、ほう、っと恍惚とした息を天井に吐き出した。

「甘いな。だが、この甘さはいままで感じたことがないぜ……」

美味すぎたせいか、いつも口にする不穏な笑いも忘れているらしい。

だがそのおいしさが、魔法ドーピング植物由来のものとは言うまいて。

ともあれそんな会話の間にも、少しずつ酒に口を付けていたのだが。

「なあ」

「どうしました？」

「これ飲むと、魔力が少し増えないか？」

「魔力……がですか？」

「俺、今日訓練でそこそこ使ったから、なんとなくわかるんだけどさ」

すると、ノアもカズィも意識できたのか。

「そう言えば」

「確かに増えた気もするな」

やはり、魔力が微量に増えている。

もともと魔力の量が少ないため、魔力の変化を感じやすいというのもあるのだろうが。

そこで、ふと気付いた。

「あ！　もしかして、魔力がなくなったあとにこれを飲めば！」

魔力を補充できるのではないか。

しかし、そんな単純極まりない想像は、二人の先輩に打ち返される。

「確かに魔力は補充できるでしょうが……」

「まず間違いなくがぶ飲みしなきゃならなくなるだろうな」

「………だよねぇ」

そう、よくよく考えると現実的ではない。

この魔力の増え具合から考えると、回復量は水筒一本分で４００から５００と言ったところ。

まず間違いなく酔いが回って倒れてしまうだろう。

急性アルコール中毒まっしぐらである。

「結局嗜好品止まりかぁ」

「こんだけ美味けりゃ十分だろ。いくらなんでも欲の出し過ぎだぜ？」

確かにそうか。

もともとの目的は完全な形で達成されたのだ。

別の成果を求める方が、無茶な話。

「カズィの給料とかこれでどうだ？」

「それでもいいな。これなら確実に売って大儲けができるぜ？　キヒヒッ！」

「その手があったかー」

カズィとそんな冗談を言い合いつつ。

「そのうち伯父上にもあげたいけど」

「よろしいことでしょうが。あの方がこれの存在を知れば間違いなく飲みつくしてしまわれるでしょうね」

「やっぱりそうだよな」

「あー、あのオッサン、酒飲みって感じするもんなぁ」

この酒は美味すぎるのだ。

酒を愛する人間が飲んだら血眼になるのは、火を見るよりも明らかだ。

「ちょっと手に入れたんで、おすそ分けです程度で」

「出所を根ほり葉ほり聞かれて結局隠し通せずあたふたしているアークスさまの道化じみたお姿が簡単に想像できますね」

「それ具体的すぎ」

「的確かと」

しれっと言って退けるノア。

だが、その言いようには反論できないのも確かだった。

「それで、アークスさま。この酒の名は?」

「ソーマ酒だってさ」

「ソーマ酒ですか……」

クリン・ボッター何某の書には、そんな名前が記載されていた。

由来も効果も、男の世界の神話にあるお酒を思わせるが、一応は別物だろう。

ともあれこれでお酒は完成したが、あとはこれをどうするかが、今後の課題だろう。

「うめー」

「ええ。これはいい……」

考えている最中も、がぶがぶ飲む男と、お上品に飲む青年。

この調子だと、用途を考え付くよりも先になくなってしまう方が早そうだ。

そんな様子を横目に見つつ、底に溜まった白い澱《おり》を汲み出して、清潔な布巾で包む。

容器の上で紐に吊り下げると、透明な雫が落ちて来た。

すると、それを目ざとく見つけたノアが。

「何をなさっているのですか」

「いやさ、あらばしりっぽいものを……」

そう言って、今度は酒の抽出の仕方を変えたものの試飲を始めるのだった。


――本は読むものではない。探すものだ。

これは、アークスが人生を追体験した〈とある男〉の父の言葉だ。

彼が言うには、人間は本に対して、常に探すという行動をとらなければならないのだという。

まず人は、自分が読むべき本自体を探し出し。

文字の羅列の中から必要な情報を探し出し。

最後にその情報が使える場面を、実生活の中から探し出さなければならないのだという。

だからこそ、本は読むものではない、探すものなのだと。

読み物に恵まれた世界にいるがゆえの言葉だ。

落ち着いて聞くと、無茶苦茶を言っているようにも感じられるが、言わんとしていることはわかる。

ともあれそんな男の父の影響もあって、男はよく本を読むようになったのだ。

その恩恵を大きく受けているアークスとしては、感謝しきりである。

(ほんと、さまさまだな)

これまでも、男の得た情報は様々なことに役立ってきた。

それは魔法だけでなく。

日々の生活や、ふとした機転にも。

それらを効率よく吸収できるのも、自分の持つ能力ゆえだろう。

一度読んだもの、見たものを正確に記憶できる力。

いわゆる瞬間記憶能力にも似た力だ。

これがあるからこそ、男が読んだ本も、たとえそれが流し読みであったとしても、正確に鮮明に記憶できている。

そしてその力は、追体験のときでなくとも、きちんと発揮されている。

いや、むしろ有効に活用されていると言うべきだろう。

……現在、目の前には【紀言書】がある。

この世界で本と言えば、真っ先に挙がるものがこれだ。

数十冊もの分厚い書物に、何篇にもわたって記載される【古代アーツ語】。

普通の人間ならば、これをすべて覚えることはまず至難であり、たとえ覚えることができたとしても、一字一句正確に覚えることなどまず不可能な代物だ。

そんな代物の主な使用法は、やはり魔法の創造だろう。

書を構成する【古代アーツ語】を用いて、呪文を作り出し、様々な現象を引き起こす技術。

それは人々の生活を豊かにするためだけでなく。

当然、他者を攻撃することにも用いられる。

魔法の種類は、大別して三種類。

相手を直接攻撃する【攻性魔法】。

防御関連の【防性魔法】。

最後に、補助的性質を持つ魔法が【助性魔法】と呼ばれている。

アークスはアーベント邸の庭で、一冊の本を持ち上げる。

それは、これまで【紀言書】から抜粋した単語や成語、その意味までを書き留めたものだ。

アーベント邸の庭にそんなものを持ち出した理由は、新しい魔法を作るために他ならない。

今後成り上がるためには、当然だが多くの魔法が必要になる。

強力な魔法もそうだが、その場に即した魔法もそう。

場合によっては、対人戦を行うことも想定しなければならない。

だが、魔法の行使は、どうしても詠唱時間がネックになる。

魔導師対魔導師の対人戦もそうだが、魔導師ではない相手と戦う場合、呪文が長いとそれだけ相手に隙を見せることになり、こちらが詠唱している間に倒されてしまう。

それを避けるためには。

緒戦は近接戦闘に注力し、相手の隙を突いて詠唱を行う。

もしくは前衛を配置して、前衛が戦っている間に詠唱する。

これらのことを行う必要がある。

いつでも前衛を用意できるわけではないため、後者は現実的ではない。

それゆえ、その場合の選択肢は自動的に前者となる。

「やっぱり剣か……」

……男の覚えた剣術を思い出す。

男の国では竹で作った摸擬刀を使う剣術が一般的だったが、男は精神修養の一環で、真剣や専用の練習刀を用いる方を主に行っていた。

座った状態で、鞘から刀を抜き打つ技術だ。

主に決められた型を繰り返し練習したり、ときには据え物を斬ったり。

対人戦の技術を多く培うものではないが、男はそこで複数の流派に手を出していた年配の剣士に足運びなども教えてもらっていたため、技術がまったくないというわけではない。

そこで覚えたものを四年も前からコツコツと練習し、すでにある程度の動きはものにしているし、読み物によく登場した技術も、もう少しで再現できる域にある。

ともあれ、いまは魔法だ。

近接戦闘の技術。

前衛の配置。

それ以外の手段を挙げると、魔法の形式や呪文自体の見直しとなる。

持続性の高い魔法を作ること。

詠唱時間の短い魔法を作ること。

そのいずれか。

持続性の高い魔法というのは、【火閃槍《フラムルーン》】などの、一撃で終わる単発式の魔法ではなく、一度使用すると【防性魔法】のような効果を長く維持できる魔法のことだ。

伯父であるクレイブが使う魔法や、ノアの【ジャクリーンの氷結剣】なども、これに当たると言えるだろう。

これらは強力な反面、莫大な魔力を必要とする。

それゆえ手が出せるかと言えば、難しい。

自分は魔力が少ないため、魔法を複数回行使する場合、一回に使用できる魔力量が限定される。

強力な魔法ならば一度使うだけで魔力の大半を持っていかれることになりかねない。

魔力を増やす手段、それに代替する手段をまだ見つけ出していないため、やはりこれも現実的ではない。

実用性を追求するならば、呪文を短くしなければならないだろう。

当然呪文は短ければ短いほどいい。

だが極端に短くしても、今度は望んだ効果が発揮されないというジレンマに陥る。

魔法の呪文は。

どんな現象を利用するのか。

どんな形になって発揮されるのか。

どんな効果を持つのか。

それらをきちんと指定しなければ、洗練された魔法にはならないのだ。

使用する単語を減らしすぎると指定ができず、たとえ上手くいったとしてもその魔法は単調なものになる。当然、魔法が単調になれば効果を追加することができないので、弱くなるというわけだ。

だが、それでも呪文は短くしたいし、相応の威力は欲しい。

そこで今回、魔法の威力上昇に役立つ成語ではなく、通常では扱い切れないとされている単語に活路を見出すという流れに行きついた。

【炎】【火炎】【雷】【稲妻】【氷雪】【雪崩《なだれ》】――

これらは単語自体が強力で、通常、呪文に混ぜることが難しいものだ。

これらの単語を下手に呪文に組み込むと。

あるいは制御しきれず暴走し。

あるいは打ち消し合って逆に弱くなってしまう結果となる。

だが、これらは決して呪文に使用できないわけではないのだ。

制御できる単語を発見し、組み合わせさえ思いつくことができれば、理論上は使用に耐えられる魔法になる。

……単語や成語を書き留めた本に目を落とす。

「【爆《は》ぜる】……」

ふと呟いたのは、つい先日研究中に見つけた単語だ。

【紀言書】は第六、【世紀末の魔王】に記載される、爆発、爆裂にも関連する言葉である。

曰く【炎が爆ぜる。雨の如く降り注いでは轟々と。猛火は走り駆け抜けて猛々しく、地平の彼方へと及んでいく。嘆きの声は尽きず。悲しみの声は止まず。一切を焼尽し、一切を微塵に戻す。魔王が一柱ガンザルディ。征くあとに残るものはなく、ただ悲嘆の染みついた曠野《あれの》ばかりなり】と。

……これは、人の世を滅ぼすとされた魔王の一柱、ガンザルディの顕現《けんげん》を描いたものだ。

魔王ガンザルディは顕現時、人が築き上げた文明を炎と衝撃で吹き飛ばして、あまねく荒野に変えたという。

この記述だけを見ても、強力な言葉が相当数使われていることがわかる。

【轟々】【猛火】【焼尽】【微塵】【尽きず】――

これらはどれをとっても、容易には扱い切れない単語ばかりだ。

【爆ぜる】という単語も、間違いなくそれに類するだろう。

だが、威力が強いからと言ってただ単純に【爆ぜる】という言葉のみを唱えるだけでは、魔法にはならない。

魔法にするには、やはりある程度こちらで結果を指定し、鋳型に嵌めてやらなければならないのだ。

だが指定するにも【爆ぜる】に負けない単語や成語を用意して制御しなければ、たちまち魔法は暴走する。

「あちらを立てればこちらが立たず……」

呪文を短くしたいが、効果も高めたい。だが、強力な言葉を使うには、呪文を長くする必要がある。

しかし、やはり普段使いをするならば、呪文を五節程度には納めたいし、節の一つ一つもできるだけ短くしたい。

そこで呪文作製の技法を利用する。

【反復法】。

これは、同じ言葉を繰り返し使い、集中的に強化する技術のことだ。

魔法のテキストなどには載っておらず、呪文の法則性を探している中で、自分で見つけ出した技法である。

これは単純に、同じ言葉を連続で複数回重ねるだけでいい。

そうすることで、効果が集中して補強され、そのぶん魔法が強力になる。

三つほど繰り返したときが、最も呪文の具合がいい。

あと意識しなければならないことは、シンプルさだろうか。

下手に凝って単語や成語を足しては意味がない。

それらを踏まえたうえで、作製した呪文を唱える。

《――微細。微細。微細。爆ぜよ》

イメージは前方、十メートル先の地面の爆裂だ。

詠唱が終わった直後、【魔法文字《アーツグリフ》】が辺りに散らばり、やがて目標地点へと向かって集束する。

【魔法文字《アーツグリフ》】が一塊になった瞬間、思い描いた現象が発生するかと思われたが――ぷすぷすという不完全燃焼を思わせる音を発したまま、ただ黒い煙だけがもくもくと上がるだけ。

爆発は起こる気配さえない。

失敗だ。

「ダメか……」

うむむと唸るが、しかし残念に思うようなことでもない。

こんなのは、いつものことだ。作り出した呪文が一発で成功するなど、そうそうあるはずもない。

魔法の製作は、呪文の候補をいくつも用意したうえで、最も良い効果のものを抜き出し、さらに改良を重ねることでなされるものだ。

おいそれと簡単に作れてしまうほど浅いものであれば、多種多様な利用などできるはずもない。

おそらくいまの失敗は、威力を抑え込む力が強すぎたためだろう。

【微細】という言葉を重ね過ぎたせいで、弱める力が【爆ぜる】という言葉の力を上回ってしまったのだ。

そもそも語呂があまりよくないため、上手くいったとしても改良はするだろうが。

次いで、先ほどとはまた別の呪文の詠唱に取り掛かる。

(同じ言葉を重ね過ぎたからマズいのなら——)

今度は別の言葉も織り込みつつ、先ほどよりも威力を向上させるよう心掛ける。

詠唱。

《——微細。微細。転嫁。大きく爆ぜよ》

しかして効果が発生するまでは、【魔法文字《アーツグリフ》】はおおよそ先ほどと似通った動きを見せる。

やがて前方に巻き起こる、小さな破裂。それはまるで爆竹が弾けたような、小規模なもの。燃焼も熱もほとんどなく、攻撃的な面はまるでない。

これでは駄目だ。相手を驚かす役割さえ果たせない。

それに、そういった役割の魔法は、以前に作った【びっくり泡玉《アストニッシュバブル》】という魔法があるため、いまのところ必要ない。

「まあ、さっきよりは爆発っぽくなってるし、完全な失敗でもないんだよな……」

ならばここは、思い切って技法に囚われずに作るべきか。

当然威力を抑え込む必要があるため、単語を重ねる必要はある。

だが、ただ単調に【反復法】を用いるだけだと、先ほどのように魔法の威力が抑え込まれすぎてしまい、望んだ結果にはならなくなる。

では、どうすればよいか。

……効果や威力をある程度小さくして、魔法を制御できるものにしなければならない。そのため、威力を下げる単語はいくつか必要だ。それゆえ変則的だが、三回の反復部分をすべて別の単語に置き換えつつ、調子と韻を賄い、最後の【爆ぜよ】の部分に威力を弱める言葉を追加する。

そのうえで、もう少し、イメージの方を練ることにする。

ばらけた【魔法文字《アーツグリフ》】が無造作に集まるのではなく、寄り集まって互いに結び付き、魔法陣を構成。それが爆発の前兆を作り出す。やがてそれが徐々に収縮し、爆破対象を限定。小規模な爆発を引き起こす。

対象は一人、巻き込んで四、五人程度をイメージ。

今度は庭先に無造作に置かれた石を目標物とする。

（これでどうだ！）

成功の願いを込めて、詠唱。

《――極微。結合。集束。小さく爆ぜよっ！》

呪文を唱えると、無造作に飛び散った【魔法文字《アーツグリフ》】が寄り集まり、円を成してさらに陣を形成。魔力がインクを引き、文字の周囲に直線、円、多角形をなして幾何学模様を結び、魔法陣を構築する。

目標物を魔法陣で引き絞る様を幻視しつつ、手を握るように狭めていくと、魔法陣が思い描いた通りに収縮。

最後に狭めつつある手をぐっと強く握り締めると、同時に魔法陣も圧壊。

その直後だった。

爆炎の赤とオレンジが黒雲をまとって膨張。

爆裂の轟音と衝撃が一緒になって身体を打ち据える。

熱さを感じるのもつかの間、耳から音がぷっつりと途切れる代わりに、彼方からキーンという耳鳴りの音がやってきた。

漂ってくる焦げた臭いと、目の間には砲撃でも受けたかのようにえぐれた地面。破砕された石。

見上げれば、砕けた【魔法文字《アーツグリフ》】が黒煙に交じって空へと舞い上がっていた。

「やった……やったぞ……！」

成功の陶酔に心囚われたまま、やった、やったと何度も呟く。

まだまだ威力は大きく、制御できているとは言い難いが、これは確かな成功だ。

たった四節。たった四節でこの威力は他に類を見ないだろう。

成語を含んでいないため、結果は爆発を発生させるだけという単純な現象にとどまったが、これだけでも十分強力だ。

効果を発揮するまでの時間、そして効果を及ぼせる距離は【火閃迅槍《フラムラールーン》】に及ばないにしろ、威力はそれに匹敵する。

そのうえ、魔力の消費量もある程度抑えることができている。

これについては、三つの単語が効いたのだろう。

実用性のある魔法を生み出したことへの確かな手ごたえを感じ、嬉しさが込み上げてくる。

やはり魔法は面白い。こういう試行錯誤があるからこそ、成功したときの喜びはひとしおだ。

……今後こうしてちまちまと、魔力消費や詠唱の負担が少ない魔法を作っていくべきだろう。

だがやはり、爆発は耳に来る。

「刻印で耳栓とか作らないとなぁ」

成功の余韻に心を弾ませつつも、腕を組んで耳栓の製作に思いを馳せていた、そのときだった。

「――おいアークス。お悩み中ちょーっと悪いんだがよ」

聞き覚えのある声に振り返ると、そこにはいい笑顔の伯父がいた。

「はい、伯父上、どうしまし……た？」

そう、とびっきりいい笑顔の。

その様子に、戦慄が背を駆け上がる。

背中が一気に冷え込んだ。

直感的に、これが怒られる前触れだということに気付く。

しかし一体何がどうしたというのか、思い当たる節がまったくない。

「あのなぁ。魔法作りを張り切るのはいいがなー、これはないんじゃないか？　んー？」

「これ？　………あっ」

彼の視線の先には、先ほど爆発の魔法を使った場所が。

しかしそこは魔法の行使で土が掘り返されており、めちゃめちゃになっていた。

めちゃめちゃに。

とてもめちゃめちゃに。

「いや、あの、これは、そのですねっ」

「場所を考えろ場所を！　このノータリン！」

ぐりぐりぐりぐり。

「ぎいゃぁあああああああああ!!」

魔法の作製を頑張った結果、頭をごつい筋肉と拳骨でぐりぐりされる羽目になった。


――ノア・イングヴェインはこの日、アークス・レイセフトに従って、王都から近い場所にあるアーベント領を訪れていた。

王都を出て、そんな場所を訪れるに至った理由は、アークスがアーベント領にある訓練場を利用するためだ。

使用目的はもちろん、魔法の製作および、その訓練である。

これまでアークスは、魔法の訓練の際、レイセフト本家の庭かアーベント邸の庭を利用していたのだが、先日、彼が張り切りすぎてアーベント邸の庭を破壊してしまったため、クレイブから使用禁止を申し渡されてしまったのだ。

以前にも、〈ソーマ酒〉なるお酒を造るための植物を植えたことで、無駄に大きな木ができてしまい、庭の景観を損なっている。

さすがのクレイブも今度ばかりは、腹に据えかねたということだろう。

ともあれ、魔法をいくらでも使っていい場所として、アークスがクレイブに許されたのが、このアーベント領の訓練場なのである。

訓練場と言っても、人の出入りがない原野や山の中を、適当にそう称しているだけなのだが。

木々生い茂る山の中は、ひどく長閑《のどか》で、時の流れを忘れさせてくれるような静謐《せいひつ》な雰囲気に満ちている。耳を澄ませば、野鳥の声と、風のざわめき。枝葉の間から射し込む木漏れ日が地面を照らし、砂利が目立つ粗雑な野道の踏み出すべき場所を、確かに正しく明らかにしていた。

幼い主は現在、ここで魔法の訓練を行っている。

自分たちは一度アークスから離れ、軽食や飲み物を用意し、再び彼のもとに向かって歩いているという状況にあった。

隣を歩くのは、同じ従者の一人である、カズィ・グアリだ。

彼と共に何気ない会話を口にしながら、幼い主の下へ向かう中。

「――カズィさんは、やはり言葉遣いをもう少し改めた方がよろしいかと」

「そうかぁ？　最近は結構きちんとやってる方だと思うけどな。キヒヒッ」

気付いたことを指摘すると、カズィはとぼけた様子で笑い声を上げる。そのどこか小狡さを感じさせる妙な笑声にも、もう慣れたもの。

しかし、

「いいえ。まだおろそかにしているときがかなりあります」

「へぇ、なんで断言できるんだ？」

挑戦的に訊ねて来るカズィに対し、こちらは手帳を取り出して対抗する。

「前日は四回、今日はすでに二回……カズィさんは目上の方に不遜と受け取られかねない言葉遣いをされていますね？」

「うげっ！　お前ってば細かく書き留めてんのかよ！　……はー、容赦ねえなぁ……」

「魔法に関してはカズィさんが先輩ですが、執事の業務に関しては私の方が先輩ですので」

指摘の方はしていかなければならない。

カズィの性分的に難しいのかもしれないが、言葉遣いは従者にとって重要なことだ。

アークスやクレイブなど、カズィの気質をわかっている人間ならともかくとして、そうでない人間が彼の話し言葉を聞けば、彼だけでなくその主人であるアークスの資質も疑われかねないのだ。

確かに言っていた通り、以前に比べればかなりマシになってはいるのだが、時折彼らしい言葉遣いが顔を覗かせる。

せめて他家の人間に対しては、きちんとした敬語で応対できるようになってもらわなければならない。

「その辺りもう少し気を配っていただかないと。これからアークスさまを支えていくのですから」

「なんだ。俺もその中に入ってるのかよ？」

「当然でしょう。それとも、アークスさまになにか不満がおありで？　あの方ほど面白い方はそうそういらっしゃらないと思いますが？」

「それは認めるわ。ありゃあおかしい。キヒヒッ」

そう言って、カズィはまた笑い出す。なんだかんだ文句を織り交ぜる男だが、アークスのことは結構気に入っているらしい。

おそらくはそのアークスに、どことなく庶民的な気質があるためだろう。ずっと貴族の家で育っていたはずなのに、やんちゃなところや、下町の雑な口調を操るところもある。

彼になぜそんな気質があるのかは甚だ疑問なのだが、あの主人に抱く疑問は枚挙に遑《いとま》がない。

アークス、カズィの両者ともに、やり取りがお友達感覚から抜けきらないのはそろそろ改善した方がいいと思うのだが――

「おい、ちょっと静かに」

「……どうしました？」

やにわに静けさを求めて来たカズィに、小声で訊ねる。すると彼は、肩を丸めてわずか見上げるように腰をかがめ、周囲に気配を配るような素振りを見せた。

もとは農夫であると共に、野山に入って魔法で狩りをしていたと聞く。山歩きはお手のもの、山の異変を感じ取るのもお手のものなのだろう。

ふとすると、どこか遠間から、ドラムを激しく叩いたような音が断続的に響いてくる。それに伴い鳥たちの飛び立つ音が聞こえ、重いものが倒れる震動も伝わってきた。

山の中では決して聞くことのない騒がしさ、けたたましさだ。

「これは……」

「随分激しいことだが……答えは一つしかねえよなぁ」

「ええ、十中八九あの方でしょうね」

音の原因は、特定するまでもなく決まっている。

起こっているのが異変ならば、原因は異変や騒動が服を着て歩いているあの少年しかいない。

すると、カズィがまた「キヒヒッ」と不気味な笑い声を発する。

「気になるか？」

「わかりますか？」

「そりゃあそんな顔してたらな」

どうやら、顔に出ていたらしい。

だが、

「私としては、アークスさまがクレイブさまの庭に多大な痛手を与えたという魔法の方が気になるのですがね」

「俺たちがここに来ることになった切っ掛けか？　つーかそんなもの覚えてどうすんだ？」

「それは当然、事故を装いクレイブさまの庭をめちゃくちゃにしてしまおうとですね」

「……お前もときどき、従者にあるまじきこと言うよな」

そんな雑談を交えながら歩いていると、やがて目的の場所に到着する。

幾分開けた場所で、魔法の訓練を行っていたのは、主人であるアークス・レイセフト。

彼は先んじてこちらに気付き、歩み寄って来た。

「ノア、カズィ、お帰りー」

「軽食と水をお持ちしました」

「ああ。ありがとう」

お礼を言うアークスに水筒を差し出すと、彼は再び「ありがとう」とお礼を重ねる。

何かにつけ礼を欠かさない奇特な主だ。貴族ならば使用人の仕事にいちいち礼など言わないのだが、彼曰く「人に何かしてもらったらありがとうだろ？」と言って譲らない。

そんなやり取りを交わしたあと、ふとした焦げ臭さに惹かれ、林の奥に目を向けると――

「――――っ」

……目の前の惨状を目の当たりにして、言葉を失っても顔色を変えなかったのは、やはり日ごろから彼を見ている賜物だろう。

彼に付いたのが自分より二年も遅いカズィは、その様を見て幾分顔が引きつっていた。

そう、先ほどまでアークスが向いていた場所には、木々が乱雑な形で倒れていた。

広い範囲を扇状に。

それだけならば、まだ言葉を失うこともない。

だが、それらすべてに、拳一つ分程度の穴が至るところに空いているのを見れば、驚きもするだろう。

あるいは幹を抉られ。

あるいは破壊に耐えられず砕けて折れ。

正しく伐られた樹木など、どれ一つとてない。

いまだ周囲に【魔法文字《アーツグリフ》】の残滓が漂っていることから、魔法を使った影響だろうと思われるが、果たして今日は一体どんな魔法を使ったのか。

アークスはこちらが固まっている理由に気付くと、木々が倒れている方へ目を向ける。

「ん？　ああ、あれか。ちょっと新しい魔法の試し撃ちをしてみてさ」

「さっきの音の正体か。もしかして、また物騒な魔法なのかよ？」

「ああ。やっぱりこういう魔法も今後沢山必要になってくるだろうしさ」

「今後ってな、どんだけヤバい将来を考えてるんだよお前は……」

やたらと物騒な人生設計をしている主人に対し、カズィは呆れの言葉を呈する。

だが当の本人は、まるでその未来に確信でも抱いているかのような口ぶりで。

「だってこの世界って、基本情勢不安定だろ？」

「まあ……そりゃあな」

確かにそうだ。

現在、王国は大きな戦争などしていないものの、東部は常に氾族《ハン》という異民族が散発的な襲撃を仕掛けてきているし、南には王国の海洋進出を妨げる海洋国家グランシェルが幅を利かせ、西からは常にギリス帝国が領土侵略の機会を狙っている。平穏に外交を続けられているのは同盟関係にある北部程度のものだ。

アークスの考える通り、いつ大きな戦争が起こってもおかしくない状況である。

だが、不可解なのは、その言い回しだ。

時期を指す「今」ではなく、わざわざ場所である「この世界」と口にした。

ふと聞けば、まるで別の世界のことを知っているかのような口ぶりのようにも思える。

「それで、アークスさま。今回使用した魔法は成功なのですか？」

そんな訊ねを口にしたのは、アークスの表情にどこか曇りがあったためだ。もし魔法の作製が心行くものであったなら、もっと喜んでいておかしくはないし、周囲も見えなくなるくらい興奮するのがこの少年だ。

にもかかわらず、すぐに自分たちの到着に気付いたし、興奮もほとんどしていないということは、成功とは言い難い結果だったのだろう。

しかしてその予想は当たりだったようで。

「いや、それが半々ってところだよ。どう組み合わせても結果とイメージが一致しなくてさ。ああやって弾がやたらとデカくなるんだよなぁ。この手の魔法はどうしてこう上手く行かないのやら」

などと、ぶつくさ文句や愚痴のような言葉を垂れ流す幼い主。

ともあれ、〈弾〉と言っているということは、これも以前に彼が考案した【黒の■■】の魔法のように、弾丸を撃ち出す魔法の一種なのだろう。

目の前のこの惨状を作り出せる規模の威力ならば、魔導師の常識に照らし合わせれば成功、いや大成功と言ってもおかしくはないのだが――

「アークスさま、弾丸が大きいのはよいことでは？」

「確かに威力にはつながるけどさ、■■にかかる負荷が大きくて十秒も維持してられないんだ。単語的にはバッチリだと思うんだけど、どうにも安定しなくて……」

「アークスさま、申し訳ありませんが、もう一度お願いしても？」

「もう一度？　……ああ！　悪い」

アークスは説明不足に気づいて、言い直すのだが。

「あれだ。【黒の■■】を使うときも、手で■の形を作るだろ？　それと同じでこれも、腕を■■に見立ててるんだけど、そのせいで、■■が熱くなるところまで再現されちゃってるみたいなんだよなぁ」

「あの」

「あー」

アークスの説明がさらに難解になったことで、カズィと二人そんな声を出すことしかできなくなった。

一方、従者を置き去りにしたことに気付いた主は、苦虫をかみつぶしたような顔を見せ、

「うぐっ……対応する言葉がないっていうのは難しいな。うーん、どう説明したものかな」

と言って、言葉の吟味で考え込む始末。しかもその間にも、聞き覚えのない単語をぶつぶつと口にしている。

こういった独り言も、魔導師にはよくあることだ。こうして一人で考え込み、独り言を口にして、再び自分の耳に入れることで、頭の中の整理をする。

だが、問題は彼が口にするよくわからない単語だ。

どこで覚えたのか、共通語にも、【古代アーツ語】にも通じない不思議な響きを持つ言葉を、かなりの頻度で口にする。しかも、それがただの妄言でなく、しっかりと理論や物品を指しているのだから、困惑も深まるばかり。

わかりますかと訊ねるようにカズィの方を向くと、いつものように肩をすくめて首を振った。

こうなると、自分もカズィもお手上げだ。

以前、天界の封印塔で説明された【飛翔への一歩《フライ・アプローチ》】のように、きちんと理論からこと細かに教えてもらわなければ、まったく理解できない。

そんな中、ふとカズィが訊ねる。

「それはまあいいとしてだ。威力が大きいのに文句言うのか？」

「さっきも言ったけどさ、その分、腕にかかる負担がデカいんだよ。この魔法の強みは、威力の大小じゃなくて、撃ち続けられること――つまり連射力だからな。まだ使えるからちょっと見てくれよ」

そう言って、アークスは呪文を唱える。

《――絶えず吐き出す魔。穿ち貫く紋様。黒く瞬く無患子《むくろじ》。驟雨《しゅうう》ののち、後に残るは赤い海。回るは天則、走るも天則。余熱《ほとぼり》は冷めず。狙いの星もいまだ知らず。喊声《かんせい》を遮る音はただひたすらに耳朶を打つ。猖獗《しょうけつ》なるは、のべつまくなし》

――【輪転する魔導連弾《スピニングバレル》】

直後だった。

アークスの前方に【魔法文字《アーツグリフ》】が現れたかと思うと、寄り集まって結合し、複数の魔法陣をなす。

空中に浮かび上がる魔法陣に、アークスが右腕を差し込むと、それらは彼の腕の太さにちょうどよい程度まで収縮し、定着。魔法陣を串刺しにした腕を前方に伸ばして構えると、やがて魔法陣が高速で回転し始めた。

《斉射》

アークスが鍵となる言葉を口にする。

即座にけたたましい音と共に、黒い力の塊が、恐るべき速度で撃ち出される。

夥《おびただ》しい数が、断続的に。ばら撒くといった言葉がまったくそぐわしいほどに。

視認できるため【黒の■■】よりは弾速が遅いが、それでもこれをかわすのは至難だろう。

前方に、魔力の飛礫が、それこそ幕を張ったように撃ち出されている。

こぶし大の穴を空けられた木々は倒れ、もしくは吹き飛び、太い樹木には虫食いさながらの状態。

前に立てば、逃げ場はない。

……これは、おそらくこの魔法は、多人数に対して使われるものだ。いまいる場所を起点にして、ただひたすら放射状に撃ち出すだけで、人垣が目の前の木々のような惨状になるだろう。

それに気付いた折、背筋を寒からしめん戦慄に襲われる。

魔法の威力もそうだが、ふと怖れを抱いたのはこの魔法の異質さだ。

これは、【黒の[redacted]】と同じものだ。現今《げんこん》使用される魔法とは、明らかに別種のもの。

ふいにアークスが、熱いものから手を反射的に離すときのように、構えていた腕を跳ね上げる。

「あちち……ほんとはもっと弾が小さくなきゃならないんだ。だからこうして長いこと維持できないんだよ。やっぱ魔法と[redacted]って相性悪いのかなぁ……」

そう言って、熱を散らすかのように腕をぶんぶん振っている。

彼の言う通り、腕に負荷がかかっているのだろう。

なぜ、腕から撃ち出すという想像を前提にしているのはよくわからないが。

カズィが、ぼそりと呟く。

「これもまあ怖ぇ魔法だな……ほんとよくこんなモン思いつくぜ……」

「……まったくです。アークスさま、一体何をもとに想像したのですか？」

射出する魔法のもとになる物と言えば、真っ先に飛び道具が挙がる。

必然それは、弓矢やスリング、投石器、投げ槍となるのだが、しかしそれらのものではこのように容赦ない連射などできるはずもない。

……魔法を創造するには、基礎となる何かが必要だ。創造の根底に、もととなる何かを想像するからこそ、魔法はしっかりとした形になる。

だが、アークスがいま見せた魔法からは、元となるものがまったく思い浮かばなかった。

「これは[redacted]をもとにしたのさ」

また彼が、わからない言葉を口にする。

それはさながら、この世にないものを指しているかのよう。

だがそんなことが、あるはずもない。

曰く【この世に存在するあらゆるものは、言葉によって造られた】とは【紀言書】は第一、【天地開闢録《かいびゃくろく》】の冒頭に認められた有名な言葉だ。

この世にあるものは、すべて言葉ありきのものとされ。

山も海も、空も大地も、この世に存在するものはただ一つ例外なく、【言理の坩堝《るつぼ》】と呼ばれる始原から飛び出してきた言葉……【魔法文字《アーツグリフ》】によって形作られたのだと言われている。

あまねく何もかもが、言葉をもとにしてできているのだとすればそれすなわち。

この世に存在するものはどんなものであろうとも、必ず対応する言葉があり、言葉で説明できるということになる。

それができないということは、つまり――

そんな想像が脳裏をよぎったその折、その予想が正しいとでも言うように、アークスが口から言葉を並べ立てる。

「悪いけど、これに関しては何をもとにしたとか説明できないんだよ」

「……それは、なぜです？」

「なぜってそれは――」

――それが、この世界にないものだからさ。

彼の口からそんな言葉が呟きのように吐き出された。

第三章
「妖精のお願い」

Chapter3 Elf's Wish

この日、ライノール王国の王城の一角にて、とある者たちによる会談が行われていた。

場所は、王が私用で使う庭園の一つである、〈青蛍の庭〉。

夜になれば〈輝煌ガラス〉で作られた光源が美しく照り映え、各所に植えられた青い花々と相俟《あいま》って、あたかも青い蛍が飛んでいるかのように辺りを演出する園である。

会談に臨む一方は、この城の主にして、ライノール王国国王の肩書きを持つ魔導師、シンル・クロセルロード。

四阿《あずまや》に設えられた椅子に傲岸不遜に腰掛け、常に相手を見下すような態度を崩さない、金髪青眼の美丈夫だ。

細身でありながら筋肉質で、その力は屈強な衛兵たちにも劣らぬほど。

ジャケットには金の刺繍がこれでもかとあしらわれており、中に着込んだシャツはボタンを外して胸をはだけさせているといった、おおよそ国王にあるまじき風体をしている。

出るところに出れば品がないと言って詰《なじ》られようものだが、彼の権威はその絶対的な力と、にじみ出る王者の風格によって保証されている。

ゆえに、この場にいる誰もが、彼を侮ることはない。

彼が、生まれながらの王であると、誰もがそう認識しているのだから。

そしてそれは、彼の対面に座る会談の相手も同じだ。

年の頃は二十になったばかりの妙齢の女。

ウェーブが入ったダークブロンドの髪を持ち、紫の両眼の輝きはさながら磨き抜かれたアメジストのように妖しい光を放っている。

日焼けとはまるで無縁そうな白い肌は、彼女の故郷である北方の新雪を欺《あざむ》くか。

その身を包む衣装はドレスではなく、黒の軍服という出で立ち。

一国の王、それも列強に属する国の王と同席するには、そぐわないようにも思える年頃だが、彼女もこうしてシンルの対面に座れるほどの地位を持っている。

ライノール王国以北、クロス山脈の背骨の枝を隔てた先にある国家連合、北部連合の盟主である、メイファ・ダルネーネスである。

メイファは出された紅茶で唇を湿らせたすぐあと、開口一番、シンルにこんなことを切り出した。

「――なんでも、王国の魔導師部隊の練度が上がったとか？」

ハスキーさを備えた美声が紡いだのは、そんな言葉だ。女の声を、いまいる立場でがんじがらめに縛っているかのような、そんな堅苦しさが感じられる。

詰問にまで迫るほど硬質な声に対し、シンルは顔色一つ変えずに答える。

「そうだ。まったくこれもうちの魔導師たちの努力の賜物だな。オレは本当に恵まれた王だろう」

「まったくさすがは王国だ。こと魔法に関することになると、我らの一段も二段も上にいる。だが――」

メイファは称賛を口にすると一転、言葉に含みを持たせる。

「今回は一体どんな絡繰りが働いたのか、是非とも知りたいものだ。列強が魔導師の育成に四苦八苦する中、魔導師の練度を頭一つも二つも飛び抜けて向上させるなど、よほど特殊な努力が働いたに違いない」

「おいおい、なんだお前は、うちの魔導師たちの頑張りにケチを付ける気かよ?」

「その努力が本当であるのなら、な。それが本当に努力だけで成り立ったものなら、魔導師たちを不眠不休で動かしているか、よほど無茶な訓練を施しているかのどちらかだ。そうではないか?」

「くくく、さあてなぁ……」

とぼけにかかるシンルに、メイファは一際鋭い視線を差し向ける。

だが、しかしシンルは尻尾を掴ませない。

ただ涼しげに笑って、のらりくらりとするばかり。

そんな彼に、メイファは揺さぶりをかけにかかる。

「連合からこちらに向かう道中、一つこんな噂が聞こえてきた」

「ほう? なんだ、言ってみろよ?」

「シンル・クロセルロードは、魔導師の練度を向上させる道具を手に入れた。それにより、王国の魔導師部隊の実力は飛躍的に高まった……とな」

「は――そんなものは、王国の魔導師の実力を認めたくない、そういったものがあると信じたい連中が流した根も葉もない噂だろうよ」

「煙が上がればそこに火があると思え――とはなんの記述だったか」

【精霊年代】から派生した寓話の一つだ。火事場泥棒を追いかけていた〈宿り木の騎士〉フロームと〈聖賢の導士〉アスティアが、市井《しせい》に広がっていた噂の根を辿ってその原因を突き止めたのを、教訓に転化させたものだな」

「三聖の内の二人が出て来る話か」

「なんだ。まさか北部連合の盟主ともあろう者が、そんな市井に流れる噂なんぞに踊らされているのかよ？」

「まさか。こちらは信憑性が高いから口にしたまでのこと」

「信憑性の高い噂が市井に出回るとは妙な話もあるもんだ」

シンルが笑い飛ばすと、メイファは低い声を出して訊ねる。

「……王国の魔導師の実力が高まったのは、事実なのだな？」

「ああ、それは噂通りだぜ？」

「ふむ。ならば我らは共に帝国の侵略に抵抗する同盟国だ。多少なり、技術的な連携があってもよいのではないか？」

「そうだな。なんなら連れてきた魔導師共々、部隊の調練を見ていってもいいぜ？　オレの国と北部連合は同盟国だ。もちろんオレも出し惜しみはしない」

「…………」

どの口が言うのか。メイファは内心そんなことを考えながら、目を細める。

確かに、魔導師の練度向上の秘密は、国家にとって秘しておきたい事柄だ。

それが魔法技術に秀でているライノール王国ならば、当然の動きとも言えるだろう。

発表まで隠し通しておきたいというのは、メイファとしても理解の及ぶところだ。

理解はできるが、メイファは北部の盟主である。

他国の人間として、その秘密は掴んでおきたいし。

あわよくばその秘密を、自国に取り入れるための交渉の材料にもしたい。

王国の魔導師の練度向上の正体を、今回の訪問で掴めるか。

それが、彼女の大きな目的の一つでもあった。


魔力計の発表から早二年。

この間にも、進展など様々あったが、以前と大きく変わったことと言えば、やはり魔力計の生産のことが一番に挙がるだろう。

それが、魔力計の増産体制の構築だ。

〈魔導師ギルド〉での発表後、王家から増産の命令が下ったのは記憶に新しいが、それに当たって魔力計の生産が追いつかなくなったのだ。

これまで魔力計の生産は、アークスやノア、カズィの手で細々と行われていた。

体内で錬成した【錬魔力】を用い。

それを魔法銀に当てることで、【錬魔銀】を生産。

出来上がった【錬魔銀】を密封されたガラスの内に移動。

さらに内部の空気を抜くことで、これを魔力計とするのだが、これがかなり難しい。

そう難度の高いものではないのだが、問題は計器としての正確さが保たれているのかだ。

魔力計は計器であるため、寸分の誤差も許されない。

そのため一つ作るのに三つも四つも失敗作が生まれてしまうほど、生産は安定性に欠けるのだ。

しかし、それでは王家の増産要請に応えることができない。

そのため、アークスたちは魔力計の量産を支える体制の構築を余儀なくされたというわけだ。

折りよいことに、これまでの研究によって【錬魔】の利用法に関しては、すでに目途が立っていた。

手元に置いた魔導師ならば、【錬魔】を教えても構わないという結論に至り、すでに〈魔導師ギルド〉の仲介と厳正な審査によって、一部魔導師の囲い込みと契約、【錬魔】の指南が完了。【錬魔】を使える魔導師を増やすことに成功した。

さらには技術漏洩防止のため、一人の人間がすべての工程をこなせないよう、一人一工程までの作業とし、さらに一工程につき作業所を分けるという対策まで行った。

それに関しては、顔がとても怖いおじさんが、

「アークス・レイセフト。ここまでする必要があるのか？　これではただコストがかかるだけではないか？」

「ギルド長。王家から秘匿と厳命が下っている以上、情報漏洩の防止には細心の注意を払って取り組むべきものと考えます。魔導師や職人の引き抜きや連れ去りなどを考慮すれば、これでもまだ足りないかと」

「だがこれでは雇い込んだ者たちも信頼されていないと考えてしまうぞ？　そうなると、お前に対して不満が高まることになる」

確かに、そうかもしれない。今回の増産に当たって充当された魔導師や職人たちは、厳選されており、いわばエリートとも呼べる存在だ。そんな者たちにすべて教えず、あまつさえ情報漏洩のための対策を取るのだ。ギルド長の言った通り、不満は高まることも考えられる。

しかし、技術の漏洩は絶対に避けなければならないことだ。

そんな事態を避けるためには、やり過ぎと言われるほど細部まで気を遣う必要があるのだ。

「ギルド長。防諜は雇った魔導師に対する信頼以前の問題です。ここにしっかり力を入れなければ、情報は間違いなく漏れていきます」

「確信があるのか」

「起こる可能性のあるものは、いつか実際に起こる。失敗する可能性のあるものは、いずれ失敗する。魔力計の製作に不良品が生まれるのと同じ。これは絶対です。間違いなく漏れることが想定されているのですから、手は尽くさなければならないものと存じます」

「ふむ……それは面白い考え方だな」

技術漏洩のことをマーフィーの法則を例に挙げて説明すると、ゴッドワルドは感心したように唸る。

こう話を聞いてみると、危機感が足りないようにも思えるが、基本的に魔導師の研究成果は暗号化されているのが大半であるため、そういったことまで考えが及ばないのだと考えられる。

しかし、魔力計は作業に精密さが求められるものの、工程は魔導師の呪文に比べて意外と単純なものばかり。呪文や魔法使用時のコツなどと違い、技術さえ有れば産み出すこともそう難しくはないため、漏洩する可能性が極端に高いのだ。

……ともあれその後、ギルド長をなんとか説き伏せ、生産体制に関しては目途がついた。

これによって暫定呼称である【錬魔銀】のさらなる量産が可能な状態になり、いまは〈魔導師ギルド〉の敷地に設けた複数の施設で、その製作が行われている。

そんなこんなで魔力計の製作を振り分けることができたため、仕事が減り、さてこれで暇な時間が増えるかなと、そんな期待を抱いていたのだが。

「――うがぁあああああああ！　どうしてこうなったぁあああああ！」

クレイブ邸の一室にて、アークスは書類の山に埋もれながら、そんな叫び声を上げる。

休暇。

自由時間。

そんなホワイト感溢れる期待は突然降って湧いた書類仕事の前に、儚くも砕け散った。

魔力計の製作に変わり、彼が手を付けているのは、魔法や魔力に関するデータや魔力計の使用感、要望などの調査資料。

毎日のように届けられるそれらによって、十二歳の少年は半ば忙殺されていた。

「おかしくないか？　おかしいよな？　絶対おかしいって」

　ノアに対して同意を求めるよう訊ねるが、しかし彼は表情一つ変えずに答える。

「なにもおかしくはありませんよ？　アークスさまの勘違いではありませんか？」

「いや！　そんなことはない！　俺はまだ十二歳になったばかりの子供なんだぞ！　普通はもっと子供らしいことをさせるべきなんじゃないか！」

「これは……アークスさまが十二歳の子供だったとは初耳です」

「どの口で言うんだどの口で！　つーか驚いた顔するんじゃねぇよ！　わざとらしいわ！」

　目を三角にして怒っていると、カズィが胡乱げな視線を向けてくる。

「あんな普通よ、お前くらいの年頃の子供って、子供扱いすんなーとか言って背伸びしたがるもんだがな」

「むしろしてくれ。こんなの労働基準法とか以前に児童虐待まであるぞ。児童相談所に相談されるべき案件だ。子供なんだからお外で遊んでこいとか言って欲しい」

「またワケのわからねぇことを……」

　そんな益体のないことをやいのやいの言っていると、ノアがさらなる資料を机の上に置いた。

「アークスさま。そんなことを言っていないで手を動かしてください。お話しされていても仕事は終わりませんよ？　この件の責任者はアークスさまなのですから、アークスさまが動かないと始まらないのです」

「もうすでに手に指令を出す脳みその方がギブなんだってば。むりむりむりむりー」

「……しょうがないですね。ではそちらは私がまとめておきます」

「ホントか⁉　さすがノアえもん！　頼りになる！」

「なんですかその妙な呼称は……その代わりに、こちらをよろしくお願いします」

ノアはそう言うと、資料をまとめたらしい冊子と、白紙の紙束を持ってくる。

それを見たカズィが、まるで苦いものでも口にしたかのように舌を出した。

「うへっ！　なんだそりゃ？　まだあんのかよ？」

「ええ。これは今朝届いた案件です。新しい魔導師の部隊に配るために、使用方法や注意点をまとめろと。内容はすでに書き起こしてあるので、あとは書き写すだけです」

「うげぇ……一体何組必要なんだ」

「予備も含めて百も有れば十分かと」

「お前も容赦ねぇのな」

「単に書き写すだけですから、まだ楽でしょう」

ノアは澄ました顔で片眼鏡《モノクル》の位置を戻す。

そんな慈悲もへったくれもない従者に、恨みがましい視線を向けた。

「上げて落とすなんて高度な精神攻撃を……この悪魔めぇ」

「仕事を増やしただけで双精霊の怨敵にされるとは、まったくひどい話もあったものです」

「俺の平穏を脅かすものはみんな悪魔だこのヤロー！」

「キヒヒ！　こりゃ無害な悪魔もいたもんだ！　普通は世界をどうこうするって物騒な話が付きもの

のはずだがな！」

「……無害だって？　なあ、あれが本当に無害か？」

奇妙な笑い声を上げる従者に、幾分真剣な表情で訊ねると、彼は一転真顔になった。

そして、わざとらしく両手を挙げる。

「いや、すまねぇ。俺の勘違いだったわ」

「そうですか。ではカズィさんの分もご用意いたします」

「へーへー。そんな話がなくてもやらせる予定だったんだろ？　わかってるっての……」

ともあれカズィと二人、無駄な抵抗を諦めて作業に取りかかる。

「カズィー、ちょっと紙束取ってくれー」

「お前マジでやるのか……あんま無理しなくていいんだぜ？」

「いや、俺に秘策がある」

そう言って、資料と紙束を所定の位置に置いて準備し、とある呪文を唱える。

《――これは読み取りの左と、引き写しの右。この手にかかれば、どんな写本師も裸足で逃げ出す写しができる。取り換えでもなく、すり替えでもない。一度光れば、あら不思議。種も仕掛けもからくりも、まやかしでもない羅列がここに。偽書贋造を駆逐する、両手の妙技を御覧《ごろう》じろ》

――文字複写系助性魔法【寸分違わぬ右の写し手《パーフェクトコピーライト》】

詠唱を終えると、【魔法文字《アーツグリフ》】が左手と右手にまとわりつく。左手と右手を、コピー元とコピーしたい紙とにそれぞれ重ねて、古代アーツ語で、《複写》と唱えると、白紙の上に置いた右手が一度ピカリと発光。

しかして発光が収まると、その手のひらの下には文字が完璧にコピーされた紙があった。

「どうだ！」

「これは……」

「おいおい……」

会心の声を上げる一方、ノアもカズィも目を丸くしている。まさか、冊子を複製するのに、魔法を使うとは考えなかったのだろう。いや、そもそも『文書を一瞬で書き写す』という現象を目の当たりにしたことがないため、こういうことには考えが及ばなかったとも考えられる。

それを見たノアが、食い気味に身を乗り出してくる。

「アークスさま、この魔法は？」

「ふふふ。これは俺が以前、密かに作ったコピー機魔法だ。これを使うと、文字や絵が寸分たがわず、印刷される。活版印刷を地平の彼方に吹っ飛ばずパラダイムシフト的な超技術だ！　ふふふ……ふわぁーっはっはっはっはっはっ！」

高笑いを上げる一方で、ノアとカズィはひそひそ。

「……今日は随分と昂揚していますね。アークスさま」

「……疲れてんだろ。なんだかんだ最近は書類仕事ばっかりだからな」

二人が何か言っているが、そんなことはどうでもいい。

このテンションを維持していなければ、作業なんてやっていられないのだから。

「見ろ。誤字も脱字もない。しかも魔力消費も抑えられてるから、うまくやれば魔導師でなくても使えるようになる」

「ええ……これはいいですね」

「だろ？　これで地味に大変な仕事を簡単にやっつけられる」

「どうしてお前はこんな魔導師が思いつかない魔法ばっかり思いつくんだ？　こんなの事務作業に苦しまないと思いつかないぜ？」

「いや、これは利便性を味わったことがあるからできるものなんだ」

「どこで味わったことがあるんだよ？」

「え？　うん、まあ、いろいろ？」

「またそれか……まあいいさ」

「それよりも私としては、どうしていままでこの魔法の存在を教えてくれなかったのか小一時間問い詰めたいところですがね」

「そんなの忘れてたからに決まってるだろ？」

「……記憶力はずば抜けていいのにどうしてこう……抜けているのでしょうか私の主は」

「それとはまた脳みその使い方が違うんだよ！」

そんな話はともあれだ。

「よっしゃぁあああああ！　人類の英知万歳！　文明の利器万歳！　正確に言うとコピー機万歳！　このまま全部一気にやっつけるぞぉおおおおおお！」

この魔法は継続タイプ。右手がピカリ、ピカリと光るたび、白紙に文字が印刷されていく。

単に文字を写すだけであるため、当然、消費魔力も少なくて済む省エネぶり。

自分の少ない魔力量でも、百部程度ならちょちょいのちょいだ。

……やがて、最後の一枚を刷り終える。

「ノア、終わったぞ！　俺はやり遂げた！」

「お疲れ様です。では――」

ノアが何か言い終えるがしかし、その前に、言葉の先を遮りにかかる。

「うるさい！　この悪魔で超人系な執事め！　お前の考えてることなんてまるっと全部お見通しだ！」

「は？」

「今日はもう閉店休業！　いまので魔力がなくなったから休憩するんだー！」

そう言って、部屋を飛び出し、クレイブの屋敷から脱兎の如く逃げ出した。

……一方で、部屋に取り残された従者二人はと言えば。

「終わったのでお茶を用意しようと思ったのですがね」

「ホントかよ？」

「さぁ？」

「この執事はホントよ……」

ノアが不穏な笑顔を見せる一方、カズィは顔をひきつらせる。

いい性格をしていると思ったというのは、語るべくもないだろう。

ノアの魔の手から見事逃げおおせることに成功したアークスは、王都の公園を訪れていた。

特にここでの用事などはないのだが、だからといって他に逃げる場所も特にない。

レイセフトの屋敷は、ノアやカズィがいないときは両親と接触する危険が増すため行きたくないし、王都のカフェに行くにも一人だとなんとはなしに居心地が悪い。

そのため選んだのがここなのだが……この日の公園は人気《ひとけ》もほとんどなく、閑散としていて寂しい限り。

いつもは、子供が遊んでいたり、憩いの場になっていたりと、なんだかんだ賑わっているのだが……時間帯のせいなのか、不思議なほどに誰もいない。

空模様もどことなくだが鬱屈としてきており、湿っぽい臭いも漂い始めている。

雨降りを予感させるこの兆し。

長居できそうにないだろう。

「……どうしよっか」

押っ取り刀で飛び出してきたため、いまはほぼ着の身着のままだ。持ち物と言えば出かけるときに着用する藍色の外套と帽子、いつも持っている直剣だけ。【紀言書】やノートの入ったバッグも持っていないため、何かをするにも手持ち無沙汰のこの状況。

転生したら剣でした 9
"I became the sword by transmigrating"
Story by Yuu Tanaka Illustration by Llo
棚架ユウ イラスト／るろお
雷帝vs黒雷姫!
呪いの元凶に師匠とフランが挑む!
黒猫族の村を守る為、戦い続けるフラン。助けに来たネメアと共に襲撃者を撃退するのだが、黒幕ミューレリアが姿を現す。彼女は雷帝という二つ名で呼ばれるほどの実力者であり、邪神を崇拝し黒猫族に呪いをもたらした元凶だった。獣王国を征服すべく動き出していたミューレリアを止めるため、師匠とフランは再び激しい戦いへと赴くのであった……。
3月30日発売
定価:1000円+税

エノク第二部隊の遠征ごはん
7
Enoku Dai Ni Butai No Ensei Gohan
大人気グルメファンタジー、
感動のフィナーレ!
ザラやアメリア達と共に王都で充実した毎日を送るメル。そんなある日、彼女の下に元婚約者のランスがやってきた！ フォレ・エルフの森にメルを連れ帰ろうとする彼と、それを阻止しようとするザラがルードティンク隊長の発案でキノコ探し対決することに。いったいどうなる!?
江本マシメサ
Mashimesa Emoto
イラスト／赤井てら
Tera Akai
3月30日発売
定価:1000円+税

ここで暇を潰すにしても、仕事は勝手になくならないのだ。

やはり観念して帰るか。

そう考えた、その折だった。

ふいに、背後から声がかかる。

「ねぇねぇ」

それは、男とも女とも付かない、しかし子供だとわかる程度には幼い声音。

「ねぇねぇ」

そんな声の持ち主は、どうにかして振り向かせたいのか、やがてちょいちょいと袖を引っ張り始めた。

「一体なん――」

そう訊ねかけようとした直後、驚きで身体が硬直する。ぎょっとするとは、まさにこういうことを言うのだろうと、いま身を以て知ることとなった。

振り向いた先には、青色のフードを被った何者かが立っていた。

背丈は、大体いまの自分と同じくらい。

青色のフード付きのローブをまとっており。

腰元にスチールのランタンを下げている。

特徴的なのは、着ているローブがかなりぶかぶかなところだろう。

余った裾《すそ》は地面に引き摺っていて、袖も長すぎるのか、まるで男の世界の幽霊画か、だらしのない

子供、もしくはキョンシーのようにだらりと垂れ下がっている始末。

だが、自身が驚いたのはその部分ではない。

真正面にいるのだが、その何者かの顔が見えないのだ。

そう、顔のあるはずの部分が、真っ黒な闇を湛えている。

さながらそれは、恐ろしく深い穴の底を覗き込んでいるかのよう。

やがてその闇の中に、二つの黄色い瞳が現れる。

そしてその瞳は、にっこりと微笑んだときのような形を作り――

「こんにちは」

「こ、こんにちは……」

かけられた挨拶があまりに自然すぎて、釣られて挨拶を返してしまう。

まだ頭の中は混乱のただ中だが、その得体の知れない何者かはこちらの戸惑いなどおかまいなし。

余った両袖を持ち上げるようにして腕を上げ、自分に握手を求めてくる。

「よろしくー」

「…………」

「よろしくしてくれないの？」

やたらとフレンドリーな態度に、一時、行動思考共に停止中。

一方で青色フードの何者かは、首をこっくりと傾げて、その黄色い目を伏せた。

よろしくしてあげなかったのが、悲しかったのか。

それがなんだか、ひどく悪いことをしているような気がして、握手に応じることにした。

「よ、よろしく」

「うん！　よろしくー！」

手を出すと、袖越しに掴まれて、上下にぶんぶんと振り始める。

黄色い目は嬉しそうに、にこにこ。

それはそうと、だ。

「そ、それでなんだけど、お前は一体なんなんだ？」

ここでやっと、訊きたいことを切り出せた。

この妙な風体、どうも人間とは思えない。

傍から見れば、青色のフードだけが宙にふわふわ浮かんでいるようなものなのだ。

見た目もそうだが、気配にも、どことなく違和感がある。

悪意や敵意が感じられないため、警戒は必要ないとは思うのだが。

「ボクの名前はガウン。知ってる？」

「ガウン……？　ガウンって、あの？」

「うん。そう」

訊き返すと、ローブの何者か――ガウンがコクリと頷く。

この名前には、思い当たる節があった。

――ガウン。この名は双精霊と並んで、この世の誰もが知っているものだ。

人々からは〈死者の妖精〉と呼ばれる、超常的な存在の一つ。

第二紀言書は【精霊年代】でその存在が初めて語られ、そこから抽出された童話にもよく登場する。

墓地を歩き回って、死者を弔うという永遠の存在で、墓に花や歌を捧げ、死者が再び墓から出てこないよう、安らぎを与えるのだと伝えられている。

墓地の守り人。

冥界の番人。

そんな風に呼ばれるものだ。

たいていは墓地に姿を見せるため、この世界では物語の登場人物ながら、日常的な存在でもある。

〈輝煌ガラス〉が普及し、闇の居場所が減りつつあっても、この妖精にはまったく関係ないのか。

花壇に水を差しに歩き回り。

花を摘んではお墓に捧げ。

死者に歌を贈って慰める。

昼間の陽気に当てられて、墓地に設えられたベンチに座ってひなたぼっこは当たり前。

少し不気味な見た目が混在しているが、多くの人間から敬われている。

ともあれ自分も、こういった存在に遭遇するのは初めてだ。

墓に行くことはまったくと言っていいほどなかったし、まさかこうして自分の前に現れるとは思いも寄らない。

そんな存在に出会ったこともそうだが、やたらめったらフレンドリーなのも驚きだった。

ともあれ、まずは自己紹介でもしようかと口を開く。

「俺の名前は――」

「アークスくん。アークス・レイセフトくんだよね」

自身の名乗りは、そんな風に出鼻をくじかれ頓挫した。

「……って、なんで俺の名前を知ってるんだ？」

「どうしてって、アークスくんだから」

「いや、理由になってないぞ？」

「……？　それ以外に何か理由があるの？」

「いや……なぜ俺に訊くし」

そう言うが、しかしガウンは首を傾げるばかりで要領を得ない。繰り返し訊ねてみるが、返る言葉は同じもの。

おそらくは、超常的な何かだからなのだろう。

理由を会話で引き出せないため、ここはもうそういうものだと納得するしかない。

「というか、ガウンなら、どうしてこんなところに？　普通は墓地にいるんじゃないのか？」

そう、アークスが逃げてきた場所は墓地ではなく、王都のどこにでもある公園の一つだ。

まずガウンが目撃されるような場所ではない。

「そうなんだけどね。ちょっと理由があって出てきたんだ」

「というと、何かいつもと変わったことが？」

「うん。そう。それでアークスくんに会いに来たんだ」

まさかのご指名とは。

なぜそこで自分が選ばれるのか、まったく意味がわからないのだが。

「アークスくんに頼み事があるんだ」

「……一応、話は聞くけどさ」

「うん。少し前に、禁忌を犯した人間が現れたんだ。アークスくんにはその人たちを捕まえるのを手伝って欲しいんだよ」

「禁忌？」

「うんうん。その人間たちは、ずーっと北の方にあるお墓を掘り起こして、死者を盗んで行ったんだ」

「北っていうのは……その、王国の？」

「ううん。もっと北の方。アルノーザス」

「アルノー……ってことはいまで言う北部連合か？」

「そうなるね」

北部連合は、王国と山を隔てて隣在する、国家連合の体裁を取る国だ。

隣国とは場所柄、領土争いなどもあり、往々にして国家同士の仲が悪くなる傾向にあるが、領土争いに関しては境界にある地帯がとあるいわれを持つために、一度も争ったことがないという特殊な事情を持ち合わせる。

王国との関係は比較的良好で、同盟国となっている。

そこから追いかけてきた……というのはどうなのだろうか。ガウンはどこにでもいるため、その辺りよくわからないのだが。

「それがなんでまた墓荒らしを」

「目的は知らない。だけど、お墓を暴いて死者を持って行くのはよくないから」

「それで追いかけてきたと」

そう言うと、ガウンが同意するようにこくりと頷く。

確かに、【精霊年代】の話の中には、ガウンが死者を掘り返して悪さを行った人間を懲らしめるため、猟犬をけしかけて地の果てまで追い立てさせたというものがある。

つまり今回も、墓荒らしを咎めるためにここに現れたということなのだろうが。

「でも、それでどうしてこんなところまで？　話の通りなら、猟犬《トライブ》を動かすだけで終わるんじゃないのか？」

「問題はそこなんだよ。そいつらは亡骸を元にして、作ったらいけない薬を作ったんだ」

「……よくないお薬ですか」

「うん」

らしい。よくないお薬……よくないお薬……。

「あれかな、ハイになっちゃうお薬とか、ゾンビになるお薬とか？」

「……？　違うよ？　それは飲んだらお化けになれる薬なんだ」

「お、お化け？」

あまりに突飛な薬の効果に、つい驚きを見せてしまう。

お化けになるとは一体どういうことを指すのか。

一聞してどういうものなのか、よくはわからないが。

「そもそもさっき言ってた禁忌っていうのは？」

「禁忌？　禁忌は、ずーっと昔にボクたち妖精とウェッジとチェインとで決めた大事な約束だよ」

「それが禁忌、と」

「この世界の大事な取り決め。基本的に生き物が地上からいなくなっちゃうことはみんなみんな禁忌なんだ。だから、それに手を出した人間にはきちんと罰を与えないといけないんだよ」

「うわぁ……」

ガウンがさらっと口にした『生き物がいなくなる』という話も怖いが、こういった存在が「きちんと罰を与えないといけない」と言っているのもなんとなく薄ら寒さを感じてしまう。

「たぶんその人間たちは、ずっと前に誰かが書き残したものを見つけちゃったんだと思う。きっとそれを使って、何かしようとしているんだ」

「にしても、死体を使って作る薬かぁ」

「正確には墓下に埋め終えた死体を使って作る薬なんだ」

「それ、普通の死体とは何か違うのか？」

「掘り起こした死体には呪詛《スソ》がまとわりつきやすいんだよ」

呪詛《スソ》とは、魔法を使った際に出る、害のある残り滓のようなものだ。

魔法の効果が発揮された際、砕け散って消失する【魔法文字《アーツグリフ》】がそれであり、これが、世に魔物を産み出す原因だと言われている。

今回の問題はそこではないだろうが、これも災害になり得る可能性がある。

「ねぇねぇ、手伝ってくれる？」

「うーん」

「ダメ？」

「って言われてもさ」

「ダメなんだ……しょぼーん」

そんな風に言って、ガウンは肩を大きく落とした。

目を伏せて項垂れるその姿、なんとも憐憫の情を誘って仕方がない。

だが、手伝ってくれと言われれば、断る道理はないか。

精霊、妖精は、この世界を生きる者すべてがすべからく敬うべき存在なのだ。

大昔は主立《おもだ》って人々を守り、いまも影ながらその生活を支えている。

そんな存在がこうして出向いてまで頼ってきたのだ。

勝算打算それ以前に、この世界で暮らしている以上、やらないわけにはいかないだろう。

「わかった。手伝うよ」

「ほんと？　やったあ！　ありがとう！」

了承すると、ガウンはまた手を掴んでぶんぶんと上下に振る。

「でもさ、なんでガウンだけでどうにかできないんだ？」

そう、伝承によれば、超常的な存在はとても強い力を持っているはずだ。

ガウンも人間では到底太刀打ちできない力を持っているはずだし、墓荒らしたちを地の果てまで追い駆けさせたガウンの猟犬【幽霊犬トライブ】を解き放てばどうにでもなるはずだ。

「薬の始末もしないといけないっていうのもあるんだけど、あいつらボクにネコをけしかけてきたんだ」

「ネコ？　……ああ、そういえば、ガウンはネコが苦手だとかって話だったか」

確かに、【精霊年代】を読み込んだ際、ガウンはネコを怖がるという記述を見たこと覚えがある。

メタな話にはなってしまうが、ファンタジー的な存在が小動物を怖れるというのは、あの男の世界でも童話然り、都市伝説などで対抗神話にもなるほどポピュラーなエッセンスだろう。

実際小動物程度どうにでもなるだろうと思うのだが、その辺りは妖精の性質に縛られているのかもしれない。

「トライブにどうにかさせるってのは？」

「それはネコがかわいそうだからダメだよ」

らしい。目的のために手段を選ぶのは、ある意味物語で語られる者に相応しい。

「またネコをけしかけられたら困るし、だから他に力を貸してくれる人が必要なんだ」

「なるほど。でも、どうして俺なんだ？　頼るんなら他にも適任はいるだろ？　むしろ大人の方がよくないか？」

「アークスくんだから」

「いや、だからそれだと理由になってないんだって」

「……？　それ以外に何か答えがあるの？」

またこれだ。

先ほどの名前のことといい、どうも要領を得ない。

いや、ガウンは人知を超えた存在なのだ。

彼にとっては、人間の論理もなにもないのかもしれない。


ともあれそんなことがあって、ガウンの頼みを引き受けたわけだが。

「――今日はあいつらのことを探すから、ちょっと待ってて。またあとで会いにいくから」

あのあと、ガウンはそう言い残すと、ランタンの火の残像を残して公園から消えてしまった。

言うだけ言って、消えてしまうとは、なんとも一方的なものだが。

相手が何者かもわからず。

何を目的にしているかも知らず。

判明しているのは北の墓を暴いて、禁忌に触れる薬を作ったということだけという、わからないことだらけの状況だ。

こちらもどう動けばいいのか出方に迷うため、いずれにせよ待つしかないのだが。

しかして、ガウンとそんな話をした翌日のこと。

どこで落ち合うなど、詳しいことを決めていないため、今日はあとで墓地あたりでも散策していればいいかと、そう考えていた折だった。

レイセフトの屋敷で雑務をこなしていると、ふいに扉の外から声がかかった。

「アークスさま」

「ノアか。どうした？」

「玄関に変わったお客様がお越しだそうです」

「変わったお客？」

「はい、そう伺っています」

はて、一体誰だろうか。

首を傾げていると、ノアがさらに詳細を伝えて来る。

「対応に出たメイドが随分戸惑っていました。誰かおかしなご友人でも作られたのですか？」

「おかしい友人って……まあ、変わったのは一人いるけどさ」

変わった友人で思い浮かべるのは、一人しかいない。

というか、友人自体が彼女しかいないため、友人と聞くと自動的に彼女を思い浮かべてしまうのだが。

しかし、これまで彼女がレイセフトの屋敷に訊ねてきたことはないし、そもそもメイドが戸惑うほどおかしな人間でもないはずだ。

話を聞く限り、どうもしっくりこない。

なので、すぐに部屋から出て、ノアと共に屋敷を訪れたお客のもとへ。

屋敷の階段に差しかかった折、エントランス内でガウンが余った袖を振っているのが見えた。

「ちょっ⁉」

「アークスくーん」

応対した使用人はどうしていいかわからず、チラチラとこちらを見るばかり。

一方で妖精さんはと言えば、目をにこにこさせて袖をふりふり。暢気なことこの上ない。

後ろではノアが、「これはまた……」と呆れているのか楽しんでいるのかわからない声を出しているのは……毎度のことか。

気を取り直し、使用人を手で追いやって、ガウンのところに歩み寄る。

「いや、なんでウチに」

「うん？　だって昨日会いに行くって言ったよ？」

「いや、言ったけどさ。まさか家に直に来るとは思わないだろ……」

頭重そうにしていると、マイペースな妖精さんは横合いをすり抜け、ノアに握手を求めに行く。

「ノアくんこんにちはー」

「ガウンさま。ご無沙汰しております」

「うん。おっきくなったねー。もう跳ねても届かないや」

握手を終えたあと、彼の頭を撫でようとしているガウンに、ノアが屈んで応対する。

どうやら、お互い知っているらしい。ということは、以前に会う機会があったのだろう。遅れてカズィも現れると、ガウンはカズィにも挨拶をしに行く。「あー、カズィくんだー」と言ってるため、こちらも知り合いではあるらしい。

……いや、ガウンはどこの墓地にもいるため、そもそも会う確率はかなり高いのだ。おそらくは二人共どこかで二、三言葉を交わすことがあったのだろうと思われる。

ともあれ、なんともユルユルな妖精が訪ねてきたそんな折。

「なんの騒ぎだ」

後ろの方から、そんな嫌な声が聞こえて来る。

やがて廊下の奥から現れたのは、父ジョシュア・レイセフトだった。

間の悪いことこの上ない登場だ。

もう少しどこかで待っていれば、鉢合わせることもなかっただろうに。

心の中で苦く思っていると、ジョシュアは自身を視界に入れるなり、ゴミや虫でも見たかのように、あからさまに表情を変える。

しかしてそんな男に対しても、ガウンは平常運転だ。

「ジョシュアくん、こんにちは」

「あ、ああ。こんにちは……」

ジョシュアもガウンのことは知ってはいるのだろう。戸惑いつつも、てくてくと歩いてきたガウンの握手に応じている。

それが終わると予想通り、厳しい視線が向けられる。

「貴様、またなにかおかしなことでも……」

「別に、俺はなにもしていません」

「何かなければこのような騒ぎにはならんだろうが!!」

ジョシュアから、怒鳴り声がぶつけられる。

何もしていないのに、理不尽なことこの上ない。

一方でそんな行動に対しては、ノアやカズィはなにもしない。

二人にはなるべくジョシュアに反抗しないよう言い含めているため、何かあってもこうして黙ってもらっているのだ。

下手に抗議したり、食い下がったりすれば、どちらも屋敷から追い出される可能性もある。二人にいなくなられると、こちらが大いに困るのだ。

内心また面倒になったなと思っていると、ふいに横合いから声がかかった。

「――ねぇねぇ、どうして怒るの？」

「む？」

いまにわかに疑問の声を上げたのは、死者の妖精ガウンだった。

「ジョシュアくん、どうしてアークスくんを怒るの？　アークスくん、別に悪いことはしてないよ？」

「そ、それは……」

「アークスくんにはこれからボクのお手伝いをしてもらうんだよ？　それが何か悪いこと？」

ガウンが一歩、攻めるよう歩み出ると、ジョシュアが一歩引き下がる。

あのジョシュアがたじろいだ。

ガウンがなんとなくだがムッとしているせいだろう。

先ほどまではとても柔らかだったのに、いまは雰囲気にどことなくだがトゲが交じっているように感じる。

ジョシュアが及び腰になるのも無理はない。相手はこの世界の上位存在たる妖精だ。いくら貴族としてのいち地位を築くこの男でも、人間その他の生き物よりも上位に位置づけられる存在相手に対しては、さすがに強気には出られないのだろう。

「ねぇねぇ。ボクのお手伝いをするのは、怒られるようなことなの？」

「いえ……」

「ねぇねぇ。そうやって怒るってことは、ボクが悪いことをしてることになるんじゃない？」

「そ、そのようなことは……」

「ねぇねぇ。どうなの？　教えてよ？　教えてもらわないと、ボクわからないよ？」

「……申し訳ございません」

ガウンの怒濤の口撃に、ジョシュアはたじたじ。

やがて観念したのか、ついに白旗を上げてしまった。

言いくるめのような姑息さのない、あまりに直球過ぎる攻め口。

幼稚であり、単純であり、正しさしかないがゆえに、結果ジョシュアは反論することができなかったのだ。

「アークスくん、連れて行ってもいいよね？」

「……はい」

「うん。ならよかった」

一転、ガウンは目をにっこりさせると、ローブの裾《すそ》を引き摺りながらひょこひょこと歩いていく。

こちらは、それに続くだけ。

だが当然、後ろからは恨みがましい視線を射かけられる。

「……アークス。レイセフト家の恥になるようなことをしたら、どうなるかわかっているだろうな？」

「そんなことしませんよ……ノアとカズィ、悪いけど、あとのことよろしく頼む」

そう言い残して、二人に魔力計の仕事を押し付け、ガウンと共にレイセフトの屋敷をあとにしたのだった。


――死者の妖精ガウン。

誰もが行き着く眠りの園を。

鬼火を手に提げ練り歩き。

あまねく御霊を鎮めるために。

安らかなれと、歌を奏でる。

二度と眠りから覚めぬように。

二度と家路に帰らぬように。

生者と死者の境界を分け隔て。

人の生を見守る、幽世のまろうど。


……これは、この世界に広く伝わる、死者の妖精ガウンの歌だ。

彼が何を行い、どんな風に人々と関わり合いを持っているのかを。

人々が彼に対する感謝の念を忘れないために、連綿と伝え聞かせているのである。

ともあれ、そんな親しみ深くも敬われる存在である妖精さんはと言えば——

「ちょうちょ、ちょうちょ」

……いまは何故か、飛んでいる蝶を追いかけていた。

「ちょうちょ、ちょうちょ」

袖を伸ばして、蝶を追いかけながらふらふらと。

さながらその様は、歩き始めたばかりの幼子のよう。

ガウンと二人、レイセフトの屋敷を出たあと、すぐに通りへと移動したのだが。

屋敷を出るなり、何故かこんな調子。

ガウンに導かれているのか、それともただのお散歩に付き合っているだけなのか、だんだんわからなくなってくるが、道の脇に設えられた花壇に沿って歩いている。

他方、道ですれ違う人々は、ガウンの奇妙な風体にぎょっとしたり、見覚えのある者は彼に頭《こうべ》を垂れたり、礼を執ったりと、反応はそれぞれ様々。

しかし、ガウンは蝶にご執心のため、あまり気にしていないらしい。

さすがにすれ違う人すれ違う人全員にあの挨拶をしていたら、時間がいくらあっても足りなくなる。

「ちょうちょ、ちょうちょ」

掲げた袖に蝶が止まると、ガウンはしばらくの間じいっと見詰めて、やがてにっこりと微笑んで空へと放した。

蝶とのひとときの戯れを終えたガウンに、声をかける。

「――さっきはスッとしたよ」

「ジョシュアくんのこと？」

ガウンに「ああ」と返事をして、頷く。それは、正直な胸の内だ。いつも理不尽な怒りを向けられているため、ああやって正論でやり込められる姿を見るのは、やはり気分が晴れるというもの。胸のすく思いだった。

ふとガウンが、悲しそうに目を伏せる。

「ジョシュアくんは、アークスくんのことが嫌いなんだね」

「ああ…………なんであんなに毛嫌いするんだろうな」

「人間に感情がある限り、好き嫌いは避けられないことだ。どんなに正しくても、道理が立っていても、知性は感情に屈するものだ。これは、どうしようもない」

確かに、そうなのだろう。感情があれば、恨む心や憎む心が生まれてしまう。そしてそれは、人が容易に制御できないものでもある。

それがあるからこそ人間だと言われれば、自分たちは納得するほかない。

「大変だったね」

「ああ……うん」

ガウンはこちらに歩み寄ると、なでりなでりと頭を撫でる。

ゆっくりとした優しい手つきだ。クレイブに撫でられるときはいつも無骨で荒々しいものであるためか、慈しみを感じる。

……余った袖が顔に当たるのがちょっとだけ煩わしいのが、この妖精の愛嬌なのかもしれないが。

そんなときだった。

「アークスーっ!!」

「うわあっ！」

突然背後から大声の奇襲を受け、思わず驚いた声を上げてしまう。

ガウンに気を取られて、完全に油断していた。

一瞬大きく跳ねた心臓を落ち着けさせて、振り返る。

するとそこには、声の主である少女の姿。

いつも一緒に魔法の勉強をする、スウがいた。

この日は特に待ち合わせをしたつもりはないが、どうやって見つけたのか。

長い黒髪と、青い瞳を持った少女。

ちょっと吊った目は、猫目を思わせる。

いまは動きやすそうな服を、お出かけ用の白い外套で包んでおり、全体的に小綺麗なのはいつもと同じ。出かける前は必ず手入れをしているというのがよくわかる。

最近は護身用なのか、身幅のある直剣を一振り腰に差しているのもポイントか。

「やめてくれよ。口から心臓が飛び出るところだったじゃないか」

「ふふん、油断しているアークスが悪いんだよ。もし私が暗殺者だったらお前はすでに死んでいる！」

「それはそれで殺気とか出るだろ？」

「あ、そっか」

「やっぱそうなのか……」

そんな返答で何故か納得してしまうスウさん。

殺気とかいう形而上概念を語って笑い飛ばされないこの世界、本当に恐るべしである。

「今日はどうしたの？」

「えっと、ちょっとした用事があってさ」

そう言って、いままで話をしていた相手に視線を向ける。

すると、当然スウも釣られるようにそちらに視線を向けるわけで、

「その子は――へっ⁉」

スウはガウンを見て、青い目を皿のように丸くした。

ということは、彼女もガウンとはこれが初めての遭遇なのだろう。

フードの中にある吸い込まれそうな闇を見て、顔を引きつらせている彼女に、ガウンのことを紹介する。

「ガウンだ。死者の妖精ガウン」

「が、ガウン？　ガウンって、これが？　本物の？　あの歌に出てくる？」

スウの訊ねに頷くと、ガウンが彼女のもとへと歩み寄る。

「こんにちはー」

「こ、こんにちは……」

スウは戸惑いながらも、挨拶を返す。

自分のときと同じように、スウが握手に応じると、掴んだ手を上下にぶんぶんと振った。

そして、今度は自己紹介なのか。

「ボクはガウン。君は……」

ガウンはそう言って、何故か小首を傾げる。

右に左に、こっくりこっくり。

彼女の名前もわかるはずなのだが、何故か不用意には口にしない。

「うん、なんて呼べばいいかな？」

「あ、ええと……じゃあ私のことはスウで」

「スウちゃん、よろしくね」

「うん。だけどどうしてアークスと一緒にいるの？　ガウンって墓地にいるんじゃないの？」

「いろいろやらなきゃいけないことがあって、アークスくんにはそのお手伝いをしてもらうんだ」

「お手伝い？」

スウは疑問の答えを求めるように、肩越しに振り返る。

この流れだと、彼女にも状況の説明をしなければならないなと考えた、その折だ。

また後ろから、今度は控えめな声がかかった。

「兄さま？」

振り返るとそこには、自分と同じ銀の髪と赤い瞳を持った少女がいた。

「リーシャ？　どうしてこんな……っと」

声を一度止める。

彼女の隣に、シャーロット・クレメリアがいたからだ。

ミルクティー色の髪と琥珀色の瞳。

やはり背は自分よりも少し高いくらい。

いまは動きやすそうな服装だが、外行きのものらしく、端々に高価さがにじみ出ている。

白や赤の装飾品をよく好むのか、よく目立っており。

やはり目を引くのは腰に差した細身の剣だろう。

貴族家の姫ということ以外にも、王国式細剣術宗家の息女としての見栄えが重視されているらしく、鞘も柄も美しく装飾され、手のかかり具合が窺える。

シャーロットが、お辞儀の仕草を見せた。

「アークス君。ごきげんよう」

「シャーロット様。ご無沙汰しております」

彼女に対し、略式ではあるが礼を執る。

こうして会うのは、久しぶりだ。まったく会う機会がなかったわけではないが、スウと違ってあまり気軽に会える立場でもない。

おそらくはリーシャとお出かけしていたのだろう。二人でよく王都を出歩いていると聞いている。

すると、シャーロットはスウの方を見て――

「そちらは……もしかしてスウシーア様ですか?」

「ええ。シャーロットさん、ごきげんよう」

「これは……ご機嫌麗しゅうございます」

スウに先駆け、シャーロットが礼を執る。

スウの外向けの言葉遣いがなんとなく新鮮だが、それはともかくと彼女に訊ねる。

「知り合いなのか?」

「うん。シャーロットさんは魔法院の先輩だから」

と言う。魔導師でなくとも、軍家の子女は魔法院で学ぶのが一般的だ。

魔法を使うことができなくても、戦いに赴く可能性がある以上は、ある程度魔法に対する知識が必要となるからだ。

「私はスウシーア様とアークス君がお知り合いなのが意外です」

「彼女とは昔からよく一緒に魔法の勉強をしてる仲なのです」

「では兄様の話に時折出てくるご友人というのが、こちらの方なのですね？」

「ああ」

それもそうだが、とてつもなく重要なことが一点ほどあった。

「というか、シャーロット様が、スウに様付けしてるってことは」

「えへへ……」

スウを肩越しに見ると、照れ笑いのような誤魔化し笑いのような笑みを見せてくる。

一方でシャーロットはそのやり取りだけで、どういったことなのか察したのか。

「もしかしてアークス君、スウシーア様のことを知らなかったの？」

「ええ。出自に関しては教えてもらっていませんでしたので」

そう言うと、シャーロット自ら紹介してくれる。

「こちらの方は、スウシーア・アルグシア様。彼のアルグシア公爵家のご令嬢よ」

「アルグシア公爵家って……」

「あの、王家との繋がりが深いという」

スウの出自を聞き、リーシャと共に驚く。

アルグシア公爵家。王国においては王家との関わり合いが最も深いということで有名な貴族家だ。

この家に連なる者は、王家に次ぐ権威を持っているといっても過言ではないと言われるほど。

もともと只者ではないと思っていたが、まさかそれほどまでに高い身分の人間だとは。

「あーあ、やっぱ偉かったのか」

「あ、だからって言葉遣いを変えるのはなしだよ？」

「ああ、それは大丈夫」

そう言うと、スウは胡乱げなまなざしを向けてくる。

「大丈夫ってちょっと、それは貴族家の一員として気にするべきところじゃない？」

「いやなんかいまさらだし……」

「むう、なんか納得いかなーい」

「いまさっき変えるのはなしって自分で言ってただろ！」

「私はもう少し敬う心があるべきだと思うなー」

スウと二人、あーだこーだ言い合う中、ふとシャーロットがこちらを見つめていることに気付いた。

「……？　シャーロット様？　いかがされましたか？」

「ううん。なんでもないわ」

訊ねるが、シャーロットは首を横に振って、いつものよう。

すると、スウがリーシャの下へと歩み寄った。

「あなたはアークスの妹だよね」

「は、はい。お初にお目にかかります。リーシャ・レイセフトと申します……」

「そんなに緊張しなくても大丈夫だよ。よろしくね」

「はい。よろしくお願いします」

スウはリーシャとの挨拶を終えると、また自分の横に戻ってきた。

定位置がそこなのか。そんなことを思っていると、シャーロットがスウになんとも言いがたい視線を向ける。

「あの、スウシーア様？　アークスくんに近いのでは？」

「それが何か問題？」

「彼は私の婚約者です。他人の婚約者とは節度のある距離を保つべきかと」

「あれ？　その婚約の話は解消されたんじゃなかったっけ？」

「ど、どうしてそれをスウシーア様が……」

関係者しか知らないような情報をさらりと口にされたことで、シャーロットが驚く。

当然、自分やリーシャも同じだ。どうしてそれを知っているのか、訊ねようとしたその折。

突然、スウが腕を取ってくる。

「なら、別にこうしてくっ付いたって問題ないよね？」

「――!?　あ、あります！　問題大ありです！」

シャーロットはそう言うと、空いた方の腕を掴んで引き剥がそうと引っ張った。

「ちょ、ちょっと、スウにシャーロット様！」

右手を引っ張られ、左手を引っ張られ、まるで大岡裁きの様相である。

「うふふふふふふ」

「うふふふふふふ」

一方で二人はと言えば、自分の腕を掴んだまま笑い合っている。

不穏な空気だ。これまでにない危機が迫ってきている予感さえ覚えてしまう。

（……あ、間に割って入るのは）

（……リーシャ、た　す　け　て）

リーシャに助けを求めるが、どちらも身分が高いため、どうすることもできず、困ったように右往左往。

一方で腕を引き合う二人はと言えば、純粋な好意なのか。それともただ子供らしい所有欲が働いているだけなのか。どちらも譲り合いなど知らぬ存ぜぬ。むしろここで退いたら負けだというように、自分の領域へと引き込もうとする。

一向に掴んだ腕を放してくれそうにない。

リーシャと二人、困り果てていたそのときだ。

「ねぇねぇ、もうお話はいい？」

しびれを切らしたガウンから、お声がかかった。

その呼び声に引かれて、リーシャもシャーロットも彼の方を向く。

「――!?」

「――!?」


当然、ガウンには顔らしい顔がないため、二人は大いに驚くことになる。

目を丸くして、硬直し、絶句する様は、いつかの自分を見ているよう。

そろそろ彼女たちにも、ガウンのことや今回の経緯を説明しなければならないだろう。

ガウンがリーシャとシャーロットに、それぞれいつもの挨拶とぶんぶんと腕を振る握手を行ったあと。


「さっきアークスがガウンのお手伝いをすることになったって言ってたけど、どういうことなの?」


話の続きというように、スウが経緯を訊ねてくる。

すると、リーシャがきょとんとした表情のまま首を傾げた。

「兄様、そうなのですか?」

「ああ。なんでも北の方で墓を暴いた連中がいたらしくて、そいつらを捕まえるのに、俺に手伝ってくれってさ」

「だけど、なぜそれがアークス君なの?」

「それがまったくわからないのです。問いただしても、俺だからとしか言いませんし……」

「うん。だってアークスくんだからだしね」

どうなのかと訊ねるように、ガウンへ視線を向けるが、やはり返る答えは昨日と同じもの。

そんな状況に、お手上げという風に肩をすくめる。

すると、まだまだ純真な義妹リーシャが、すごいものでも見ているかのように顔を輝かせた。

「兄様は妖精に頼りにされているのですね！」

「え？　うーん、そうかなぁ……」

「そうね。確かにアークス君は頼もしいものね」

「うんうん。アークスは頼りになるよねー」

「あ、ええっと、うん……」

リーシャの憧憬のまなざしに何故か、スウやシャーロットまで同意する。

二人共同じ思いなのか、「そうですよね」「だよねー」と言って、共通の話題を見つけたときのようにうんうんと頷き合っている。

先ほどまで腕を引き合ってバチバチしていたのが嘘のよう。

ともあれ、これまでこういう風に持ち上げられることなどほとんどなかったため、こちらとしてはどこか少し面映《おもは》ゆかった。

そんな中、ふとシャーロットが声を上げる。

「私、いいことを思いついたわ」

両の手のひらを淑やかに合わせる様は、まるで妙案でも思いついたときのよう。

「シャーロット様、その、いいこととは？」

「ええ。私もお手伝いします。アークス君も一人だと何かと大変でしょう？」

「え？」

「あ、それいいかも！　私もその案に乗る！」

スウもシャーロットの妙案？　にノリノリで同意するが、しかしこちらとしては容易には頷けない。

当然だ。スウについてはいまし方判明したことだが、二人とも上級貴族のお姫さまなのだ。

危険な目に遭わせるわけにはいかないし、連れて行けば絶対に危険な目に遭わせることになる。

確かに、二人が協力してくれるのは心強いが――

「シャーロット様。いくらなんでも危険です」

「アークス君。私もあの日から訓練は怠っていません。決して足手まといにはなりませんし、きっと役に立てると思います」

「そうは申されましても……」

「アークス君。私は頼りなく見えますか？」

真摯な表情だ。子供の遊びの延長線上というものでは決してない。

しかし、こちらはそう言われても困る。シャーロットは年上とはいえ、十四才の少女なのだ。あの男の記憶と倫理観があるため、そういった面を見るとどうしても気が引ける。

だがその一方で、彼女の実力を伝え聞いているのもまた確かだ。

実際助けてくれるとなると助かるのだから、答える方も難儀するというもの。

絶賛困窮中の状況で、リーシャまでもが声を上げた。

「兄様、私もお手伝いさせてください」

「リーシャ……」

「魔法が使える者が多い方が何かと便利かと思います。その……私も魔力は多いですし、届かない場所にも手が届くはずです」

「それはそうだけど」

だが、さすがに自分は頷けない。

リーシャもスウもシャーロットも、危険に晒すわけにはいかないのだ。

了承の言葉を待つ二人をどう宥めすかすか思い悩む中、ふとスウが得意げな顔を見せた。

もう嫌な予感しかしない。

「ねぇ二人共。アークスに頼まなくても、もっといいやり方があるよ？」

「スウシーア様、それは一体どういうことでしょう？」

「アークスじゃなくて、ガウンに頼めばいいんだよ。ね？」

スウはそう言って、ガウンの方を向いた。

「ボク？」

「そう。ガウン、私たちもお手伝いしていい？」

「ボクは助かるけど、危険だよ？」

「多少の危険は承知の上だよ。それに、私たちが危険になれば、ガウンも多少なり無茶が出来る大義名分が立つんじゃない？」

スウがそう言うと、ふとガウンが考え込むような素振りを見せる。

目を細めて、神妙に。

先ほどまでの幼気な態度から打って変わって、どことなく理知的な雰囲気が漂い始めた。

「……君たちはまだ子供だ。子供なら、ボクら妖精が守らなきゃならない。昔からずっとそうしてきたし、それなら確かにルールの内に入るかな」

「じゃあ決まりだね」

「いいよ。でも、なるべく危険なことはさせないからね」

そんな風に、自分が言葉を挟む余地なく、話が決まってしまった。

「ガウン……」

「他の子ならダメだけど、スウちゃんたちなら大丈夫だと思うよ？　実際下手な大人よりも強いし。それだけの力と天稟《てんぴん》は持っていると思う」

ガウンがそう言ってしまったら、これ以上反論することはできない。

むしろこれを、僥倖だったと見るべきか。

そんなことを考える中、ふと気付くことがある。

「なあガウン。危険なことさせられないってそれさ、俺が含まれてないいんじゃないか？」

「……？　アークスくんは大丈夫だよ。アークスくんだし」

「なんか最近誰からも子供扱いされないんだけどおかしくないか？」

まったく釈然としない。絶対におかしい。

再審理を要求したいが、ここには味方になってくれる弁護士も陪審員も存在しないのが不条理の極まったところか。

ふと、スウが空を見るようにして眉をひそめる。

「そもそも、ガウンの言ってる薬ってなんなの？」

「ああ、ガウンが言うには、なんでもお化けになれる薬らしい」

「お化け？」

そんなやり取りをする中、突然シャーロットが驚いたような声を上げた。

「お、おお、お化けっ⁉」

どことなく悲鳴にも似ているその声を聞いて、一同が振り向く。

「シャーロット様？」

「あ、ううん。なんでもないの、なんでも」

らしからぬ取り乱し様にも見えたが、しかしシャーロットはお澄まし顔。何事もなかったのように、咳払いを挟み込む。

彼女の悲鳴の理由には、なんとなく予想は付くが、いまはともあれ。

「ねえガウン。どうしてそれが禁忌なの？」

「えっと、それはね――」

ガウンがスウの問いかけに答えようとしたそのときだった。

ふいに遠間で、悲鳴が上がる。

それはさながら絹を引き裂いたかのような女の叫び声だ。

異変に気付くと同時に、ガウンが何かに気付いたように顔を上げた。

そして、辺りの様子を確認するかのように、しきりに周囲を見回し始める。

ガウンには、何か自分たちには見えないものが見えているのか。それとも把握出来るのか。

「ガウン？　どうしたんだ？」

「……例の連中の一人だ。向こうで暴れてる……？」

「おいおい……」

言ってる側から事件を起こしているとは。

スウがガウンに訊ねる。

「ねぇ。その連中の居場所って、ガウンが昨日調べたんじゃなかったの？」

「うん。そうなんだけど、そいつだけ別に動いて騒ぎを起こしてるみたいなんだ」

「町中で？」

「そう」

墓を掘り起こして禁忌の薬を産み出した人間が、わざわざ町中で騒ぎを起こす。

話の繋がりはよくわからないが、ガウンが追っている連中が騒ぎを起こしているというのなら、行かなければならないだろう。

だがこれで、その連中が一体何者で、何をしようとしているかが掴める可能性も出てきた。

「行こう」

ガウンの先導に従い、声のした場所へ。

そこはどうやら、大通りに面する広場らしかった。

店舗などが軒を連ねる通りには、すでに野次馬の人だかりが出来ており、騒ぎを遠巻きに眺めている。

通行中の馬車は止められ。

すでに騒ぎを聞きつけた衛兵も駆けつけ騒ぎの中心に行くと、そこには一人の男がいた。

そのまま人だかりをすり抜けて騒ぎの中心に行くと、そこには一人の男がいた。

王都でもよく見掛ける旅装に身を包み、携行品などは特になく、剣など武器も持っていない様子。

そしてその場に立ったまま、頭を両手で抱えて、身悶えするように動いている。

それだけなら、ただ単に体調を崩しただけだろうが。そういったものと違うのは、その男の周りを、淀んだ光を放つ帯が取り巻いていることだろう。

淀んだ光帯。それは【魔法文字《アーツグリフ》】が魔法陣を描き出すときに生まれるような、エフェクトじみた文字の羅列だ。

しかし、魔法を使ったときのような、魔力の輝きや生彩はなく。

羅列の帯を構成する【魔法文字《アーツグリフ》】はそのどれもが朽ちたように欠けており。

まるで周りの光を奪っているかのように、周囲がひどい暗がりに変わっている。

その一方で、周囲の人々は、そんな奇怪な状況を見て驚きの声を上げたり、悲鳴の声を上げたり。

しかし、いまだ実害らしい実害を周りに与えていないせいか、避難の足は動いていない。

「――ああ、もう！　言わんこっちゃないよ！」

そんな中、ガウンが頭を抱え、悲鳴にも似た叫び声を上げる。

「ガウン、あれがそうなのか？」

「うん、そうだよ。あれが不届きな連中の一人だ」

「様子が随分おかしいようだけど、あれは一体どうしたの？」

「これがさっきの質問の答えだよ。薬が身体に合わない人間が使うと、あんな風に周りから呪詛《スソ》を集めて、暴走しちゃうんだ」

「暴そ……」

言いかけた折、スウがガウンに訊ねる。

「ガウン。あの帯はなに？」

「あれは呪詛《スソ》の凝り固まったものだよ。集まった呪詛《スソ》が凝り固まると、ああやって生き物を核にして、周りのものを破壊したり、他の生き物を取り込もうとしたりするんだ」

「周りのものを取り込むということは、呪詛《スソ》が意志を持っているということでしょうか？」

「ううん。そういうわけじゃなくて」

「要するに、呪詛《スソ》はそういう現象を起こすような性質を持ってるってことか？」

「そうそう！　そういうこと」

ガウンとそんな話をしている間にも、巡回している衛兵たちが、呪詛《スソ》の暴走を止めようと動き出す。

だが、近づこうとすると呪詛《スソ》の帯が、さながら触手を伸ばすように動き出し、鞭をけしかけるような動きを以て、衛兵たちを遠のけようとする。

これでは、容易には近づけない。衛兵たちの間からも、「魔導師を呼べ！」「急いで刻印装備をもってこい！」という言葉が飛び交い始める。

「ガウン、あれを止めるには、どうすればいい？」

「一度ああやって暴走したら、容易には止めることはできないよ。いまできるのは、核となっている肉体を壊して、呪詛《スソ》を散らせることしかない」

「つまり、殺して止めるってことね……」

シャーロットが断定の言葉を口にすると、ガウンが首を大きく振る。

「暴走し始めたばかりならまだしも、あの状況じゃもう呪詛《スソ》のせいでほとんど死んでるようなものだ。それにこのままだと周りの人たちが危ない」

確かにそうだ。制御されたものでない以上、いつどんな動きを取るかわからない。

こちらに『殺さないようにことを収める』などと考えている余裕はない。

「私がやります」

リーシャはそう名乗り出ると、すぐに呪文を唱える。

《――我が意思よ火に変じよ。ならば空を焼き焦がす一槍よ、立ちはだかる者を焼き貫け》

リーシャが呪文を唱えると、赤熱した【魔法文字《アーツグリフ》】が掲げられた手元に寄り集まり、やがてその姿を炎の槍へと変じさせる。

直後、リーシャが暴走した男に向かって【火閃槍《フラムルーン》】を放った。

炎が気流を生み出し、暴風が吹き荒れるような音を伴って、炎の槍の穂先が男を捉える。【火閃槍《フラムルーン》】

は屈強な兵士が槍を放ったような速度で男にぶつかっていくが、しかし炎の槍は男を取り巻く帯の一つを弾いただけで、霧散してしまった。

「っ、効きません……」

「核が呪詛《スソ》で守られているんだ。生半《なまなか》な魔法攻撃は呪詛《スソ》の力に弾かれちゃうよ」

シャーロットが剣を引き抜く素振りを見せる。

「なら剣で直接攻撃するのはどう？」

「それもダメだよ！　そこまで近づくとあの帯に捕らえられちゃう」

「……そうね。遠間ならまだしも、剣の届く距離だとかいくぐれそうにないわ」

そんな中、呪詛《スソ》の帯が、周りの野次馬たちのもとに飛ぶ。

《――墓土土塊真砂にごろ石。見えずの手によりかき回されて、みんなくるめて飛び上がれ。地面は波打ち荒くれて、あらゆるものを模り生み出しこれを成す。大地よ息吹け、大地よ吼えよ。吹きすさぶ叫びに招かれて、崩れし御霊が天より落ちる》

――【繰る墓土《セイルグレイブヤード》】

呪文を口ずさんだのは、ガウンだ。

彼が呪文を唱えると、【魔法文字《アーツグリフ》】が地面に吸い付き、土が石畳の舗装を突き破って持ち上がる。

それはさながら粘土をこねるかのように形を変えながら、帯の飛んでいった方に伸びていき、呪詛《スソ》の帯を超える速度で到達。守る壁となると、呪詛《スソ》の帯を防いだ。

「みんな！　離れてー！」

ガウンが注意を促す声を張り上げる。

その声は周りに届くものの、しかし野次馬たちの動きは遅い。

もちろん、衛兵たちは彼らが避難しなければ逃げられないため、こちらも動いてくれずじまい。

これでは何かしら守りがないと、被害が出てしまうだろう。

「ガウン！　周りの人を守るのに集中してくれ」

「うん、そうだね。アークスくんたちは、あいつを」

ガウンに頷き返すと、リーシャが申し訳なさそうに口を開く。

「兄様。私は【火閃槍《フラムルーン》】以上の火力は出せません……」

「ならリーシャも周りの人を守ってくれ。帯を弾くのは……難しいかもしれないけど、防性魔法を使うのならやれるはずだ」

「はい！」

次いで、スウが口を開く。

「一応、私にはあるけど……」

「人前であまり使いたくないんだろ？　俺がやるよ。衛兵に事情を話に行ってくれ」

「わかった」

スウは右往左往している衛兵の下へと離れていく。

彼女の家の魔法は秘伝であり、なるべく見せないようにしているのは前々から知っていることだ。

そういった事情はこちらで汲んであげるべきだろう。

魔法を使うため、男の下へ向かって踏み出すと、呪詛《スソ》の帯がうねりながら襲ってくる。

「うわっ！」

それを跳ねてかわすと、さらに次弾が降ってくる。

それを再び跳ねて避けるが、近づこうとすると同じ事の繰り返し。

ある程度男との距離を詰めたいのだが、思うようにいかない。

「……近づきにくいな」

呪詛《スソ》の帯は動きが直線的でないためか、軌道がわかりにくい。

その動きを掴むために、見極めようとしていると、ふいにシャーロットが横に歩み出た。

「私が前に出て引きつけるわ。アークス君はその隙を狙って動いて」

「シャーロット様？」

「さっき言った手前もあるし、ここで役に立つことを見せましょう」

「ちょ、ちょっと！」

こちらが止める間もない。シャーロットはそう言うと前傾姿勢を取り、呪詛《スソ》を暴走させた男の下へと向かって駆け出していった。

遠巻きにしていた衛兵たちが、彼女に向かって下がれと叫ぶが、しかしシャーロットは聞かぬまま。

ミルクティー色の髪を風に流して走って行く。

すぐさま彼女に向かって呪詛《スソ》の帯が迫るが……彼女はそれを見事に回避。

シャーロットにはあの不規則な軌道が把握できるのか。

大振りの一撃には、大きく跳ねて。

小刻みな動きには、ステップを踏みながら。

長いミルクティー色の髪の毛先にすら、呪詛《スソ》の帯を触れさせない。

よくよく見れば、呪詛《スソ》の帯が動く前に動いている節もある。

これは一体どういうことなのか。

ともあれ、シャーロットは見事に呪詛《スソ》の暴走を翻弄していた。

かわしざま、ふとシャーロットが合図を寄越すかのように肩越しに視線を向けてくる。

視線を外す余裕を見せて、大丈夫だということを示しているのだろう。

頼りになるお姫様だ。

ともあれ、これなら近づいて狙える。

いざ動こうとすると、戻ってきたスウが声をかけてきた。

「アークス、どんな魔法を使うの？」

「ちょっと派手な魔法だ」

「ふぅん？　ちょっと楽しみかも」

「いまはそんな場合じゃないって……」

半分呆れつつ、ガウンに視線を向けると、彼は察しているのか。「大丈夫だよー。ガツンと決めちゃってー」と言って袖を振っている。直後、地面から土がアトランダムにせり上がり、野次馬たちの防壁となった。

これで、強力な魔法を使っても被害は出ないだろう。

「シャーロット様！　魔法を使ったら、お下がりを！」

「わかったわ！」

シャーロットの了解を聞き取って、呪文の詠唱に取りかかる。

簡易。

迅速。

火力。

それらの条件を満たす魔法は、つい先日作ったあの魔法が当てはまるだろう。

《——極微。結合。集束……》

唱えると、【魔法文字《アーツグリフ》】が呪詛《スソ》を暴走させた男のもとへと飛んでいく。それらは、呪詛《スソ》の帯をかわしてすり抜け、男の身体に纏わり付く同時に、魔法陣を形成。男の身体を中心にして取り巻いた。

その様は、まるで巨大な輪に囚われたかのよう。

それを見たシャーロットが、唐突にその場から弾かれたように離脱する。

何かを感じ取ったのか。だが、その避難はまったく正しい行動だ。

魔法陣とリンクした右の手のひらを狭めていくと、魔法陣の輪も次第に小さくなり、握り込むと同時に、最後の節を唱えた。
《小さく爆ぜよっ！》
――【矮爆《ドウワーフスター》】
輪が狭まり切ると同時に、爆発が巻き起こる。
炎が噴き上がり。
黒煙が吹き飛び。
轟音と共に音が遠ざかり。
直後、爆風が四周を駆け抜けた。
襲い来る衝撃波を身を伏せてやり過ごす中、やがて広がった黒煙が晴れる。
舞い上がった塵がちりちりぱちぱちと弾け。
堆積した電荷が小規模な稲妻を生み出す。
暴走させた人間の居た場所に目を向ければ、石畳がえぐれたようにへこんでいた。
呪詛《スソ》を暴走させた人間の姿は、跡形もない。
【矮爆《ドウワーフスター》】の魔法によって、消し飛んでしまった。
一方で、その場にいた全員が、衛兵や野次馬も含めて絶句している。
爆発という高威力の現象を目の当たりにしたせいだろう。

「──すっごーい！　なにそれなにそれ！」

しかし、そんな戦慄が産み出した静寂をぶち壊すように、スウの歓声が上がった。

彼女に目を向ければ、瞳はキラキラ。心はウキウキ。

冷や汗をかいている周囲との温度差があまりに激しい。

「アークス！　いまのは何⁉　こんな魔法を隠してるなんてズルいよ！　どうして教えてくれないの！」

「これはつい最近作ったばっかりのものだから……」

「それでも昨日今日ってわけじゃないでしょ！　教える機会はあったはずだよ！　どうしてどうしてどうしてー！」

「ああもういまはそんな場合じゃないだろ！」

ぐいぐい。魔法大好きお姫様は、身体を押し付けて迫ってくる。

一方で同じ魔導師のリーシャはと言えば、【矮爆《ドゥワーフスター》】を見て呆然とした様子。

「じゅ、呪文も使用する魔力もあんなに少ないのに、これだけの威力が出せるなんて……」

「すごい魔法ね。魔法院でも攻性魔法を見る機会は多けど、こんな魔法は初めて見るわ」

「はい……やっぱり兄様はすごいです」

「本当にこれでどうして廃嫡されるのか、わからないわね」

シャーロットはそう言うと、寂しそうな表情を見せる。

ともあれ、まずはスウを引き剥がし、

「その薬を使うと、こんな風になるのか……」

「特に身体に合わない人間だとね。あれはもともと人の身体に合うものじゃないんだよ」

「でも、なんで呪詛《スソ》が集まるんだ？」

「昨日、アークスくんには、亡骸を埋めた土は呪詛《スソ》を引き寄せるって話をしたよね？　作った薬はその性質を引き継いでいるんだ」

「だから、墓土のように呪詛《スソ》を呼び寄せるのか」

「ねぇガウン。あれをそのまま放っておくと、どうなるの？」

「呪詛《スソ》が寄ってきて、最悪スソノカミになっちゃう」

「うわ……」

「ちょ……」

スウと共に驚きの声を上げる中、リーシャが訊ねてくる。

「兄様、その……今更なのですが、呪詛《スソ》とスソノカミというのはなんでしょう？」

「まず呪詛《スソ》っていうのは、魔法を使ったあとに出る残り滓のことだ。魔法を使い終えると、欠けた【魔法文字《アーツグリフ》】を出すのはよく見ていると思うけど、あれがそれだ」

「それでスソノカミっていうのは、そのスソの集合体みたいなものだね。あんな風に生き物を元にしてるっていうのは知らなかったけど……途轍もない怪物って考えればいいかな。大昔はそれのせいで大きな都市や国が滅んだってくらいのものだよ」

スウと共に説明すると、シャーロットが神妙な口調で言う。

「魔導院でも詳しいことを習うわ。私も最近、講義で習ったばかりよ」

それで、リーシャも事の重大さを理解できたか、逼迫《ひっぱく》した表情を見せる。

「ではこのままでは王都が大変なことになる可能性も……」

「ガウン。リーシャの言う通り、こんな奴が出てきてるってことは、予断を許さない状況なんじゃないのか？」

「うん。できれば早くどうにかしたい。でも、時間と場所は見計らいたい。昼間や人の多いところだと、巻き込まれる人が出てくるから……」

確かにその案配は難しいだろう。

不用意に接触して、町中で大立ち回りになれば、周囲に被害が出るだろうし。

そこで例の薬を使われてもし暴走などされてしまえば、まったく先ほどの焼き直しだ。

「じゃあどうするの？」

「あいつらをつけ回して、人気のないところで奇襲を仕掛けるのがいいと思う」

「彼らが都合良く人気のないところに向かうでしょうか？」

「後ろ暗いことをしてる奴らは基本的に人気のないところを拠点にするからね。これからそこまでつけ回して、機を見計らって仕掛けよう」

ガウンがやる気を見せるように、袖をぎゅっと握りしめる。

すると、スウが周りを確認するように辺りを見回す。

「私は危険な人たちがいるって知らせに行ってくる」

「わかった。頼むよ」

スウにそう答えると、彼女は駆け出していく。

彼女が戻るまで、広場でガウンと共に衛兵たちに事情の説明をすることになった。


……周りにいた衛兵に一通り事情を説明したあと。

スウが、しかるべき場所に知らせに行ったことで、心なしか王都を巡回する衛兵の数も増えたように感じる。

だが、いくら彼女が上級貴族のお姫様だからとはいえ、簡単に衛兵たちを動かせるのは不可解というしかないが。

「結局何をしようとしてるのかは掴めずじまいだったな」

「仕方ないよ。あんな風になってたら、いずれにせよ話は聞き出せなかっただろうし」

頼みの綱のガウンは、そういったことまでは気を回していないらしい。

妖精にとっては、彼らの目的など気にするようなことではないからなのかもしれないが、こちらとしては目的がはっきりするだけでも、かなり助かる。

ただの盗人を捕まえるのか、それとも組織的な犯罪や策謀を追いかけるのか、それだけでも大きく変わるのだ。

大通りの広場で騒ぎの収拾が付いたあと。

「いまはここにいるよ」

ガウンに連れてこられたのは、下町にある酒場だった。

そこは、通りに店を構える、どこにでもあるような佇まい。

店舗の広い大衆居酒屋という表現がしっくりくる店だ。

昼間は食堂も兼ねているのか、中はまだ昼過ぎにもかかわらず、そこそこの人で賑わっている。

「酒場って……もしかしてその連中飲んだくれてるのかよ」

「盗みが成功したから祝杯でも上げているのでしょうか？」

「うーん……」

「単に時間つぶしに使ってるだけかもしれないよ？　ここなら見慣れない大人が集まっていても、不審がられないだろうし」

「スウシーア様は、ガウンの言う者たちは何かを計画しているとお考えなのですか？」

「そういう可能性も有り得るよねってこと。だってわざわざ盗んだあとに王国に来たんでしょ？　やっぱりよからぬことをしているかもって考えちゃうよね——それに」

「それに……なんでしょうか？」

シャーロットが訊ねると、スウは鼻をすんすんと利かせながら、

「……墓土の匂いがする。腐った水溜まりと酢をこぼした土を混ぜたみたいな」

「は、はぁ……」

相変わらず、よくわからない表現をする。

だが、彼女がそんな匂いを感じ取っているということは、この中にその連中がいるのはまず間違い

ないのだろう。

「でもここって、私たちが入ると逆に不審がられちゃうかもね」

「だよなぁ……出てくるまで外で待つか？」

一応この店舗は食堂のていを取っているものの、基本は酒場であり、しかも場所は下町だ。当たり前だが、身なりのいい貴族の子供が出入りするような場所ではない。

店員にも他の客にも、まず間違いなく不審がられる。

唸っていると、シャーロットが口を開く。

「もしかしたら、その者たちの目的を聞けるかもしれないわ。中に入るのも一つの手だと私は思います」

「確かにそうですね……」

やはり、連中の目的は把握しておきたい。

それだけでも、こちらの行動の幅が広がるからだ。

全員の意見が、シャーロットの提案でまとまる。

「兄様。私はこの格好で大丈夫でしょうか？」

「……まあ、さすがに目立つかもなぁ」

「では、目立たないように……服を汚したり……」

リーシャはそう言って、自分の服装を気に懸け始める。

確かに比較的ふりふりが多い印象の彼女の服装では、スウやシャーロットよりも浮いていてしまうだろう。

「いやそっちの方が目立つから……」

「は、はい……」

そんなやり取りをしていると、ふとスウがリーシャにひっついた。

「リーシャって健気でかわいいねー」

「す、すす、スウシーア様……」

「スウシーア様。リーシャを取らないでください。リーシャは私のです」

「あー、独り占めはよくないんだよー」

そんな妙なやりとりのあと、ともあれと、行動を開始する。

自分たちが店の中に入ろうとする一方で、ガウンは入り口の前で立ったまま。

「さすがにボクが入ると騒ぎになるから」

「なら入れないな。ガウンはここで待っててくれ」

「ごめんね。よろしく」

袖を振り振りするガウンを残して、店の中に入る。

ここまでなら、迷い込んできた子供たちということで済ませられるが。

「それで、どうする？　店員に不審がられるとマズいし」

「うん。私にちょっと考えがある」

スウはそう言うと、懐からお金を取り出す。

そして、各テーブルを回っている店員の下へ向かった。

「――身を隠すのに少しの間使わせて欲しい。特に荒事というわけではないから、中にいさせてもらえないか?」

スウはやたらと男前な口調でそう言って、店員に金貨を渡し、家門らしき紋章の入ったメダリオンをチラつかせる。

すると、店員は一瞬驚いたような顔をして、コクコクと頷いた。

……紋章に見覚えがあるのは当然だ。

王国では家格が侯爵以上になると、何かしら行事があるたびに、さながら祭りのスポンサーの宣伝とばかりに町中に紋章が入った旗が掲げられる。

そのため、王都に住む市民に限るが、有名どころの紋章は周知されているのだ。

「これで大丈夫」

スウは戻ってくると、上手くいったとばかりに、にっこりと微笑む。

これであとは、目的の人間を探すだけだ。

店内を見回す。

天井からは明度の落とされた〈輝煌ガラス〉が吊り下げられ。

店舗のところどころには、間接照明のように設置されている。

カウンターには酒が並び、それを取り扱う店員が二、三人。本格的な厨房は店の奥にあるのか、じゆうじゅうという何かを炒める音が聞こえてくる。

酔客は各々騒いでおり、中にはカウンターテーブルに突っ伏して船を漕ぐ者も。

テーブル席には、食事だけを目的にした客もいるが、入り口付近には、それらしい一団は見当たらない。

テーブル席に目を付けつつ、店の奥側へ行く。

客がチラチラこちらを見てくるが、それはともかく。

店の奥、見覚えのある服装をした一団が隅にあるテーブルを囲んでいた。

(あれは……)

(先ほど暴走していた男が身につけていた服と一緒ですね)

服装は、王都でもよく見る旅装だ。

そうそう珍しいものではないが、同じ格好をした者が暴れていたため、怪しく思えてくる。

おそらくはあれなのだろうと断じ、すぐに近くのテーブル席に座って聞き耳を立てる。

周りが騒がしいせいで、近くにいても聞き取りにくいのが難点だが、なんとか聞き取ろうと全員で耳をそばだてた。

「その……本当に……夫なの………な?」

「問……い。これを使えば……一時……物体…透過できる……」

そんな話が聞こえてくる。

念を押して訊ねている者と、余裕のある者。

ちょうど、ガウンが言うお化けになれる薬の効果を話しているのだろう。

文脈から察するに、薬を飲むと物体を透過できるようになるのだと思われる。

「あいつは」

「使い……弊害だ……」

「騒ぎ……」

「ど……証拠はない。捨て置け」

おそらくは、先ほど呪詛《スソ》を暴走させた男のことだろう。

どうやら、そのまま見捨てて放り出してきたらしい。

「……魔力……測る……」

「……あとは……導師……ドの敷……」

「――⁉」

ふいに、聞き捨てならないことが聞こえてきた。

だが驚いてしまったことで、つい椅子の足をガタンと鳴らしてしまう。

（しまっ⁉）

（ちょ、ちょっとアークス⁉）

わたわたと焦る中、一団はその音を聞きつけたのか、一斉にこちらを向いた。

これではそちらに気を払っていたことが、バレてしまう。

これは、まずいか――

そんな風に、考えたそのときだった。

「――子供が酒場にくるとは。しかもお貴族さまの。王国は随分と高度な教育をしてるんだな」

「え？　――えっ？」


一度目の疑問の声は、自分に声をかけられたことで。

二度目の疑問の声は、その声の主を見たことからだ。

声のした方を向くと、そこには一人の男がいた。

それだけならば、驚くようなことではないが、身の丈がかなり大きいのだ。

いつの間に店に入ってきたのか。すでに席を二つも三つも占領しており、スツールに座っているのにもかかわらず、立っている自分たちを見下ろしてしまうほどに大きい。

立ち上がれば、二メートル、いや二メートル半はあるだろう。

まさに巨人と言っても過言ではないほど。

そして、その身を包んでいるのは、さながら海賊船の船長が身につけるような衣装だ。

背に大きな湾刀を背負い、頭にはパイレーツハットを被っている。その姿を見ていると、まるで海賊船が直接店に乗り付けて来たかのような気分にさえなってしまう。

その大男は、席からのっしりと立ち上がると、こちらに近付いてくる。

「まあこっちに来いよ。俺様が社会の素晴らしさを教えてやる」

そう言って、巨大な手で首根っこを引っ掴んできた。

「わわっ！」

「ちょ、なにするの！」

驚き、振り解こうとすると、その大男は上体を折り曲げるようにしてテーブルを覗き込み。

他のテーブルには聞こえないような声で耳打ちしてきた。

（まあ、落ち着きな。そんな風にしていると逆に怪しまれるぜ？　きちんとお忍び風にしないとダメだろ？）

（え？　あ、ああ……）

思いも寄らない言葉を掛けられたが、それで冷静さを取り戻す。

そんな中、ふとリーシャが席から立ち上がった。

「兄様兄様！　見てください！　見たことのないものがいっぱいあります！」

その台詞で、すぐに察する。

つまりは、怪しまれないよう一芝居打とうということだろう。

「そ、そりゃ酒場だからな」

「お酒……私も飲んでみたいです」

「そうね。私も飲んでみたいわ」

「いやいや、お嬢ちゃんたちにはまだ早いぜ。ここは二人ともミルクで我慢しときな」

「そうですか……」

「むう。残念ね」

リーシャは残念そうに俯き、シャーロットは膨れた顔を見せる。

傍から見れば、微笑ましい光景だろう。

これなら、少なくとも耳をそばだてていたという風には思われないはずだ。

（リーシャ、助かった）

（いえ）

（シャーロット様もありがとうございます）

（構わないわ）

リーシャとシャーロットに礼を言う。

落ち着いた折、ふとスウが神妙な表情を見せる。

「アークス、一度店から離れよう」

「え？　いや、いま離れたら困るだろ？」

「でも……」

スウはそう言って、食い下がってまで退店を急かしてくる。

折角、場を凌いだというのに。

「なんで？　一体どうしたんだ？」

「いろいろあって」

「よくわからないけど、いまは離れられないだろ？」

「…………わかった」

何故か、スウは不承不承といった様子。本当に一体どうしたというのか。

すると、先ほど助けてくれた大男が訊ねてくる。

「で、あの妙な連中がなにかあるのか？」

「……ちょっと事情があってさ」

「おいおい助けてやったんだ。少しくらい教えてくれたって構いやしねぇだろ？」

こちらはこちらでそんなことを言って食い下がってくる。

そんな大男の態度が腑に落ちず、怪訝な視線を向けた。

「助けてくれたのはありがたいけどさ。なんで俺たちを助けてくれるんだ？」

「ああ、それか。なに、お前さんら、さっきガウンと一緒に街中で立ち回ってたな？」

「……あれ、見てたのか？」

「おう。その歳であんな立ち回りができるってな。なかなか感心したもんよ。でだ、ちょいとお前さんらと話をしてみたいと思ってな」

「それでここまで追っかけてきたのか……」

「そういうことだ」

大男はそう言うと、わずかに笑みを作る。

ともあれそれが本当だとすれば、この巨体でバレずに尾行してきたということになる。

なんとも物好きだとも思うが、やはりその点が驚きだった。

「それで？」

「……あいつら、さっきの奴の仲間らしいんだ」

「はん。それで追いかけてるのか。熱心だな。正義感か？」

「ああ。そんなところだ」

「それでガウンと一緒になって追いかけてるのは不思議だが……まあいいさ」

大男は、その説明では納得しないらしい。

だが彼には関係のないことだし、関係ないならば理由の説明にこだわる必要はないのだ。

「だが、いつまでこうしているつもりだ？　あの様子だ。あいつらは、当分ここから動かなさそうだぜ？」

「じゃあ、動き出すまで待つだけだ」

そう、いずれにせよ自分たちは彼らを追いかけなければならないのだ。待つ必要がある。

そんな中、ふと大男が名案でも思いついたように声を上げる。

「おおそうだ！　ちょうどいい。ちょっとお前さん方の知恵を貸してくれないか？」

「は？」

「え？」

「お前さんら、なかなか利発そうだしな。もしかしたらもしかするかもしれねぇ」

突然一体どうしたというのか。大男は急に話を勝手に進め始める。

そして、持っていた鞄から布のシートや駒のようなものを取り出し。

「お前さんたち、戦棋はやったことあるか？」

「……少しなら」

「一応あるわ」

「よし。それなら話は早い」

そうは言うが、大男が取り出したものは普段見るような戦棋とも違っていた。

駒のほとんどは船ばかりで、盤の代わりは布のシートだし、しかも大半が青く仕切られている変わり種だ。

「これって、もしかして、海の？」

「そうだ。海戦の盤はここいらじゃ珍しいものだろうが、まあ基本は同じよ。いま知り合いとの勝負の途中なんだがな、どうもうまくいかなくてよ。こうしてことあるごとに誰かに訊いて回ってるってわけだ」

大男はそう言うと、大声で笑い出す。

「これは……」

「これ、実戦式の戦棋だね。ゲームとはちょっと違うよ」

「ほほう？　それも知ってるのか？　利発なお嬢ちゃんだな」

「…………」

「っていうか、こんなので判定なんてできるのか？」

そう、大男が出してきた戦棋は、当たり前だが将棋やチェスとも違うものだ。

どちらかといえば戦況図のコマを動かすのにかなり近く、ルールも細かく決められていないため、ゲームのていを成していない。

それゆえかなり主観が混じることとなり、勝敗の判断が難しい。

だが、大男は気にするなという風に笑い飛ばす。

「いいんだいいんだ。仲間内のモンだからな」

「でも、俺たちいまはこんなことしてる場合じゃないんだ」

「あの連中が気になるんだろ？　だがここには俺様を含めて四人もいるんだ。誰かがこれを考えて、誰かが向こうを気にしときゃいいだろ？　俺もきちんと気にしといてやるからよ」

そんなことを提案してくる一方で、ふとスウが口を開く。

「……私はわからないよ」

スウがそんな風に素気ない態度を見せるのは、珍しい。

むしろこういった遊びには興味津々で口を出してきそうなものだが、何故かいまはまるで気のない様子。かなり機嫌が悪いように思える。

この大男が現れてからだが、何か気になることでもあるのか。

一方で、伯爵家のお姫様はというと。

「陸での戦いであれば、ある程度教えてもらってはいるけど……」

だそうだ。彼女はわからないらしい。

これにはリーシャも同じように首を横に振った。

…………助けてもらった手前、突き返すわけにもいかないか。

海賊服の大男は、手際よく駒を設置していく。

大きな手のひらだが、なかなかに器用らしい。

やがて、盤面が出来上がる。

……シートの上に現れたのは、三方を海に囲まれた要害だ。

陸地から都市がお椀型に突き出ており、陸地側の城壁は高い壁に囲まれている。

それを取り囲むのは多くの船団と、陸からの大部隊。

盤面は大規模な籠城戦を示していた。

「これ、どっちがどっちだ？」

「攻めるのは俺様で、相手は守る方だ」

攻め手の兵力はかなりのものだ。

それでも、一見してこの要害を攻めるのは、難しいようにも思う。

「というか、これって戦棋っていうよりも、軍師とか軍配者が集まって試行するようなものなんじゃ……」

「細かいことは気にすんな。もとはみんなおんなじよ」

そんなことを言う大男に、まずは訊ねる。

「補給の寸断は？」

「難しいな。物資を断つのはまず無理って考えてくれ」

「陸地からは？」

「この壁を突破するのは骨だなぁ。できても損害がすさまじい。そのあとの攻めに障る」

「じゃあ、こっちの湾からの侵入は？」

「当然、海路は封鎖されてる。ほら、これだ」

海側の三方の一つに、海峡のような湾があるのだが、そこの出入り口には鎖を渡しているらしい。

確かにこれでは、攻め落とすことは難しいだろう。どこにも隙らしい隙がない。

だがこの構図、どこかで見たことはないだろうか。

自分のこれまでの生活ではなく。

男の人生の追体験で。

「……これ、もしかしてコンスタンティノープルか？」

「どうしたの？」

「いや」

そう、これは男の人生を追体験したときに見た、コンスタンティノープルの戦いによく似ているのではないか。

コンスタンティノープル。建設以来、約千年近くの間難攻不落を誇った大都市だ。

そこも三方が海に面しており、陸地側には何重もの城壁を擁するという、おおよそ考えられない防衛力を誇る。しかも、陸地側の城壁に関しては当時の技術力では考えられないようなものだったとも言われているのだから、その規模のすさまじさが窺えるだろう。

だが、そんな堅固な都市も、オスマン帝国に攻められて陥落した。

確かそのときに、大きな役割を果たしたのが――

「船を陸地から運んで、湾の中に入れる……」

そう、世に言う、オスマン艦隊の山越えだ。

それによって動揺した防衛側は、城壁側の守りを疎かにし、それが要因でわずか三月で落とされたという。

それを思い出しながら、船の駒を陸地の、なるべく距離の短い部分に動かして投入する。

「これで、新しい場所を攻め立てることができる」

そう言うが、しかしそれを見ていたスウたちはまったく納得していない様子。

「アークス、いくらなんでもそれは……」

「アークス君。船を陸地に運ぶなんて無理があると思います」

「兄様。私もそれはどうかと……」

三人とも、呆れた様子。確かに、無茶苦茶な行動であり、現実には不可能にも思えるような策であるため、現実的だとは思えないのだろう。

だが、大男はそういった意見とは違うようで。

「まあ、端っから否定するのもダメだわな。ボウズ、この船はどうやって湾の内側に運ぶんだ？　駒を動かすのは簡単だが、実物を動かすってなるとそう易々とはいかないぜ？」

さて、あれは一体どうやって運んだのだったか。

「油を塗った丸太の上に船を乗せて、輓獣《ばんじゅう》に引っ張らせる」

「重い物を運ぶときの定石だろうな」

「当然、急な斜面だったら無理だし、船が大きすぎても無理だと思う。相応の人手が必要になる。無茶だって言われれば無茶だけど、逆に人手さえ足りるなら、できないことじゃないはずだ。最悪、工事して道を造るって手段もあるだろうし」

昔は山から切り出してきた巨大な石を、人力で運んだのだ。

男の世界にだって、どうやって造ったのか未だにわからないような建造物などごまんとあった。

それに、この世界には魔法という超技術もあるのだ。

木製の船を運ぶのであれば、できないことはないはずである。

「でも途中の砂地はどうするの？　重い物を運んだら沈み込んじゃうよ？」

「砂地は水で湿らせればいい。毛細血管ブリッジ現象で砂地にも強度が生まれる」

「もうさ……」

「砂は濡らすと流れなくなるだろ？　あれのことだよ」

「それでも、私は無茶だと思うな」

「そう、だからこそさ。戦の要訣は相手が思ってもみない場所を叩くことだ。相手が守る必要がないと考えている場所は、絶対に守りが薄くなっている。なら、そこから攻めればいい。戦は攻め易い場所を攻めるのが定石だろ？」

「理屈はわかるけど……」

世の中、理屈だけでは動かない。スウはそう言いたいのだろうが、それでもこれは一つの手だと言えるだろう。

そもそもゲームなのだから、そこまで細かく考える必要はないはずなのだ。

「ククク……」

ふと大男が、低い笑い声を出す。

何か気分を良くしたのか。

やがて膝を叩き始めた。

「そうだな！　ああ、確かにそうだ！　そんな場所攻められるなんて思いもしねぇ！　ボウズの言うとおりだ！」

「これでいいか？」

「おう！　むしろ十分だ！　お陰さまでこの勝負は勝てそうだぜ」

大男が豪快な笑い声を上げた折、突然店の入り口から呼び声がかかった。

「あっ！　船長！　ここにいらしたんですかい⁉」

見れば、複数人がまとまってこちらを見ている。

みな船乗りを思わせる格好をしており、大男の身内だということが容易に想像できた。

しかして大男はそんな連中を見つけると、嬉しそうな声を上げる。

「おうおめえら！　いいときに来たな！　喜べ！　俺たちの海路が開けたぜ！」

「そりゃ本当ですかい⁉」

「おうよ！　これで勝負は俺様の勝ちだ！」

本当に一体何の話なのか。ゲームでの勝利を喜ぶにしては、随分と喜び過ぎなようにも思える。

「……兄様、あれを」

「ん？　どうした……っと」

そんな騒ぎの中、ふと例の一団が、席を立った。

大男の笑い声が耳に障ったのか。支払いを済ませてそそくさと立ち去ろうとする。

「……出よう」

そう言って、三人と頷き合うとまた大男に掴まれた。

「今度はなんだ？」

「そう焦るなよ。なんか奢らせてくれ」

「いや焦らなきゃ困るんだって。さっきの話を訊く限りじゃ、悠長にしてられない」

「……なるほど。いいぜ」

何がいいのか。大男はそう言って手を放した。

出ると、大男は部下らしき男たちと合流したまま、こちらに付いてきた。

「俺様にも妖精サマを拝ませてくれ」

らしい。大男は部下をぞろぞろと引き連れ。

ガウンのもとにたどり着くと、部下の一人が驚いたような声を上げた。

「せ、船長、こいつは……」

「おめぇらは見るのは初めてか？　こいつが世に名高い死者の妖精サマだ。よく拝んで感謝しておきな」

部下全員が、そろってガウンに頭を下げる。

ガウンが、

「あ、バルバロスくんだー。こんにちはー」

「おう、こんにちは。いつも大変だな妖精サマは。あと、俺のことは名前でなくて船長と呼んでくれ」

「うん、せんちょー」

ガウンが嬉しそうに諸手を上げている。

彼が嫌がらないということは、信頼しても大丈夫な人物なのかもしれない。

「お前ら、今日は先に戻ってろ」

「へ？」

「今日は予定ができた」

「ではご一緒に」

「いい、いい。しなくていいぜ。むしろこのあとがヤマだ。各自英気を養っておけ」

そんな指示を出して、鞄から重そうな袋を取り出す。

部下らしき男はそれを受け取ると、他の者と一緒になって歓声を上げた。

「予定ができたって、まさか」

「おう。俺様も噛ませろ。さっき会心の一手を伝授してくれた礼だ」

「だからってこっちの意見も聞かずに決めるのはどうなんだよ……」

「大人が多くいた方が楽だろ？」

「って言ってもな」

そう言って、ガウンの方を見ると、

「ボクは手伝ってもらっても構わないよ？　船長なら頼りになるし」

「ほらな。妖精サマもこう言ってるし、これで決まりだろ？」

「なんか強引だなぁ」

「恩には恩を返すのが、船乗りの流儀ってもんだ。返せる内に返させてくれや」

大男はそう言うと、名乗り始める。

「俺様はバルバロス。しがない船乗りだ。短い間だが、よろしくな」

結局、同行することにしたらしい。

ガウンが構わないと言っているため、大丈夫だとは思うのだが。

すぐに互いに、自己紹介をして、一応名前だけは共有する。

そんな中、ふとスウが静かなことに気付いた。

随分と神妙とした様子だが、バルバロスの背中を睨み付けているようにも見えた。

「スウ？」

「ううん。なんでもない。なんでもないよ」

訊ねるが、スウは気にするなとでも言うように、笑顔を見せる。

ともかく、ガウンを先導にして、例の一団を追いかけることにした。

——ガウンが追いかけている連中の話が本当ならば、彼らが産業スパイであるという可能性が出てきた。

途切れ途切れに出てきた『魔力』『魔導師ギルド』という言葉。

決定的だったのは、『測る』『計測する』という、決して無視できない文言が飛び出してきたことだ。

要するに、彼らは他国からの間者であり。

おそらくはあの場で、〈魔導師ギルド〉へ侵入する算段を立てていたのだろう。

『魔力計』という言葉さえ出てこなかったが、『測る』という言葉を使ったということは、かなり情報を持っているということが窺える。

一体どうやって……とは言うまい。これも例の薬を使って集めた情報なのだろう。

途切れ途切れの話をつなげると、おそらくだが「薬を飲むと一時的に物体を透過できるようになる」ということを話していたのだと考えられる。

もしそれが事実なら、ギルド敷地内の製作所に侵入せずとも情報くらいなら集めることも不可能ではないし、警戒の厚い〈魔導師ギルド〉そのものにも侵入できるだろう。

とすれば、いまは魔力計を守るため、一時的に離脱しなければならない。

下町の酒場でバルバロスという妙な同行者を仲間に加え、店を出たあと。

ガウンに先導されながら、いまは例の連中を追いかけている最中にある。

まずはと、内緒話に取りかかる。

(……リーシャ)

(はい、なんでしょう?)

(魔力計のことは知っているな?)

(——はい! やはりあれは兄様が作ったものなのですね⁉)

(そうだ)

制作者が自分であるということを告白したことで、リーシャは興奮気味だ。

一瞬、ぱあっと花のような笑顔を見せるが、しかしすぐその表情を怪訝なものへと変える。

(ですが兄様。一体それがどうしたのですか?)

(ねぇもしかして、さっきの話?)

(なにかしら? 私には話が見えてこないのだけれど)

ほとんど事情を知らないシャーロットに、かいつまんで説明する。

(二年ほど前、魔導師の使う道具を〈魔導師ギルド〉で発表したのですが、どうやら連中がそれを狙っているようなのです)

(ものすごいんだよ。国軍の魔導師の練度が一気に向上するくらいのもの)

(ええ。私もいくつかいただきましたが、すごい発明です!)

(……途轍もないことをしているのね)

シャーロットは驚いている。

それはともかくだ。

（それで、最近、〈魔導師ギルド〉の敷地の中にそれを作るための作業所を建てたのですが、連中の話を聞くに、どうやらそこへ向かう算段を付けていたようなのです）

（アークス君が作ったその道具を、盗み出そうとしているということ？）

（ええ。おそらくは技術ごと根こそぎ）

そこまで言うと、シャーロットも危機的な状況だということを察したか。

（ではもしそこで例の薬とかいうのを使われたら……）

（まずいよね。侵入し放題だよ）

だけではない。もしそこで暴走してしまったらということを考えると、被害は計り知れないものとなる。

〈魔導師ギルド〉は魔導師もそうだが、魔力にかかわるものも多い。それらの物品や魔導師たちを取り込んでしまえば、あっという間にスソノカミが出来上がるということもあり得るのだ。

状況は、思っている以上に切迫している。

すぐにでも、対策を講じなければマズい。

（兄様、どうするのですか？）

（……俺はまず〈魔導師ギルド〉に先回りして、戒厳令を敷いてもらう。そうすれば連中も、侵入には二の足を踏むはずだ）

たとえ物体を透過できる薬があるのだとしても、警戒の度合いが高ければ侵入には慎重にならざるを得ないだろうし、最も警戒が薄い時間帯に変更するはずだ。

計画の練り直しを行う必要が出てくるため、少なくとも時間は稼げるし、時間を潰すためにねぐらに戻る可能性もある。

(アークス君にはそんな権限まであるのね)

(一応国策ですので。製作や警備に関しても一任されています。本当なら、誰か味方を募りたいところなのですが……)

(ギルドに余裕は……ないでしょうね)

シャーロットの言うとおり、〈魔導師ギルド〉で人手を借りるのも難しい。

戒厳令が敷かれれば、魔導師はみな警戒のため、ギルドに詰めなければならないし、雇い上げた魔導師たちも、万が一のときのために警備や書類の破棄などに動いてもらわなければならないため、連れ出すことも難しい。

役人や衛兵に伝えても、お役所仕事であるため、動き出すのは遅いだろう。

どうにかならないかと、スウの方に視線を向けるが、彼女は首を横に振る。

やはり彼女も、そこまでのことはできないということだろう。

相談が終わった折、ガウンだけを呼んで事情を伝えると、離脱に関しては快く了承してくれた。

その辺りは、スウたちがいるためだろう。

自分がいなくても、彼女たちがいれば戦うことができる。

むしろ自分よりも強いまである少女たちなのだ。

そんな中、ひそひそ話に気付いたバルバロスが声をかけてくる。

「さっきから一体どうした？」

「えっと、ちょっと俺だけ行くところができてさ」

そこで、ガウンが助け船を出してくれる。

「そう、だからあいつらを追いかけるのはせんちょーに手伝ってもらうねー」

「おいおい」

「ダメ？」

「……しゃあねぇ。嚙ませろって言った手前じゃ言えねぇな。俺はそっちの方が気になるんだがな」

何故かバルバロスには興味を持たれているらしい。

先ほどの戦棋のせいだろう。スウの印象は悪かったものの、やはり男の世界の教科書にも登場する戦術は、彼の琴線を刺激したらしい。

「それはそうと、別行動したあとはどうするんだ？　一度離れたら、合流も難しいだろ？」

「それは大丈夫だよ」

ガウンはそう言うと、腰元に提げてあったランタンに火を灯す。

すると、その場にガウンがもう一体出現した。

「は……」

「えぇ⁉」

それを見て、思わず驚きの声を上げてしまう。

一方で、バルバロスは合点がいったという風に、髭を蓄えたあごをさすった。

「なるほどな。これが、ガウンがどこにでもいる絡繰りってわけか」

「そうだよ」

「これ、意識が分散してるわけじゃなくて？」

「「うん。ボクだよ。どちらもボク」」

二体に増えたガウンたちは、そんな二重唱を奏でてくる。

「なんか理解が追いつかなくて頭が痛くなりそうね……」

シャーロットが呆然とする中、別行動と相成った。


……ガウンと共に、夕刻の街を〈魔導師ギルド〉に向かって駆ける。

急がなければ、魔力計の情報が盗み出されてしまう可能性がある。

薬の効果を考えれば、魔力計自体が盗まれるということはないだろうが。

一部でも情報が抜かれれば、これまでの努力が水の泡だ。

だから一分一秒でも早く、ギルドへ向かう。

当然、ただ走っているだけではない。

身体能力を一時的に向上させる魔法を使って、走る速度を何倍にも上げている。

いまならば、馬の脚さえ追いこすほどだ。

当然、街中を走っているため、後方に過ぎ行く人々は一様に驚いた顔を見せている。

ときには人々の間を風のようにすり抜け。

馬を急がせる役人の横を並走する。

誰も彼もが度肝を抜かれた顔を見せるのは痛快だが、いまはともかく。

やがて〈魔導師ギルド〉の建物が見えてくる。

〈魔導師ギルド〉。ここは王国の魔法技術の中枢でもあり、日夜魔導師たちが魔法の研究を行っている。常に魔導師たちが詰めているため、夜間であろうと〈輝煌ガラス〉の灯が消えることはない。

……黒い建物は全周を忍び返しが付いた高い塀に囲まれており、周囲の敷地はのぞき見や監視を避けるため、建物を建てず更地にしているという徹底ぶり。前述の通り夜間でも〈輝煌ガラス〉が点灯しているため、魔導師だけでなく警備の人間も多数常駐する。

警備体制は、他国の間者に忍び込むことを諦めさせるほどのもの。

一方で自分は、魔力計のこともあって基本的に顔パスだ。

正門の警備員に急ぎの用だと伝えて、敷地内へ。

同行してくれたガウンについては正門で待ってもらうことにして、すぐに本館へと向かった。

受付に魔力計関連のことで急用ができたという旨を伝えて、ギルド長ゴッドワルドもしくは彼の秘書であるバルギウスの居場所を訊ねると、二人共折良く、敷地内にある魔法の試射場にいるという。

受付への礼もおざなりにして、急いで向かうと――

突然、回廊の曲がり角の出会い頭で、向こう傷だらけの強面と遭遇した。

「――うわぁあああああああああああ!?」

いま唐突に視界に入ったのは、凶悪なヤクザか地獄の鬼か。

フリーホラーゲームもかくやというびっくり攻撃を受けたせいで、その場に尻餅をついてしまった。

しかしてその強面の正体は、魔導師ギルドの長、ゴッドワルド・ジルヴェスター。

彼はその険しい顔をさらに険しくさせて、腰を抜かした自分を見下ろしてくる。

「アークスか。どうしたのだ。そんなに驚いて」

「え？　そ、それは……」

まさか真っ正直に、ギルド長の顔が怖かったからですなどと言えるはずもない。ギルド長はこの顔で意外と繊細な面も持つ。子供に怖いと言われれば、傷つけてしまうかもしれない。

飛び出しそうになった言葉をぐっと呑み込むも、しかし彼の同行者が、その努力をぶち壊しにかかった。

いつも彼に付き従う老秘書、バルギウスが。

「突然曲がり角からギルド長の怖い顔が出てきたからでしょう。そのお顔は心臓に悪いですからな」

居合わせた国定魔導師、メルクリーア・ストリングが。

「ですです。その内、顔を見ただけで死ぬ人間が出るかもです。事態は深刻です」

「お前たち！　いちいち言わなくてもいいわ！」

ギルド長が怒鳴ると、メルクリーアはとんがり帽子を目深にかぶって顔を隠し、一方バルギウスは「ああなんと恐ろしいことでしょう」とか言い始めた。

一体どの口が言うのか。

この老秘書はおそらく、ノアと同じ類いの人間なのかもしれない。

そんなふざけたやりとりはともあれ、ギルド長の同行者は、バルギウス、メルクリーアの他にも複数人いた。

一瞬、ギルドの職員か魔導師かとも思ったが、服装からしてどうも違うらしい。

立ち振る舞いには貴族や高官などが持ち合わせる優雅な所作が見受けられるが、しかし服装は王国での流行りや格式のあるものともまったく異なる。

おそらくは外国の要人なのだろう。

特に真ん中の女性が、一際高貴な雰囲気を漂わせている。

それは、波打つダークブロンドの髪を持った妙齢の女性だ。歳の頃はおそらく二十代前後。見慣れぬ軍服を着ており、この場にいる誰よりも尊大そうに瞳を光らせている。

略式ではあるが、すぐに礼を執ると、ギルド長が間に入ってくれた。

「失礼。こちらはギルドで手伝いをさせている貴族の子弟です。アークス、こちらの方は気にするな」

「はい」

ここはギルド長のでまかせに乗っかった。

こちらに彼女を紹介すれば、自分のことも向こうに紹介する必要が出て来るからだろう。

それは、ややこしいことになりかねない。

「それよりもアークス。なにかあったですか？」

「あ、はい。それなんですが……」

メルクリーアの訊ねに答えたあと、すぐにバルギウスの方を向く。

「バルギウス様。マニュアルCを緊急でお願いします」

「……！　マニュアルしいですか、ただ事ではないようですね」

バルギウスは冷静そうな顔に、ほんのわずかに険を潜ませる。

当然、内容を知っているゴッドワルドも顔色を変えた。

「一体どうしたのだ？」

「ですです。しいは確か、書類の破却が含まれているはずですよ？」

すぐに関係者だけで寄り集まって、ひそひそ話。

（……あれの情報が盗み出される可能性が）

（……盗み出されるだと？　一体どこからの情報だ？　こちらではそんな話掴んでいないぞ？）

（……死者の妖精からです）

（――が、ガウンがですか？　何故ガウンがそんな情報を教えてくれるですか？）

（……いろいろと事情があるのですが、いまちょうど彼の手伝いをしている過程で、そんな話をしている連中がいまして）

そう言うと、ギルド長が難しい顔を見せる。

彼の難渋した顔を見ると、怒られそうな雰囲気に見えるため、緊張してしまうが。

「……いろいろと言いたいことはあるが、急を要するということはわかった――バルギウス」

「承知いたしました。すぐに動きます」

「ちょうど王都にカシームがいる。呼びつけて守りを任せろ」

「は」

バルギウスはそう答え、ダークブロンドの女性に礼を執り、訓練場を辞した。

「アークス。お前はどうする？」

「俺はこれからガウンに合流してその連中を探ります。申し訳ありませんが、作業所はお願いします」

「ふむ、妖精がらみであれば仕方あるまい。気を付けるのだぞ」

「はい。慌ただしくして申し訳ありません」

ギルド長に対し、再度礼を執る。

そして、

《――器を満たす鮮血。人の身をかたどる骨肉。経路はすでに淀みなく剛力は充溢し身体に満ちて幾久しく。欲する者の止め処なき求めはここに。扉を開かんとする我が声の前に、肉体よ目覚めよ粋》

――能力暫時強化型助性魔法【肉体よ十重に高まれ《ベーシックパフォーマンス》】

再び身体に能力強化の魔法を施し、ショートカットとばかりにギルドの塀を内側から跳び越えた。

……そうして、アークスが忍び返しの付いた塀を飛び越えて去って行ったあと。

「…………塀はもう少し高くする必要があるな」

「あれは身体能力を底上げする魔法といったところですね。ふむ」

「他者に影響を与えるものではなく、自己に作用させる魔法か。変わった魔法ばかり使うというのは
クレイブの言った通りだな」

「ですです。これはあのめんどくさがりが食いつきそうな魔法です」

二人がそんな話をしたあと、メルクリーアが動き出す。

「ギルド長、私も動くです」

「そうだな。ギルドの対策の方は頼む。そのうちカシームも来るだろう」

「了解です」

話を終えると、ギルド長はダークブロンドの女――メイファ・ダルネーネスの方を向き。

「案内の途中お待たせして申し訳ない」

「ふむ。【金剛】の魔導師殿、何かよからぬことでも？」

「いえ、見苦しいところをお見せしました。些細なことです」

「些細なこと、か……」

メイファはそう言うと、回廊に面した塀を見上げる。

そこは、アークスが飛び越えて行った場所だ。

「幼い子供まであのように魔法を自在に使うとは、さすがは王国といったところだな」

「アークスと一緒にしたら他の子供が可哀そうな気もするです」

「ほう？　ではあの少年はそれほどの逸材と？」

「王国は人材に恵まれていましてな、彼だけでなく多くの子弟が才能を発揮しています」

「ふむ……」

ギルド長は誤魔化して、その会話を流す。

一方でメイファは、何かを見極めようとするかのように、アークスが去って行った先を眺めていたのだった。


〈魔導師ギルド〉を出たときはいまだ夕刻の境だったが、いまはもう日が沈みきっており、街には〈輝煌ガラス〉の光がちらほらと輝いている。

男の世界のように高層建築があるならば、地上から見る夜景も煌びやかだが。

この世界は背の低い家々が大半を占めているため、〈輝煌ガラス〉が見せる星々はさほど見えず。

しかし、多くの家々が光を灯しているため、空に黒と紫のコントラストを生み出している。

いまアークスとガウンは、そんな光から逃げるように、街の中心から離れていた。

場所は王都の東側、郊外の閑散とした街区である。

「こっちは……もしかして廃スラムか？」

「うん。追いかけてたら、こっちに向かったよ」

「人気《ひとけ》が少ない場所に行ってくれるのはありがたいな」

「向こうとしても、そっちの方が都合がいいからだろうね」

だろう。行動するならば、どこかに拠点を構えなければならないし、それなら人気の少ない場所を選ぶ。

「いまは？」

「集まって、外に出ているみたい。これからさっきの場所にいくのかどうかはわからないけど」

「それは……」

良かった。もしすでに動かれて、〈魔導師ギルド〉に向かっているとなれば、対応が間に合わない可能性がある。そうならなかっただけでも、随分とありがたい。

「こっち、こっち」

走りつつも、ガウンは常に一足先で手招きして先導。

こちらの速度だろうが、足下の難路だろうが、関係なしに前にいて、招き猫のように袖を振っている。

花壇の縁から。

曲がり角の陰から。

ときには屋根の上にも乗っている。

そんなガウンに付いていくと、やがて目的の廃スラムに到着する。

住人が退去してから年月を経ているためか、辺りは崩れた建物ばかり。

さながら衝立のように残った壁や、屋根の重みに耐えられずひしゃげた家。

造りが頑丈だった建物は原型をとどめているが、窓は割れて吹きさらし。

道の端には瓦礫が縁石のように積まれている。

建物は人の手が入らなくなると、加速度的に劣化するというが、まさにそれだろう。

閉鎖されて久しいため、人の気配はなく、あるのは野犬の息づかいと眼光のみ。

当然、光源もないため真っ暗だ。

ガウンが指示した建物に入ると、そこには見上げるほどの巨体――バルバロスの姿があった。

据わりのいい場所を見つけたのか、横たわった壁の上でうまいことふんぞり返っている。

ガウンが万歳をするように両袖を上げて声をかけた。

「せんちょー、ただいま」

「おう、帰ってきたか。意外と早かったな」

「他の三人は？」

「・・・・・・あっちのガウンと一緒に根城を偵察だ。そんで、俺様は目立ちそうだから居残りよ」

「偵察？」

「このまま攻め込めるかどうか、な。良さそうだったら、そろそろ連絡が来るぜ」

仕掛けるタイミングを見計らっているのだろう。

もしガウンが追っている者たちが全員いれば、一網打尽にできる。

「じゃあボクは戻るね」

ガウンはそう言って、鬼火と共にその場から消失してしまった。

その都度、自分の分身を出すことができるのは、なんとも便利な能力である。

平らな瓦礫を探して腰掛けると、ふとバルバロスが問いを投げてきた。

「そういやお前さん、なんでガウンの手伝いなんかしてるんだ？」

「なんでって、さっきも言っただろ？　頼まれたからで、特に理由らしい理由はないよ」

「じゃあ、お前さんは頼まれたらなんでも手伝うってわけか？」

「そういうわけじゃない。誰かからの依頼だったらちゃんと損得の勘定はするよ。今回はガウンだからだ。妖精に頼まれたら、断るわけにはいかないだろ？」

「ほー？　なるほどなるほど。すげえのに頼られて、ついつい舞い上がっちまった……ってのも実はあるんじゃないか？」

「……それがないとは言い切れない」

穿った捉え方だが、否定し切ることはできない。

人は頼られると嬉しいものだし、それが普段なら決して頼られることのない相手ならば、言わずもがな。

実際、ガウンが自分を選んだことが嬉しかったのは、事実なのだ。

……どことなく心の内を見透かされたような気分になり、居心地の悪そうにしていると、何故か言った方が笑い飛ばしにかかる。

「いや、悪かった。そう気にするなって。俺様はちょいと訊きたかっただけだ」

「……」

「いや、確かにみんながみんな、見上げた心がけってやつで動いてるわけじゃあないな。テメェだけ綺麗である必要はねぇよ」

「それが他人を見返したいとか、そんなのでもか？」

「……？」

「いやさ、個人的な話だよ。船長も俺に訊いたんだ。答えてくれたっていいだろ？」

見返す云々の話は、これは以前にもスウに訊ねたことがある。

こうして常々いいのか悪いのかわからなくなってしまうのは、見返すという行為を、心の底では良くないものだと思っているからなのだろう。

ことあるごとに人に訊いてばかりというのは、つくづく内面が弱いとは思うが。

ともあれバルバロスは、その口ぶりだけでどういうことなのか察したのか。

「ほう？　要するに、だ。お前さんは、いまちょうど誰かを見返したいと思ってる。それがいいのかどうなのかわからなくて、ついつい俺様に訊いちまったってわけだ」

「しゃべってないのによくわかる」

「それくらいわからねぇと船長なんてやってられねぇんだよ。なんたって俺様たちは風を読まなきゃならねぇんだからな。人間がなに考えてるかわかるくらいじゃなきゃやってられねぇのよ」

その辺り、さすがは船乗りといったところか。

「いいと思うかな？」

「別に構いやしねぇだろ？　むしろ自分を動かすための力なんだから、使わないと損だぜ？」

「損……か。そんな風には考えたことなかったな」

「人間ってのはな、何か行動を起こすってだけでも相当な力がいるもんだ。体力はもちろんだが、心の力も必要になる。そして心の力ってのは、おいそれと簡単に生まれるもんじゃない」

確かに、そうだろう。体力があっても、動きたくないときは動けない。

「だから、人間は何かにつけて理由を作る。あれが欲しいから。何かを成したいから。そうだろ？人間は目的があった方が、それを力にしやすいからだ」

バルバロスはそう言うと、肩にその大きな手を置く。

「アークス。お前は綺麗に、完璧に勝ちたいのかもしれねぇ。だけどな、人生そんなに甘いもんじゃねぇ。人間、勝つためには泥水だって啜ることも必要になってくる。綺麗な勝ちなんて、人生で一、二回あれば上々ってくらいなモンだ。要するに問題は、そのもやもやとした感情をダシにして、どこに行くかだ」

「どこに行くか……」

「お前さん、歳は十くらいか。なら人生まだまだ六十年も七十年もあるんだ。その先には希望があるし、夢もある。お前は子供だ。可能性の塊だ。掴み取る可能性があるんなら、なんだっていいんだよ。前に進め。前に進まなきゃ始まらねぇ。進んで進んで、動けなくなるまで前に行くんだ。そして、欲しいものを掴み取れ。掴み取ったら、それでお前の勝ちだ。そんで勝てば、誰も文句は言えなくなる」

「……そうか」

「まあ俺様たち船乗りは前に進まないと始まらないからな。ガハハハハ！」

バルバロスは豪快に笑い出す。どことなく品に欠けた笑いだが、何故かいまはその笑い声が、心地良かった。

「いいんだよな？　そういう生き方でもさ？」

「構わねぇ構わねぇ。むしろ子供がそんなこと考えんな。いまから善いか悪いかどうかって少ねぇ選択肢で自分を縛ってたら、それこそなんにもできなくなっちまうぜ？」

バルバロスが、まるで悪巧みでも囁くように言う。

「利用できるんならなんでも利用しろ。要はそれを使って何を成すかだ。大抵の人間はな、成功した人間の成功した部分しか見ねぇんだからな。それ以外はどうだっていいのよ。成功したもん勝ちだ」

「勝てば官軍って？　わっるいなぁ」

「当たり前だ。お前くらいの年頃の子供はな、みみっちいこと考えてないで、もう少し図々しく生きればいいんだ。世の中、他の連中は好きに生きてるんだぜ？　自分が好きに生きちゃいけない理由がねぇ。まったくねぇ。ガキはな、好きなことしてりゃあいいんだよ。それが悪いことなら、大人がきっちり叱ってやればいい」

図々しさが必要か。確かにそうかもしれない。自分は一度男の人生を歩んだせいか、常々遠慮が入ってしまう傾向にある。

こうして指摘されるということは、本当に足りないということなのだろう。

答えらしい答えをもらったおかげで気分が軽くなった折、ふいにバルバロスが訊ねてくる。

「ときにアークス。クレイブ・アーベントは身内か？」

「――!?　どうしてそのことを？」

「いや、姓がレイセフトってことだからよ。もしかしてと思ってな」

知っているのか。クレイブは国定魔導師として有名だし、以前諸国を巡っているため、おかしいことだとは思わないが。

「伯父だよ。父親の兄」

「おう、甥っ子だったか」

「船長は、伯父上のこと知ってるのか？」

「何回か会ったことも、話したこともあるぜ？」

「へぇ」

そうなのか。世間は狭いというが、こういう繋がりがあるとは驚きだ。

なんとなく共通の知人を見つけたような気分になり、嬉しくなる。

「伯父上には魔法とかを教えてもらってるんだ」

「ほほう？　国定魔導師さまから直々にとは、随分恵まれてるな」

「いや、伯父上に頼み込む前までが大変だった」

「ふん？　まあ、それがさっきの話に繋がるわけか。なるほどなるほど……」

バルバロスはそんなことを口にして、また勘繰り始める。

しかもそれが当たっているのだから始末に悪い。

「船長は、伯父上とどこで関わりが？」

「奴が諸国を渡り歩いてた時分に、たまたま俺様の船に乗ったことがあってな。そのとき一緒に船乗りやらねぇかって勧誘してな」

「結果は……いや、聞くまでもないけどさ」

「その通り。見事にフラれたさ。故郷《くに》に戻って、偉くなるんだとよ。で、結果が国定魔導師《それ》だ。まったく、あのときもっと引き留めておけば良かったって、後悔しきりだぜ」

「もったいないことしたって？」

「おうよ。あれだけの男だ。俺様の船の副船長の席は堅いぜ」

「伯父上が船乗りかぁ……」

そんな風に、クレイブが船乗りをしている姿を思い浮かべる。

筋骨隆々でよく日焼けしているため、まったく違和感がなかった。

「……いま思えばな、奴も誰かを見返したかったのかもしれねぇ。つーことはだ。奴もお前と同じだったってわけだ」

「………………」

「どうだ？　人間は成功した部分しか見ねぇ。そうじゃねぇか？」

当時は、伯父上も昔は苦労したんだな程度にしか思わなかった。

確かにそう考えれば、バルバロスの言う通りなのだろう。

それにしても、このバルバロスという男、やけに含蓄がある。

ふと、訊ねていないことがあるのに気付いた。

「……船長って、いまいくつだ？」

「歳か？　あー、もう五十近くになるんじゃねぇか？」

「ごじゅっ……行ってて四十前かと思った」

「おう。なかなか若いだろ？」

バルバロスは、ナイスガイにでも見せたいのか、良い笑顔を作って白い歯を見せる。

確かに顔にはシワもあり、髪の毛も白髪が交じったグレイであるため、おかしくはないが。

それでも、若々しい活力に満ちあふれている。

バルバロスの年齢に驚いていると、遠間から足音が聞こえてくる。

自分と同じ銀色の髪と赤い瞳。全体的に青色が多い服装。

奇襲実行の可否を伝える連絡員は、リーシャだった。

「あ、兄様」

「ただいま。そっちはどうだ？」

「ガウンはこれから、すぐに仕掛けたいそうです」

「ちょうどいいってことか……リーシャ」

「なんでしょうか？」

いま唐突に名前を呼んだのは、リーシャに訊ねておくべきことがあったためだ。

きょとんとした様子で訊ね返してくる妹に、確認の意を込めて訊ねる。

「本当ならこれはもっと早く確認しておくべきだったんだが……リーシャ、これから戦いになるけど、本当に大丈夫か?」

「それは、どういう……」

「そのままの意味だ。自分がこれから人を殺すかもしれないこと、殺されるかもしれないことを、きちんと弁えているかってことだ」

「…………」

「これからガウンと合流すれば、すぐに戦闘になるだろうし、当然相手は抵抗する。もちろん殺しにかかってくるはずだ。そうなれば、息があるまま捕まえるなんてことはまずできない。もし生き残る奴がいるなら、それは連中の運が良かったときだけだ」

そう、相手は間者——スパイだ。

邪魔な者は極力排除しにかかってくる。

それゆえ、こちらも相手を排除するつもりで臨まなければならない。

だから、

「ここから先付いてくるなら、いまから一人残らず殺すって見切りを付けないとダメだ。それができないなら、ここで待っていた方がいい」

自分のときは、リーシャが囚われていたことで、そんなことを考える余裕がなかったが、今回の場合は自分以外の者は切羽詰まった事情がない。

もし考えが足らずその場で自覚したとき、もしかしたら戦えなくなることもあり得る。

その点は、ジョシュアの教育次第だが——

「……大丈夫です。私もレイセフトの次期当主として、いつか通らなければならない道だと思っています」

リーシャはそう言って、真っ直ぐに目を見返してくる。

その赤い瞳の中に、確固とした覚悟があるのか。そしてそれが、真のものなのか。それは経験の浅い自分にはわからない。

だがリーシャとて、その場の勢いでこんなことを言うほど、浅はかではないはずだ。

「わかった。船長。リーシャのこと、気にかけといてもらえないか？」

「そこはお前、兄貴がどうにかするのがかっこいいんじゃないか？」

「俺一人でなんでもどうにかできるなんて思ってないよ。ほら、俺ってばまだガキだし」

「なんつーか、自分のことをガキって言うガキも珍しいもんだな。まあいいぜ。お嬢ちゃん、よろしくな」

「はい。よろしくお願いします」

そんなやり取りをかわして、ガウンたちの元へと向かった。

リーシャの案内に従い、朽ち果てて屋根すらない廃墟の中に。

スウは朽ちた柱の陰から顔を覗かせ。

シャーロットは砕けた壁に隠れるように身を屈めており。

ガウンは吹きさらしの窓からひょっこりと頭を出しているというような状況。

その脇には、追いかけていた連中と似た服装をした男たちが数名、転がっている。

彼女たちの前に姿を見せると、手招きのジェスチャーを見せてきた。

「こいつらは？」

静かに駆け寄って訊ねると、シャーロットが答える。

「周りを警戒していた連中よ」

「数が少なかったから、殺さずにうまく倒せたんだ。むふー」

「連中はあそこ。ああして広場にたむろってる」

スウが指をさして、目的の相手の居場所を教えてくれる。

廃墟から見える先には、男たちが複数人、寄り集まっていた。

いまは淡い光を放つ〈輝煌ガラス〉を頼りにして、何かを話し合っている様子。

これからギルドに侵入するための算段でも立てているのか。

そんなことを考えていると、ガウンが言う。

「ちょうどさっき合流した一人が言ってたよ。警戒度が上がって侵入は難しそうだって」

「そうか、うまくいったか……」

このタイミングでそんな話をしたということは、向こうも監視か何かをおいていたのだろう。

知らせに行ったのが無駄にならなかったことに、安堵を覚える。

「攻めるのでしたら、先に魔法を撃ち込みますか？」

「そうだな。ガウン、それでいいよな？」

「うん。構わない」

リーシャの提案にガウンが頷く一方で、スウが首を横に振る。

「なるべくなら全部倒さないようにして。話を聞き出さなきゃいけないから」

「それもそうだな」

「うん。じゃあやろっか」

そんな風に話が決まると、リーシャとスウが間者たちに向かって魔法を撃ち込んだ。

炎の魔法が、広場の中心に直撃する。

しかしてその周りを取り囲んでいた者たちが炎に巻かれたと思ったその直後。

さながら突風に吹かれたように魔法の炎が吹き飛んだ。

「防がれた……」

「ふうん。防御はしてるってこと」

一部は奇襲を受けたことで騒いでいるが、中には冷静な者もいるらしい。

怒鳴るように呼びかけ合う中で、こちらに視線を向けている。

おそらくは、防御を施した魔導師だろう。

「あそこだ！」

一斉にこちらを向いた。

リーダー格なのか、魔導師らしき男がガウンの方を見る。

「ガウンめ、随分としつこいが……なんだ。ガキばかりじゃないか。今度はままごと遊びの相手でも連れてきたか？」

「なんだとー！」

間者は、ガウンのことをバカにしているらしい。

ままごと遊びの相手と言ったのは、彼の普段の言動が稚気に溢れているためだろう。

世の中にはこうしてガウンのことをバカにする者もいるのだ。

「……ふん。あれを出せ」

そう言うと、仲間の一人が籠から一匹のネコを解き放つ。

家猫を想像していたが、それよりも一回り、いや二回り以上も大きいシルエット。

ヤマネコだ。

ネコを怖がると聞いて、少なからず不思議に思っていたが、なるほどヤマネコならば話は別だ。野生生物であり、豹やチーターを少し小さくしたものだと考えれば良い。

動きは素早く、人では捕らえきれないし、首筋に噛み付かれれば人間など簡単に仕留められる。

闇の中で獰猛な光が金色に輝いている。

ふと、ヤマネコを見たガウンが、慌てて背後に逃げ込んできた。

「ひ、卑怯だ！」

「ふん。卑怯も何もない。勝てばいいのだ」

「な、なんてやつだ！　自分たちが一体何をしているのかわかってるのか！」

「知ったことではないな」

「くそぅ……でも今日はアークスくんたちがいるんだ！　君たちなんてけちょんけちょんにしてやるんだからな！　アークスくんたちが！」

背中でこれでもかと強がる妖精さん。

「バカめ。ガキに一体何ができるというのだ」

「ふうん。そう舐めたものじゃないよ？」

「そうです。私たちだって戦えます」

「ええ。あなたたちこそ、覚悟しなさい」

みな、勇猛である。

魔導師の男はそんな彼女たちをつまらなさそうに一瞥して、今度はバルバロスに視線を向ける。

「……そこの大男。お前もガウンにそそのかされたか」

「その辺りの事情はよくわからねぇが、俺様は成り行きって奴だ。まあ、用心棒みたいなモンだと思ってくれや」

バルバロスはそう言って、背中の巨大な湾刀《カトラス》を抜き放った。

随分と凶悪な代物だ。処刑刀と言っても過言ではないほどの大きさを誇る得物だ。

スウが前に出た。

「これ以上、王都で好き勝手はさせないよ！」

かなり気合いが入っている。

「ふん……」

魔導師の男は鼻を鳴らすと、右腕を持ち上げる。

すると、示し合わせたように、他の間者の袖から、仕込み刃が飛び出した。

「ほほう？　間者が暗殺者の真似事か。なかなか面白いことするじゃねぇか」

「黙れ」

間者たちは一斉に動き出し、小刻みに、攪乱するように周囲を走り始める。

「まずはそこの娘からだ！　後悔するがいい！」

間者たちが、前に出ていたスウの方に向かう。

「スウ、下が――」

注意を呼びかけ終えるその直前。

スウの激甚な力が発露する。

常人ではおおよそ考えられないような魔力だ。

国定魔導師二、三人分と言っても過言ではないほどのもの。

巻き上がった魔力があまりに強大すぎて、せめぎ合いで稲妻が迷走する。

当然、間者たちは思いも寄らぬ脅威に一瞬たたらを踏み、スウに隙を与えることになった。

「――舐めるな」

彼女の口から下されたのは、まるで温かみのない冷え切った言葉だ。

直剣を鞘から引き抜いて、くるりくるりと片手で回転。

直後、風のように奔走して、一番近場の間者を切り裂きにかかった。

剣が動くその都度、鏡面のような刀身を月が上に下にと移動する。

柄頭に据え付けられたかざり紐がたなびき。

スウの身体が間者の前で優美に旋転する。

たとえるなら、剣舞だ。この動きをたとえるなら、それが一番似つかわしいだろう。

間者は、仕込み刃を腕ごと弾かれ、返す刃の暴風のような一閃で首筋を斬り裂かれる。斬り裂くには向かない直剣で、しかも切っ先さえ相手には届いていなかったように思うが、それでもこうして分かたれたのは、いかなる原理が働いたのか。

いつかあの男が目撃した、横雲の斬撃を再び目の当たりにしたかのような一幕だ。

……スウはそのまま襲い掛かる間者に向かって跳躍。飛び越してしまうほどの高さと勢いを以て、肩に足掛け、踏み台に。そのまま伸身の宙返りをしながらもう一人の間者に斬撃を見舞い、着地を狙って仕掛けて来た刺客の脇腹に後ろ回し蹴りを食い込ませる。

間者はゴム鞠を蹴りつけたように勢いよく吹き飛んで、動かなくなった。

その、直後。

《——落剥する魂魄。五体は自走し狂奔し、死しても続く人形芝居と相成らん。琉宇羅《るうら》の繰り糸紡がれて、迷夢に踊れ。踊れ踊れ、踊り続けてすり切れるまで踊り狂え。ならばその身は、すでに我が掌中にあるかなきか》

——【死に傀儡の糸繰り《コープスバインドテラー》】

詠唱と共に、魔法が発動する。

生み出された【魔法文字《アーツグリフ》】は、いまし方スウが倒した間者のもとへ。

【魔法文字《アーツグリフ》】がその身体に纏わり付くと。

スウは冷めた視線そのまま、片手をぐりんとねじるように突き出す。

すると、手のひらの先で事切れていた一人が、ぎこちなく動き出した。

それは操り人形の関節に繰り糸が据え付けられたかの如き、宙吊りの様相。

間者の死体は、両肘が肩と平行に持ち上がり、腕がだらりと垂れ下がる。

股はがに股、足はつま先立ち、首は俯くように折れ曲がっている。

そしてスウの手の動きに合わせ、やがて関節の動きを確かめるように二、三ぎくしゃく動くと、彼女が踏み台にした間者の下へ向かって踊りながら走り出した。

狂奔。そんな言葉が似つかわしい動きだ。

間者に向かって血の詰まった肉袋が、尋常でない速度で肉薄する。

「ええいっ！　くそっ！」

人一人の体当たりだ。当然、容易には撥ね除けられない。

そうして生まれた隙を狙って、スウの斬撃が走った。

「せぁぁあああああああああああ!!」

十全以上に発散される気合い。

スウの剣は間者の二人分の厚みなどまるでないかのように、さらに後方の廃墟までもを斬り裂く。

破壊に耐えきれず崩れた瓦礫が騒音を鳴らし、粉塵が膨れ上がって、やがて弾けるように周囲に拡散。

スウが剣を振り抜くと、舞い上がった粉塵が吹き飛ぶ。

そして剣をくるりくるりと柄を手の中で回し、残心に移った。

「な、なんだと……」

「おいおい……」

そんな光景を目の当たりにした間者の男は、驚きで呆然としており、一方でバルバロスは呆れたようにあごひげを撫でている。

「こんな連中、いくらけしかけても同じだぞ？」

「くっ……小娘が」

他の間者がリーシャの方に向かう。

大人しそうな可愛らしい少女だ。アクティブなスウや、剣士としての雰囲気をまとっているシャーロットと違って、こんな場所にいるのが場違いに思えてしまうほどの見た目。大人の後ろに隠れていそうなそんな雰囲気から、狙い目と思われたのだろうが——それは間違いだ。

身を低くして走り込んでくる間者たち。

それに対し、リーシャは左腕を払う前準備のように横に振りかぶり、呪文を唱えた。

《——貪欲なる回収屋は物の卑賤《ひせん》を選ばない。落ちている物こそ彼らの宝。見境なくしまい込んだその左袖は、我が前の敵を払い除ける》

――【廃品鎧袖《スクラップドアーム》】

その呪文は、まったく正しいチョイスだろう。

ゴミを集めて武器にするこの魔法。以前彼女に教えたとおり、廃棄物の多い場所で用いるにはもってこいのものである。

まるで仮面のヒーローの変身のときのように構えられた彼女の腕に向かって、【魔法文字《アーツグリフ》】が纏わり付いた瓦礫やゴミが飛んでくる。

飛来するものは、その勢いで間者たちを脅かし、あるいは打ち据えて、リーシャの腕に。

巨大な袖を構築したあと、リーシャはその袖を鞭のように振り回した。

「なっ！　こんな女のガキまで魔導師だと⁉」

「か、かわせ！　逃げろ！」

そして、とどめと言わんばかりに。

「《吹き飛べ》！」

そう言って、瓦礫やゴミを広範囲に吹き飛ばした。

間者たちが巻き込まれ、幾人かが倒れ伏す。

直後、リーシャは間髪を容れずに次の呪文を詠唱した。

《――大なるその身、火身とせしめて、士に変じよ。左に盾持て、右に剣取れ。身体に鎧うは天灼く

真紅。四魔結殺。三障落命。相八式。皆その道理に埋没せよ。ならば太祖よ。後塵の炎王よ。我が背をとくとを拝するべし》

――【後塵の炎王の繰り手《フラムブランドロード》】

これはレイセフトの魔法の一つだ。

ついこの間、【火閃槍《フラムルーン》】を使えるようになったばかりだと思っていたが、まさかこんな魔法まで使えるようになっているとは驚きだ。

赤い【魔法文字《アーツグリフ》】が、リーシャの背後へと集うと、まるで炎が大量の酸素を得たかのように、一気に火柱となって燃え上がる。

やがてそれは形を変え、彼女の背後に巨大な炎の人型を生み出した。

さながらそれは、兜と甲冑を、戦士のよう。

右手に剣を持ち、左手に盾を持つ。暗い空を真っ赤に焦がす二人羽織。

まるでリーシャを背後から抱きかかえているようにも見える。

その炎のシルエットは、リーシャの上半身の動きに連動して動き始める。

いい魔法だ。炎王は巨大であるため、剣を振れば広範囲をなぎ払えるし、背後には炎王がいるため、後ろの守りは完璧だ。攻守共に揃った魔法と言えるだろう。

その偉容に圧倒され、動きを止める間者たち。

そんな彼らに向かって、リーシャは容赦なくその炎王を揮い始める。

「いや、確かに容赦するなって言ったけどさ——」

あまりに無慈悲な攻めだ。

魔法で倒したあとに、さらに炎の魔法で追撃を行う。

魔力に物を言わせた暴力に他ならない。

自分が言わなくとも、すでに覚悟はできていたのか。

炎剣を叩き付けられた間者は一瞬で黒焦げになり。

炎から逃れた間者も風圧によって吹き飛ばされる。

弩を用いる者もいるが、放たれた矢は炎盾の前に焼失し。

攻撃することも叶わない。

間者たちは容易には近づけず、しかしリーシャは迫ってくる。

まったくの悪夢だろう。

変化したのは、リーシャがさらに攻め立てようと動くそんな最中だった。

彼女が後ろに背負っていた炎王が、突然そこから消失する。

魔法の効果時間を迎えたのか。

いや、リーシャには膨大な魔力があるため、魔力切れを起こしたということではないはずだ。

ということは、なにかしらイメージが不完全であったのか、

「いまだ！　かかれ！」

「――ッ⁉」

その隙を狙って、炎王から逃げ惑っていた間者たちが動き出す。

腕に付けられた仕込み刃が、月光を反射して、リーシャのもとへと迫る。

「リーシャ！」

叫んだ折、彼女の後ろから巨大な影が現れた。

「よっと」

その正体は、バルバロスだ。

彼はリーシャを庇い立てるように前に出ると、その湾刀《カトラス》のような剣を豪快に振り抜く。

間者の身体は剣ごと叩き斬られ、複数の上半身が吹き飛んだ。

……バルバロスは二メートルを優に超える、巨人さながらの体格だ。

その気になれば、先ほどのスウと同じように廃墟の壁ごと、それこそ彼女よりも深く大きく斬ってしまうのではないかというほどのもの。

リーシャがバルバロスに礼を言う。

「あ、ありがとうございます」

「いいってことよ。ほら、前の敵に集中しな」

「船長！」

「任せろって言った手前、放置するわけにはいかないからな。お前さんも自分の敵に集中しとけ！」

頼もしい男だ。リーシャのことは任せても問題ないだろう。

――シャーロットは、戦っていた。

軍家の子女、王国式細剣術宗家の娘として。

この中では大人であるバルバロスを除けば、自分が年長だ。

手伝うと決めた以上は、率先して戦わなければならないし。

ときには誰かを守ることも必要になる。

なにより自分を気張らないといけない気持ちにさせているのは、あのとき、なんの抵抗もできず侯爵に捕まった頼りない自分を打破したかったという思いが強かったのだ。

では、いまの自分はどうか。いまの自分は、戦えている。

道場で培った立ち回りを十分に発揮して、一歩もひけを取っていない。

そう、あのとき傭兵頭も恐れず、立ち向かっていったアークスのように。

確かに、間者の仕込み刃は脅威だが。

こちらも道場では、毎日のように手練れを相手にして戦っているのだ。

間者の数倍もの力量を持つ者などざらにいるし。

むしろ間者は武器に頼るばかりで、立ち回っていると隙ばかりがよく目立つ。

大振りな一撃をかわし、細剣を一突き。

「ぐぎゃ！」

大回りに背後に回り込もうとする間者は、感覚でその位置を覚えておいて。

「ぐはぁっ！」

振り向きざまに剣撃を閃かせる。

（――うん）

一方、自分に在り方を見せてくれた本人はと言えば、やはり同じように間者たちを相手取っている。

やはりいつかのように、大人相手でも戦えている。

まともに打ち合わず、いなし、かわし、隙をつく。

道場にも、これほど立ち回れる者はいないだろう。

手紙でのやり取りやリーシャの話によれば、魔法の勉強以外の時間は、国定魔導師であるクレイブや、従者であるノアとみっちりと戦闘訓練を行っているという。

もしかすれば、同年代を相手にするよりも、大人を相手にする方がよく戦えるのではないか。そんな風に思えてしまうほどだ。

……目を見張るのは、間合いの取り方のうまさだろう。

相手の動きをよく見ており、不用意に踏み込まず、なるべく距離を取るようにしている。

身体の大きさ、腕の長さ、武器の長短、それを顧慮すれば、どうしても大人の方が有利になる。

だが、彼の動きはその有利を逆手に取ることで成立している。

不思議な足捌きを用い。

相手に距離を誤認させ。

剣をわざと振るわせて。

懐に潜り込んで急所を打つ。

ときに胸を、ときに首筋を。

それができないときは、腕の腱を狙い、胴を薙ぐ。

一方で、剣を持っていない方の手では、変わった形を作っているのも特徴的だ。

あれは、以前侯爵邸で見せたものだ。呪文を唱え、あの形を作り、指の先端を差し向けると、敵が何か鋭いものに貫かれたように出血するのだ。

「一度下が――」

間者の呼びかけが、乾いた破裂音にかき消される。

見れば、額に風穴を空けられていた。

これなら、大丈夫。

間者ならば後れを取ることはないだろう。

そう、間者相手ならば。

「くそ、ネコってこんなにやりにくい相手なのかよ!」

ヤマネコは同じようにはいかないらしい。はしっこい動きを捉えきれず、翻弄されている。

剣では届かず、魔法の方も外してばかり。

背後にガウンを背負いながら、ヤマネコを仕留めるのに苦慮していた。

「アークスくん！　頑張って！　いま！　そこだよ！　早くどうにかして！」

「あああああああ！　うるさい！　というか俺の背中にくっつかないでくれよ！」

「だって離れたらネコが怖い！」

「邪魔だぁあああああ！」

アークスとガウンが騒いでいるそんな中。

二人の間者が前に出る。

さきほどガウンを馬鹿にしていた筆頭格の魔導師ともう一人、剣を携えた男だ。

剣士の男が前に出ると、スウシーアが呪文を唱えて風の刃を放つ。

しかし、剣士の男は風に揺れる柳のように風の刃をゆらりとかわし。

その隙を見計らって、バルバロスが豪快に切り込んだ。

が、それはうまくいなされる。

「ほう？　やるじゃねぇか」

「これだけではない」

剣士の男がそう言うと、持っていた剣から炎が噴き上がった。

さながらそれは、火事のとき、窓から壁を舐めるように噴き上がる炎のよう。

刻印武器だ。おそらくは炎に関する言葉を剣に刻んでいるのだろう。

その炎はうねりながら、バルバロスのもとへ。

「船長！」

アークスの声が届くと同時に、バルバロスの身体が炎に包まれる。

炎を正面からまともに受けたように見えたが――

「うわっちっち！」

バルバロスはまるで火の粉を払うかのよう。

効いていないのか。あまり、気にした様子はない。

「……ち」

剣士の男はバルバロスを仕留めきれなかったからか、舌打ちをしている。

だが、バルバロスも今度は容易には踏み込まない。

炎の脅威もそうだが、この剣士の男、腕が立つ。

なるほど、一応は強者を揃えているのだろう。

スウとリーシャは、魔導師の男を相手にしている。

ガウンはと言えば、アークスのすぐ後ろをついて回っている。

当然アークスはヤマネコを相手に。

……あのときは動けなかった。だけど、いまは動ける。動けるように、努力してきたのだ。

ならば――

「そこ！」

「ぎゃん！」

〈機先〉が捕らえたヤマネコの姿を、細剣で刺し貫く。

ヤマネコにはかわいそうなことをしたが、いまは致し方ない。

「シャーロット様、ありがとうございます！」

「アークス君。私が前に出ます。援護を」

そう言うと、アークスはすぐに動いてくれた。

《――我が意のもとに、風剣風魔の力を与する。不運の車。不順の行列。不易の流行。不意の道行き。ガウンの声は高らかに、空は干上がり冷え込んで、悲鳴渦巻く巷と成さん。いまは凛烈なりしその剣、寸寸寸寸《ずんずんずたずた》弾け散る》

――【風神剣《アウステルソードマイト》】

後ろに背負ったガウンが「ボクのことだー」と嬉しそうに声を上げると。

直後、【魔法文字《アーツグリフ》】が舞い上がり、自分の細剣に吸い込まれるように纏わり付き、ぐるぐると回転し始める。

やがてそれは、旋風と変化した。

「え？　えぇぇ!?」

魔法の効果に驚く中、アークスが。

「シャーロット様。これで」

「っ、ありがとう！　助かるわ！」

剣には、風がまとわりついている。
にもかかわらず、自分にはなんの障りにもならないのだから不思議なものだ。
それを剣士の男を正面にして構えると。
やがて〈機先〉が幻のように見えてくる。
魔法の効果の強さに驚いて、外してしまう自分の姿。
相手との距離を見誤って、切っ先を届けられない自分の姿。
そして、刻印の生み出す炎に巻かれ、切り裂かれる自分の姿。
〈機先〉が示唆するすべてが、自分の失敗を表すものばかりだ。
ならばそれらを回避したその先に、自分の勝利があるのだろう。
答えは簡単だ。
この魔法の効果が強いことを弁えて、周りの物に作用させないように動き。
風によって延びた切っ先の長さを念頭に入れて、相手との距離を測り。
刻印の炎は剣に纏わり付いたこの小規模な竜巻を以て、消し飛ばす。
あとは、切っ先を相手に突き込むのみ。
相手はこの魔法の強力さを知らない。だから、炎を頼りに切り込んでくる。
けん制のため切っ先を突き出すと、それを払おうと剣が振るわれる。
一合。
剣と炎は高速回転する旋風によって弾かれ。

こちらもあちらもその反動を受ける。

仕切り直し。

「小娘がぁああああああ！」

下段から跳ね上げるように、剣が振るわれる。

——ここだ。

普段ならば真っ当に受けるはずもないが、ここを焦点と見極めて、剣を剣で上から押さえつけるように、押し込んだ。

「やぁあああああああ!!」

一撃は、魔法の凪によってその威力を分散され、そのうえ炎はまるで歯車の回転に巻き込まれたかのように残らず弾き飛ばされる。

そして、その渦の勢いの激しさに、男は剣を保持することができなかった。

「ぐぁっ！」

剣が腕ごと弾かれる。

その隙が、攻め込む好機だ。

「火一閃《バーンスラスト》！」

王国式細剣術の技だ。身体のひねりを十全に突きに乗せた渾身の一撃。

これに貫かれた者は、火に炙られるような焼け付く痺れを身に受ける。

当分はまともに剣すら握れなくなるだろう。

これは、それに激しい旋風を伴った有り得べからざるもの。

半身になったまま、前に出した側の足に身体を大きく引きつけて。

上体が地面すれすれに沈み込むまで前に引っ張り。

男の身体を左上方に見上げながら、風火の一撃を突き込んだ。

「が……がぁああああああああ⁉」

身を抉られ、さらに炙られるような剣撃を受けた男は、痛みの絶叫を上げながら、跳ね飛ばされて気を失った。


……魔導師の魔法行使を警戒したまま、シャーロットの勝利を見届ける。

魔導師の男が言葉を発する。

「……馬鹿な。その威力、使用した魔力と呪文の長さでは出せないはずだ」

そうだ。男の剣も、かなりの業物《わざもの》だ。上物の刻印のおかげで炎も激しかった。

だがそれでも、その脅威を上回る一点がここにはあった。

「確かに、あんたの言う通りだ。あの魔法の威力は、あの刻印武器が発するものと同格かそれ以下のはずだ」

「ならばなぜ——」

「それは、ここにガウンがいるからだよ」

「ガウンがだと？」

「そう、ガウンはいま俺たちと一緒にいて、当然、俺たちに勝って欲しいって考えてる」

「……だから、ガウンの名を含んだ魔法が強くなったと言いたいのか。そんなことが」

「こういうのって、超常的な存在の力を借りてる場合の定番だろ？　力を借りている存在が近くに居ると、借りてる力の強さが増すとかな」

「っ——」

魔導師の男はぎり、と歯ぎしりをする。

その考え方に理解できるものがあったからだろう。

これに共感できるということは、この男もまったく魔導師だろう。

これで、残りはこの男一人。だが、退こうとはしないらしい。この期に及んでは逃げ筋を探すはずだが、すでに逃げられないと踏んでいるのか。

その潔さが、どうも腑に落ちないのだが——

「ふん。茶番はこれまでだ」

魔導師の男はそう言って、懐からガラスの小瓶を取り出した。

小瓶を月にすかして中の液体を覗き見て、顔を喜色にゆがませる。

なるほど、それを奥の手として使うということか。

この薬が物体を透過するならば、物理的な攻撃からは逃れられるし。

この男は魔導師であるため、物理的な攻撃ができなくとも戦うことができる。

「兄様！」

「大丈夫だ！　手段はある！」

リーシャの呼びかけに、そう返す。

こちらには打倒する策はあるし、その分の魔力はすでに取っておいてあった。

問題は本当にそれが通じるかということと、相手の魔法をかいくぐって使えるかの二点のみ。

「これだけ飲めばお前らを殺すのに十分だ！　何もできずに死んでゆけ！」

「ダメだよ！　それをそんなに使ったら！」

「ふはははははは！」

魔導師の男はガウンの制止も聞かずに、ガラスの小瓶の中身を飲み干した。

すぐにその効果が現れる。

魔導師の男の身体が、瞬く間におぼろげに変じていく。

それはさながら、夜明け直後に立ちこめる乳霧が突然現れたかのよう。

スウがそれに向かって隠し持っていた小刀を投げるが、小さな切っ先は当然のように素通りする。

「当たらないか……」

スウは通り抜けていった小刀を、細めた目で見送る。

「ははははは！　そんなもの効かんわ！　ガキ共が！　調子に乗ったことを後悔するがいい！」

辺りに響くのは、そんな嘲笑だ。

このまま、呪文を唱えようというのだろうが。

しかし、男の身体にすぐに異変が出始めた。

「ぐぉおおおおおおおおおおお⁉」

「ああもうっ！　だからボクはダメだって言ったんだ！」

ガウンの叫びと、魔導師の男の絶叫が重なる。

それと同時に、男の身体が霧の状態からもとの身体に戻ってしまう。

だが、変化はそれに留まらない。

魔導師の男の身体の中心に仄暗い輝きが生まれ。

その周囲に呪詛《スソ》の帯が現れる。

「あ、ああ！　あが！　あああああああああ‼」

やがて魔導師の男の叫びが、破滅を色濃く匂わせるようなものへと変わっていく。

頭を抱え、髪を振り乱し、苦しみの声を上げる魔導師の男。

まったく、制御できているようには見えない。

「暴走だよ！」

「こいつはもしかして、昼間の広場のときと同じ奴か？」

「そうだよ！　近くにある呪詛《スソ》や、魔力を持ってる生き物を底なしの井戸みたいに根こそぎ取り込んで、規模の大小はあるけどスソノカミになるんだ！」

「マジか……」

「マジマジ、ちょうマジなんだよ！」

ガウンはこれまでにないほど、あわあわ取り乱している。

だが、昼間の暴走とは異なっていた。

魔導師の男の身体が、急速に膨れていく。

「っ、大きくなってるわ。すごい勢い……」

「まずいよ……完全にスソノカミになる前に止めないと」

「あれを止めるには、一体どうすればいいのですか？」

「身体が核になるから、そこを壊せばスソノカミ化は止まる。そのあとはボクが処理できる。ただ……」

「ただ？」

「あれはいわば、なりかけだ。ボクが手を出せるのは禁忌に関してだけ。つまり薬に関する処置と、捕縛と罰だ。スソノカミ化については、ボクが手を出せる範疇を超えている」

「おいおい、手を出せないって、別に敵わないってわけじゃないんだろ？　それはいくらなんでも無責任すぎじゃねぇのか？」

「君たちにはそう感じられるのかもしれないけど、これは約束ごとだから……」

バルバロスの言葉に、ガウンは申し訳なさそうに答える。

男の世界のメタ的な知識にはなるが、超常的な存在が約束事に縛られるというのは、神話や童話の中でもかなりポピュラーなものだ。ガウンなど妖精も、強すぎる力を簡単に揮えないようそういった戒めを課しているのだろう。

それは、以前に聞いたあの言葉が物語っている。

リーシャが「どうしてなのですか？」と訊ねると、やはり。

「精霊や妖精が主立って困難を解決する時代は、もうずっと昔に終わったんだ。この世界のことは、すでに君たち人間に譲り渡している、こうなるとボクたちがやっていいのは、君たちに力を貸すことだけだ。そのルールを破るわけにはいかないよ」

「…………」

もしかすればこの妖精は、それもあって自分に力を貸してくれと言ったのかもしれない。

万が一に何か予期せぬ事態に遭遇したとき、ガウンでは手が出せなくなる。

自分にはそれを回避するための、保険としての役割もあったのだろう。

……魔導師の身体は会話をしている間にも、呪詛《スソ》を取り込み大きくなってきている。すでにその高さは二階建ての建物を越える高さだ。

いくらここが郊外にある廃スラムだとはいえ、このままでは衆目に晒されるだろうし、やがては大変な騒ぎになるだろう。

そんな中、スウが一際冷めた声音を発する。

「――このままだと王都があれに壊されてしまうぞ」

余裕がないときに彼女が発するものだ。彼女ほどの力があっても、この状況は危機として映るのだろう。

「おいおい。これは俺様も嬉しくねぇなぁ……って言ってもこのデカさ、容易には近寄れねぇし……」

一方でバルバロスはと言えば、さほど危機感は抱いていない様子。困ったように頭を掻くばかり。

「ですが、私たちではどうすることも……」

「俺様も、こいつは尻尾を巻いて逃げるしかないと思うぜ？」

……ここは、どうするべきか。

この災害じみた存在を消し去ってくれそうな存在と言えば、一番に国定魔導師たちが挙がるが――いまから彼らを呼びに行っている時間はない。異変に気付いて駆けつけて来てくれるという期待もあるが、ここは王都郊外の廃スラムだ。濃淡を論じる域にはない。

これだけの大きさがあっても気付くまでに時間がかかる。

スウたちと固唾を呑んで見つめ合い。

ガウンはいまだ緊張した様子で対象を見上げている。

焦燥に駆られるそんな中、ふとスウが諦観じみた息を吐いて、動き出す。

「わかった。私が――」

そんな風に、スウが何かをしようと前に歩み出た、そのときだ。

「アークスくん……」

ガウンがなりかけを見上げたまま、手招きするように袖を動かして呼びかけてくる。

「なんだ？」

「ちょっとちょっと。急いで」

「急いでって……」

「いいから早く」

訊ねている間にも、ガウンは袖の動きを加速させて急かしてくる。

何か案があるのか、一同が期待の交じった視線をガウンに向ける中、彼の下へ行くと、急に背中に回り込まれた。

この状況で、一体何なのか。そんな疑問を抱く中、ガウンは背中に両袖を当て――

「じゃ、いくよ」

「え――？」

ガウンがそう言い放つと同時に、背中に大量の『何か』が注ぎ込まれた。

「いづ⁉」

堪らず、飛び上がるように背中を反らす。

……いや、『何か』と惚ける必要もない。それは魔導師にとって身近なものであり、自分にとっては求めてやまないもの。

そう、魔力だ。それも、リーシャの総魔力量に近い膨大な量を。

一方で大量の魔力が動いたことを知覚した他の四人は、驚きで目を皿のように丸くしている。

「が、ガウン、これは」

訊ねつつ、慌てて振り向くと。

「今回だけ特別だよ。アークスくんなら、これで決めきれるよね？」

「いや、いくら魔力があるからって……」

これでできると言うなら、すでにスウやリーシャがどうにかしてくれている。魔法を使用するための縛りを解決するのが容易ではないからこそ、ここでこうして右往左往しているのだ。

根拠の見えない信頼に戸惑いを見せるが、しかしガウンはにっこりと微笑みを向けるだけで要領を得ない。

「アークス、何か打開できる魔法があるの？」

「あ、あるにはあるけどさ……」

「なにか問題？」

「俺の魔力の量の関係上、いままで使ったことがないんだ」

そう、試し打ちもしていないものだ。やって、単語や成語に魔力を注ぐという益体のない手慰みのような行為だけ。

困っていると、バルバロスが落ち着けと言うように肩を叩く。

「やるしかねぇんじゃねぇか？」

「やるしかないって……この魔力の量だ。失敗したら周りに出る被害もバカにならない」

「だが、失敗するしないにかかわらず、このままだったらあのなりかけとやらにぶっ壊される。しかも妖精サマは手出しできない。なら答えは一つだろ？」

「…………」

だが、そんな重責をこの双肩に懸けても構わないのか。

ガウンが、まるで安心しろよというようにエールを送ってくる。

「だいじょうぶ。だいじょうぶ」

そして、

「アークスくんはこれまで一生懸命勉強してきたんだ。それは決して君を裏切ることはない。君の識格は、それを使うに足りているよ」

「ガウン、それは――」

「さ、やろう。困難を止めるときはなんでも、一発勝負だ。いままでだってそうだったんだ。これからだってきっとそうだよ。ね？」

その言葉に、スウが追従する。

「確かに、そうだよね。【紀言書】にある物語でも、基本的に賭けっぽいのが多いし」

「精霊サマのお墨付きも出たんだ。ここで男を見せるのが筋ってもんだろ？」

「兄様、微力ですが、お手伝いいたします」

スウたちが応援してくれる中、シャーロットだけがため息をこぼした。

「みんな、ちょっと、じゃないかしら？」

「シャーロット様？」

「アークス君。無理だと思うなら、逃げてもいいのよ？」

「え――？」

柔らかな表情で見詰めてくる。

それは、優しさだろう。

ないということだ。

だが、そのおかげで、腹は決まった。

「……いえ、やります」

「そう。なら、私も最後まで付き合うわ」

なんとなくだが、なんと答えるかわかっていたようにも見える。

ともあれ、四人にそれぞれ視線を向けると、みな了解したように頷いた。

流されることへの諦めと、途方もない魔力がもたらすわずかな昂揚を抱いたまま。

「みんなは俺の動きを援護してくれ」

その言葉に、スウとリーシャが頷き、シャーロットが手に持った剣を見ながら訊ねてくる。

「アークスくん、この風はどうすれば？」

「残りは……そうですね。あのなりかけの動きを見計らってぶつけてください」

そう言ったのは、なんとなくだが、彼女ならうまく出来ると思ったからだ。シャーロットは「わかったわ」と言って、動き出す。

「ガウン。向こうにある一番高い建物の上に行きたい」

「いいよ。足場はまかせて」

「よろしく頼む――――《器を満たす鮮血。人の身をかたどる骨肉。経路はすでに淀みなく剛力は充溢し身体に満ちて幾久しく。欲する者の止め処なき求めはここに。扉を開かんとする我が声の前に、肉体よ目覚めよ粋》」

即座に呪文を唱える。

——能力暫時強化型助成魔法【肉体よ十重に高まれ《ベーシックパフォーマンス》】

現れた【魔法文字《アーツグリフ》】は、身体に纏わり付いて、やがて溶けるように消えていく。

直後、身体に力が漲った。

それはさながら、元気を持て余して動きたくて仕方ないときのよう。

これは〈魔導師ギルド〉を出る際にも使用した、身体能力強化の魔法だ。

自分の身体の能力を向上させるというものは、考えられるものだと思うのだが、この世界では意外なものらしく、そういったテキストはほとんど見掛けない。

直後、背後にランタンの鬼火が、いくつも人魂のように浮かび上がる。

その鬼火は宙にランタンを出現させ、それに伴ってガウンの姿も現れる。

・・・・・・・・・

ランタンの数と同じだけ。

「——え？」

「おいおいこれは……」

一同が驚きに目を見張る最中。

自分たちの周囲は当然のこと。

崩れた屋根の上にも。

廃墟の角にも。

割れた窓の内にも。

そこかしこに、ガウンの姿が現れた。

やがて魔法を使うのか、輪唱の声がいくつも重なっていく。

《——墓土土塊真砂にごろ石。見えずの手によりかき回されて、みんなくるめて飛び上がれ。地面は波打ち荒くれて、あらゆるものを模り生み出しこれを成す。大地よ息吹け、大地よ吼えよ。吹きすさぶ叫びに招かれて、崩れし御霊が天より落ちる》

——【繰る墓土《セイルグレイブヤード》】

呪文と共に現れるのは、赤銅色をした大量の【魔法文字《アーツグリフ》】。

それらは一つにまとまり、うねるように太く大きな柱となると、それは槍の穂先のように鋭くなって突き刺さる。直後、震動とともに土が、道を突き破って持ち上がり、それは先ほどの【魔法文字《アーツグリフ》】の動きを逆回しにしたかのように、柱となって伸び上がり、うねりながら、示した場所へとその先端を伸ばしていった。

まだ先端は目的地に届いてはいないが——さて踏み出そうとしたそんなとき。

「おい、アークス」

「……？」

バルバロスが、ちょいちょい、と呼びつけるように指を動かす。

そして、さながらバレーボールのレシーブをするかの如く、拳を組んで腰だめになる。

「跳ね上げてやる。来な」

「——ああ！」

彼の大きな拳に飛び乗るように足を引っかけると、大きな力が靴裏にかかった。

「おらぁあああああああ‼」

バルバロスに打ち上げられる力と、魔法によって強化された身体能力を利用して跳躍。

天へと伸び上がっていく墓土の柱と並行に飛んで空へ。

やがて墓土の柱が横向きになった境、土の上へと着地して走り出す。

天への階《きざはし》を伝って、魔法を撃つに相応しい位置へと。

そんな中、呪詛《スソ》が帯のようになって、四方八方から迫って来る。

いまは膨大な魔力を持った自分のことを、取り込もうと躍起になっているのだろう。

並行して飛んでくる呪詛《スソ》の帯を、身を低くしてかわし、鋭角に降り注いで突き刺さる呪詛《スソ》の帯を飛び跳ねてかわし、さらに前へ。

それでも、前からは複数の呪詛《スソ》の帯が迫る。

あまりに多い妨害の手に舌打ちをするなか、ふいに呪詛《スソ》の帯に火線が叩き込まれた。

背後からの援護だ。おそらくはリーシャが援護のために断続的に放っているのだろう。【火閃槍《フラムルーン》】がこれでもかと地上から飛んでくる。

シャーロットも、【風神剣《アウステルソードマイト》】の力を利用して、呪詛《スソ》の帯を撃ち落としている。

ガウンが用意してくれた足場を駆け抜けて、やがて目的の場所へと着地する。周囲は砕けて煤けた瓦礫が積み上がった廃墟群と、ひたすらに静かで黒い夜の闇だけ。

一方で遠間には、〈輝煌ガラス〉の光が星のように瞬いている。ここでこのなりかけを打ち倒さなければ、あの星々の輝きが曇ることは必定だろう。

呪詛《スソ》の帯が諦め悪く、迫ってくる。

建物の屋上であるためか、かわす場所が思いのほか限られている。

「ちっ――」

どうするべきか。焦りと危機感、それがない交ぜになって襲いかかってきたその直後。

《――希薄なる光沢。頼りなき薄膜。わずかな光明ここにあり。このまといは鍍金なれども、我が頼りとする堅牢ならん》

どこからともなく聞こえてくる、呪文の詠唱。

それが防性魔法なのだと頭が判別するとほぼ同時に、【魔法文字《アーツグリフ》】が拡散、展開し、自分の前に半球状に敷き詰められる。やがてそれは淡い光の膜と転化して、丸みを帯びた壁となった。

呪詛《スソ》の帯の到達はそれよりも一足遅かったため、その丸みによって左右にいなされた。

声の主の正体を自覚した折。

「――アークス、油断大敵だよ」

そんな声が、夜空の上から降ってきた。

しかしてその声の主は、黒髪の少女。

「す、スウ⁉　どうしてここに⁉」

「来ちゃった」

驚きと共に訊ねると、スウはちょっとしたいたずらがバレたときのように、ぺろりと小さく舌を出してウィンクをする。

「来ちゃったって、ここは危ないんだぞ？」

「危ないのはどこも同じだよ。こっちにいても向こうにいても」

「それはそうだけどさ」

しかし、スウはもう決めてしまっているのか。背後に回り込む。

「アークスだけじゃないよ。私も一緒。ね？」

「スウ……」

「私が防御するから、アークスはあいつを倒す魔法に専念して」

「――ああ。よろしく」

頼もしくも、嬉しい声を後ろにして。

いまもって身体を満たしているのは、全能感だ。

途方もない魔力を持つ魔導師たちは、みな常にこんな感覚なのだなと、ため息が出そうになる。

しかして、これから自身が使う魔法は。

――粒子収束砲。

これは、架空の技術の代表的なものだろう。

ビーム。

レーザー。

アニメや特撮を見た子供が、等しく憧れを抱くものだ。

男の世界ではまだまだ研究段階のものであり、現実のものとはなっていなかった。

むしろ映像作品のような規模のものは、これから先も実現させるのは難しいのではないかというほどだ。

だが、この世界では違う。

向こうの世界の科学で再現できなくても、こちらには魔法という技術と、いまはガウンからもらった膨大な魔力があるのだ。

お膳立てはされている。あとは、自分の知識と創造が、それに追いつくかどうかだけ。

挑む対象《なりかけ》は、二百メートル前方。

それを、持てる知識の総算《すべて》を懸けて打倒する。

狙いは、手のひらの先に。

できるか否か。届くか否か。

その答えは、この全能感が教えてくれる。
できる、と。
可能だ、と。
そんな風に。
だからこうして、口ずさむのだ。
この願いよ届けと。
この憧れよ追いつけと。
ふと添えられた手に、支えられながら。

《——掲げられし王冠。輝き増す知恵。深淵なる理解。無垢なる慈悲は、峻厳なる美に埋没する。勝利には眩き栄光を。王国には揺るがなき基礎を。あまねく知識はすべて楽土の樹より流れ出づる。天からの光よ。焦がれし者の憧憬よ。その光芒の集いし御前《みまえ》に、永遠に途絶えぬ光《ひかり》、煌めきを、そして死を》

——【無限光《アイン・ソフ・オウル》】

いつか誰もが夢見た憧憬《ユメ》を、この手のひらに掴むために——

一通りの援護を終えたシャーロットたちは、呪詛《スソ》の帯をかわしながら、ガウンの導きに従い、安全圏にまで離脱していた。

いまはリーシャと共に、呪詛《スソ》の怪物に立ち向かうアークスの姿を見上げているという状況だが。

その一方で脇には間者たちの生き残りが転がり。

隣ではそれを運んできたバルバロスが肩の調子を確かめるように、ぐるぐると回している。

ガウンは空を見上げて、事の成り行きを見守るばかり。

そして、スウがアークスに合流したちょうどそのとき。

ふと、シャーロットがため息をこぼした。

「はぁ……」

「急にため息なんて吐いてどうした？　お姫様？」

「……歯がゆいわね。魔導師ならこういうとき、彼に何かしてあげられるのに。結局今回も私は魔法に助けられてばかりだったわ」

「そんなことはないさ。お姫様は十分アークスの助けになったと思うぜ？」

「そうかしら？　それが正しいなら、どうして見ていることしかできないのかしら？」

「待つのも一つの在り方だろ？　気持ちさえ一緒なら、どこにいたって助けになる」

「気持ちに寄り添っているだけじゃ駄目よ。次は私も、あの場所に立ってみせるわ」

「そうかい。なら、頑張らないといけないぜ？」

「ええ。わかっていますとも」

そんなシャーロットの決意に、リーシャが同意する。

「気持ちはわかります。努力していないと、置いていかれてしまいますから」

「妹の方は、その辺りよくわかっていそうだな」

「――ええ、あれを」

シャーロットとバルバロスは、リーシャの視線を追いかけるように、再度アークスたちの方へと視線を移す。

二人のいる建物を中心にして、膨大な魔力の波動が押し寄せ、風圧となって駆け抜ける。

そんな中も、呪文が小さな現象を誘発する。

断続的に産み出される【魔法文字《アーツグリフ》】は、小規模な稲妻を生み出し、呼び起こされた震動が塵を宙へと浮かす。

強大な現象を予兆させる前段階に、バルバロスが顔を引きつらせた。

「おいおいおい……なんだあの魔法は」

産み出された【魔法文字《アーツグリフ》】は金色に輝き、光の粒子を漏らしながら、円陣や円環を構築していく。

アークスの周囲をいくつもの魔法陣が取り巻いて。

そのすべてが、金色の輝きを放ちながら回転。

あまりの光量のせいで、彼の周囲は昼間のように明るくなっていた。

やがてアークスが手のひらを突き出すと、その前方に巨大な魔法陣が連なっていく。

先端には光球が生まれ。

他の光源を吸い取るように、徐々に徐々に大きくなっていく。

その様はまるで、夜空に瞬く流星が、彼の手元へと集っているかのようにも見えた。

そんな力を前に、呪詛《スソ》にまみれた怪物は危機感を覚えたのだろう。

アークスに向かって、帯に巻かれた手を伸ばすが――膨れ上がって鈍重となった身体では、陸生生物が水の中をもがくかのように、遅々として進まない。

それではまだるっこしいと、さらに呪詛《スソ》の帯を伸ばすが、すでに何もかもが遅かった。

しかして、生み出された光球が、一際強い輝きを発した瞬間だった。

アークスの手から、怪物に向かって放たれる一本の光条。

それは呪詛《スソ》の帯の守りを貫き、怪物の腕を縦に引き裂いて、背中を突き抜ける。

まばゆい地上の星は、夜の闇と雲を切り裂いて、天へと向かって墜ちていった。

「うん、やっぱりアークスくんに頼んで良かった」

「ガウン、あの怪物は?」

リーシャの問いにガウンが頷くと、なりかけが、一瞬びくりと痙攣する。

それで、呪詛《スソ》の呪縛から解き放たれたのか。

怪物は形状を保てず、溶けるように崩れていった。

「アークス君、やったのね……」

「ハハハ……あんなデカブツをホントに倒しちまうのかよ。いやこれは笑うしかないな」

バルバロスはその言葉通り、呆然としたまま。おかしな笑いに囚われている。

そんな中、崩れた腕や帯が、アークスたちがいる建物にも降り注いだ。

「ガウン！　アークス君とスウシーア様が！」

「うん。二人なら大丈夫だよ」

シャーロットは叫ぶが、ガウンは平然としたまま。

何も問題はないという風に、宥めにかかる。

崩壊に伴い、宙へと投げ出される二人。

アークスがスウを抱き寄せるように抱えると。

やがてガウンの言葉を証明するように、落下に逆らい宙にふわふわと留まった。

一方で抱きかかえられたスウはと言えば、状況について行けず呆けた様子。

ともあれアークスたちはふわふわとシャーロットたちの下へとたどり着き、やがて地面に着地したのだった。


怪物の身体は、核となった魔導師の身体が破壊されたことによって、その限りの見えない膨張を止めることになった。

夜空に、美しい音楽が響き渡る。

その音楽の正体は、ガウンの歌声だ。

声があまりに澄み切っているため、まるで楽器の音色のようにも聞こえるほど清らかで美しい。彼が奏でる歌の前では、この世のどんな歌手であろうと曇り霞んでしまうことだろう。

だが、そんな美しい響きであっても、もの悲しく聞こえるのは、これが鎮魂歌ゆえのものか。

彼の歌声に聞き惚れる中、辺りを漂っていた大量の呪詛《スソ》が散っていく。

ガウンの歌声の力によるものなのか。

放置しておけば災害さえ引き起こしかねない量の呪詛《スソ》は、星々がきらめく夜空へと歌と共に溶けていった。

スウと共に地面へと着地した折、

「これは……」

溶けるように崩れた怪物の身体が、白い粒子となってゆく。

まるで浜辺の砂か、それとももっと微細な粒子にでもなったのか。

「こいつは……塩だな」

「塩？」

振り向くと、バルバロスが怪物のなれの果てである粒子を掬い取って舐めていた。

「よくそんなもの口に入れられるよ……」

「これぐらい度胸がないと、船乗りなんざやってられないんだぜ？」

図太さに呆れていると、バルバロスはそんなことをうそぶく。

ともあれ、塩か。

男の世界の伝説の一つに、人が塩の柱となったという話があるが、ふいにそれが思い出される。

【――滅びの笛が鳴り響くとき、天から光が降り落ちる。救済の光のもと、あらゆるものは裁きの前に白く崩れ落ちるだろう】。【天地開闢録《かいびゃく》】や【クラキの予言書】にある一節だね」

歌声を止めたガウンが口にしたのは、【紀言書】に記される一節。

自分が使った魔法のもとになった部分の一部だ。

そんな話をしていると、スウが呆然から回帰する。

「それよりもそれよりも！　いまの魔法だよ！　アークスが使った　ま　ほ　う！　光の魔法と、空を飛ぶ魔法！　何あれ私知らないんだけど！」

スウはそう言って、いつものように目を輝かせている。

またこのパターンか。そう思ってどう話を持って行こうかと考えていると。

「そうですね。ものすごい魔法でした。いくらガウンの協力があったとはいえ、国定魔導師でもそうできるようなことではないのではないかしら」

「いえ、あれは完全にガウンのおかげです」

「そうでしょうか？　呪文を考えるのも一苦労だと思うけど？」

「兄様、私も空を飛ぶ魔法が気になります！　私も是非、空を飛んでみたいです！」

スウに続いてリーシャもわいわいと纏わり付いてくる。

やはり彼女も、スウと同じように目をキラキラさせており、周りのことなど眼中にない様子。

「……二人共、あとにしてくれよ。いまはそれどころじゃないだろ？」

「あ、そうですね……」

リーシャは物わかり良く引き下がってくれるが、当然引き下がったのは彼女だけだ。

「えーやだやだー！　いまー！　いまがいいー！」

「どうして魔法がかかわると、いっつもこうなんだよ……」

だだをこね始め、いまだしつこく食い下がるスウをどうにかこうにか宥めすかしつつ。

いま考えるべきは、倒した者たちの処遇についてだ。

間者たちは塩の山と成り果てた者や死亡した者を除いても、まだ何人か息がある者がいる。

動けないうちにさっさと縛ってしまおうとしたその折、ガウンがひょこひょことした足取りで彼らのもとへと近づいて行った。

そして、間者たちのもとを巡り、それぞれに垂れた袖をかざして何事かを呟いた。

最後の一人が終わると、一仕事終えたというように満足げに息をつく。

「うん。これでよし」

「ガウン、一体何をしたのでしょう？」

「薬のことを思い出せないよう、頭の中に靄をかけたんだ。これでもう心配ない」

リーシャの問いに、ガウンはほっとした表情でそう答える。

なるほど記憶の操作をしたのか。ならば、これでガウンの憂慮は解消されたというわけだ。

あとは、彼らの処遇についてだが――

「もともとはボクが罰を与える予定だったけど、これはここの人たちに任せた方がいいかな？」

「そうだな。その方がこっちも助かるよ」

今後の警備の関係上、間者たちから経緯を吐かせなければならないし、報告も必要だ。ガウンが罰を与えればそれができなくなる可能性があるため、預けてくれるというのはありがたい。

ガウンは「よろしくね」と言って、どこから出したのかロープのようなものを手に取って、宙にふわふわと漂わせる。やがてそれはガウンの意思を受けたのか、息がある間者たちに巻き付いて、彼らを縛り上げた。

これで、終わったか。同じようなそんな思いを抱いたバルバロスが、息をつく。

「いやいや、まさか王国くんだりまで来て、こんな捕り物を手伝うことになるとはな」

「バルバロスくんもありがとう」

「いやいや、構わねぇぜ。一生に一度、お目にかかることのできないバケモノを拝めるなんていい思い出になったし、そのうえ妖精サマに恩を売る機会ができたしな」

「あー、うそつきー」

「おいおい本当だぜ？　疑われるなんて心外だな」

「なんかアークスくんが面白そうだったからでしょー？」

「……やれやれ妖精サマには敵わねぇな。だが、恩を返すってのは本当だぜ？」

「ふーん、じゃあそういうことにしといてあげるよ」

ガウンとバルバロスがそんなやり取りをしている一方で、シャーロットが声をかけてくる。

「終わりましたね」

「ええ」

「兄様、お疲れ様です」

「…………」

「兄様？」

ねぎらいの言葉に答えなかったことで、リーシャが問い返してくる。

やがて他の者も様子がおかしいことに気付いたのか、自身に視線を向けてくる。

……終わった。それらの言葉を聞くたびに、疑念にも満たない、もやもやとした蟠《わだかま》りが、胸の中で膨れていく。

終わりだと言うのに、なぜかすっきりとしないのだ。

確かに、ガウンの追っていた連中を追い詰め、打倒することができた。

魔力計の技術情報を盗み出す計画も、頓挫させることに成功した。

だが、何故かこれで終わりという気分にならないのだ。

こういうものが生まれるときは、往々にして疑問を抱かなければならない。

では、一体何を疑ってかかればいいのか。

終わったという結果や言葉に対してだ。

目的は達しているため、終わってはいないということはない。

ならば、終わらせるのが容易過ぎるという点にあるのではないか。

（…………）

確かに今回のことを簡単に解決できたのは、ガウンがいたからという点が大部分を占める。もともと彼から手伝って欲しいという旨を告げられ、間者たちがどこにいるか。など、ほとんどのことを把握していたからだ。

しかし、だ。それでも、訓練されているはずの間者たちが、こうもあっさりと捕縛されるものだろうか。ガウンが動いているにしても、子供に捕まるというのはお粗末すぎではないだろうか。

確かに、スウやシャーロットは大きな力を発揮したし、バルバロスという不確定要素もあった。当然、ここまで至るのも容易ではなかった。容易ではなかったが、やはり、どうしても不可解さが拭えないのだ。

「――なあ、スウ。こいつらが捕まって一体誰が得をすると思う？」

「どうしたの急に？」

「いや、まるでこいつら、捕まるのが当然みたいな感じに思えてさ」

「捕まるのが、当然……？」

思い当たる疑問を口にすると、スウも同じように考え込む。

聡明過ぎるほど聡明な少女だ。こうして訊ねれば、疑わず答えを返してくれるはずと踏んでのこと。

「兄様、それは考えすぎではないでしょうか？」

「かもしれないけど、なんかしっくりこなくてさ。簡単すぎるっていうか……」

「アークス君。これは私たちの行動がうまくいったからだと思うわ」

「そうなんです。うまく行き過ぎのように思えてしかたがないんです」

「うまく行きすぎた……？」

シャーロットの問い返すような言葉のあと、その場にいる全員に向けて言う。

「なんてことはないんだ。要するにこれは、足し算と引き算の問題だ。専門家であるこいつらと、防諜なんてまったく知らない俺たちだ。確かに俺たちには、ガウンや船長のおっさんっていう協力者があった。でも普通、こんなに簡単に敵の下にたどり着けて、捕まえることができるか？」

「だけど、それはガウンがいたからじゃなくて？」

「ええ。ガウンがいたからたどり着いた。それは、こいつらだってわかっているはずなんです。そうでなきゃ、わざわざガウンが嫌がるネコなんて用意しませんし、なるべくなら逃げるはずです。ですがこいつらは、何故かそれをしなかった」

最後に残った魔導師が、呪詛《スソ》の怪物に成り果てるまでに、逃げるタイミングはそれこそいくらでもあったはずだ。

自分ならば、スウがとんでもない力を発揮した時点で、撤退を念頭に入れて動くだろう。

しかし、最後まで誰も逃げなかった。

むしろ間者であるならば、逃げるはずなのに。

シャーロットに説明すると、それを横で聞いていたバルバロスが口を挟む。

「ほほう。なかなか面白い考え方だ。それで、裏があるんじゃないかって疑ってるってわけか」

「ああ。で、そうなるとだ。別の要因が絡んでいるってことが考えられる。プラス要因……つまり俺たちの動きに加算される要素だ。俺たちのところにある加点要素はガウンや船長しかないから、何か他に別の要素があるってことになる。こっちにそれが見つからないなら、向こうだ。他の誰かがわざと捕まえさせたっていう考え方もできる」

「そうだな。そういう可能性もあるだろうな」

バルバロスが蓄えたあご髭をしごく一方で、ガウンに訊ねる。

「なあガウン。こいつらが暴いたのは、北部連合領の墓なんだな？」

「うん、そうだよ。あそこはボクらで言うアルノーザスだから、君たちが決めた境界で言うならそこに当たる場所だよ」

間者の情報を再度確認する中、スウが何かに気付いたようにその顔色を変えた。

「……いまね。お城に北部連合の【鐵の薔薇《くろがねばら》】が逗留してるの」

【鐵の薔薇】？」

「知らねえのか？　ダルネーネスは盟主、彼《か》のエルダイン要塞の主だ」

「えっと……」

バルバロスの端的な情報だけでは、何者なのかはわからない。

ピンとこないでいると、スウが説明してくれる。

「メイファ・ダルネーネス。要塞都市エルダインを治める君主で、北部連合の盟主でもあるの。王国とも同盟関係にあって、いまは視察にきているの」

「……もしかして、ダークブロンドで軍服を着た？」

「知っているの？」

「さっきギルドに行ったときに見かけたんだ。ギルド長に案内されてたから、偉いんだなとは思ってたけど」

まさか、外国の要人、しかも北部連合の人間だったとは。

シャーロットがスウに訊ねる。

「スウシーア様。もしかして、今回の件はその【鐵の薔薇】が仕組んだことだと？」

「ううん。そうじゃないの」

「……？」

話はそういう流れになるはずだが。

「シャーロットさん。もし、ここで北部の人間が騒ぎを起こしたって判明したら、真っ先に疑われるのは誰になると思う？」

「当然、メイファ・ダルネーネス……その方になりますね」

「うん。北部には彼女が盟主であることを良く思わない君主も多いし、もしこれが盟主の座から蹴落とそうっていう画策を含んでいるとしたら……」

「なるほど、あり得るってわけか……」

スウの考えを聞いて黙っていると、ふいにガウンが首を傾げた。

「うーん、その手の話はボクにはよくわからないけど、それは君たちにはそんなに関係あることじゃないんじゃないの？」

「まあ、そう言われればそうなんだけどさ」

確かに、この手の話は、自分たちが気にしたところでどうなるようなものでもない。役人に突き出せば、あとは上の偉い人間の仕事なのだ。

ここで疑問を口にしても、考える人間は別にいる。

「ねぇ。もしみんなが偉い人で、この件のことを判断する立場だったら、どういう風に対処するかな？」

「どうするって……」

スウの質問には、まずリーシャとシャーロットが答える。

「ええと……原因を突き止めて、北部の盟主に恩を売る……でしょうか？」

「このままここで彼らを裁いてしまう、というのも選択肢ではありますね」

だろう。彼らの身柄は政治的な材料にもできるし、北部連合といまの関係を保ちたいならば、この騒ぎをなかったことにしてもいいのだ。

「アークスは？」

「まあ、その盟主殿がどんな相手か次第じゃないか？　盟主として有能なのであれば、そのままこいつらを突き出して罪をひっ被せて失脚させるし、もし盟主としてその器じゃないのなら、さっきリーシャが言った通り恩を売るか、シャーロット様がおっしゃったようにこのまま闇に葬るか」

「ふぅん……」

「おうおう、確かにそれは効果的だな」

その画策の利点をすぐに理解できたスウは黙考に移り、バルバロスは感心したように口元に笑みを浮かべる。

しかし、それ以外の二人は、いまいちピンとこなかったのか。

「アークス君、どうして？」

「はい。他国の王が有能であれば、害になるならない以前に、王国にとって政治的な難敵となるでしょう。ですので、頭が無能であった方が政治的にはありがたいはずです。当然、王国と北部連合、帝国との地理的、軍事的な関係を含めるとまた話は変わりますが」

男の世界でも、他国の外交官が有能であればこれを大いに責め、反対に無能であれば、大いに褒めろという考え方がある。批判すれば有能な外交官を引き摺り下ろすことができるだろうし、そうなれば外交的に有利になり、無能な外交官の評価を上げれば、今後も外交を有利に運べるからというものだ。

要は、これはそれと同じなのだ。

「……なんか卑怯な気もするわね」

「だが、いい手だぜ？　隣国相手ならって話にはなるがな。船長が無能な船は本当にすぐ沈むんだ」

バルバロスはそう言いながら笑っている。気を良くしたからなのか、それはどうかわからないが、ともあれ。

「スウはどう思う？」

「それを踏まえた上でも、糾弾する材料にはしない方が良いかもね。北部連合が睨みを利かせているから、帝国も大きく戦線を拡大できないわけだし」

「いま北部連合の力が落ちると、王国としても嬉しくない、と」

「そうそう」

「……というかなんで俺たちこんな話してるんだ？」

「それ言い出しっぺのアークスが言う？」

そんな話が一段落着くと、突然スウがその場で声を張り上げた。

「誰かいる？」

「ははっ！」

スウの呼びかけに応じて、影から何者かが数人現れる。

おそらくは、彼女を影から守る護衛かだとは思うが――

「いたのか」

「さっきからうろうろしてたぜ？」

「船長、気付いてたのか？」

「まあな」

バルバロスはなんてことはないという風に笑っている。

ふとスウが怪訝そうな表情を作った。

「……リサはどうしたの？」

「閣下は別に動いていらっしゃるようで、ここは我らが」

「ふぅん？　そうなんだ。わかってると思うけど、あれのことよろしくね」

「承知いたしました」

持って行かせるということなのだろう。

しかも、彼女の口から飛び出た『リサ』という名前には、覚えがある。

「……なんか、さらっとすごいことしてるんだが」

「気にしない気にしない」

スウはそう言うと、今度はガウンの方を向いた。

「ガウン、いま逃げてった人だけど」

その言葉に、ぎょっとする。逃げていった。つまり、まだ潜入していた者がいたということになる。

しかし、ガウンは対処済みなのか、至って平静だった。

「うん。そっちは大丈夫だよ。ボクがもう向かってるから。あっちにはネコもいないし、トライブもいるしね」

「……そっか。なら、もういいのか」

「うん。今日はみんな本当にありがとう」

さてこれで解散……といったそのみぎり。

「アークス」

バルバロスに、声をかけられた。

「……船長、何か？」

「お前、俺のとこに来ねぇか？」

「船長のところに？」

訊ね返すと、バルバロスは神妙な様子で頷く。

「そうだ。俺様は是非ともお前が欲しい」

「欲しいって、俺みたいな子供を引き込んで一体何をするつもりだよ？」

「そんなもの、俺様の夢を叶えるために決まってるだろ」

バルバロスはそう言うと、どこか遠くのものに思いを馳せるように、

「なあ。俺と一緒に、ドデカいものを手に入れねぇか？」

「……？　ドデカいものって、一体なにを？」

「すべてだ。この世のすべて」

「すべて……」

バルバロスのその言葉に、一瞬、身体が総毛立った。

それが何故かはわからない。だが、バルバロスが本気だということだけはわかった。

「なにも世界を自分の思い通りにしようってわけじゃねぇ。俺様は世界を意のままにするとかそういうのにはさほど興味がねぇからな。要は俺様が誰よりも一番になるってだけだ」

バルバロスはそう言って、笑みを向けてくる。

「どうだアークス。夢があるだろう？　男が見る、でっかい夢だ。お前も、俺とおんなじ夢を見てみねぇか？」

「…………」

これは、悪魔のささやきだ。

だが、何故だろうか。この豪快な笑顔が、差し出された大きな手のひらが、あまりにも眩しく見え

てしまうのは、この男の言葉が嘘などではないためか。

手を取りそうになる。

心惹かれてしまう。

それはやはり、これが悪魔のささやきであるからなのだろうか。

そのとき、だ。


「――それはちょっと聞き捨てならないね」


そんな言葉を挟み込んだのは、スウだった。

「……ここでお嬢ちゃんが文句言うのかよ？」

「当然だよ。ここでは一番身分が高いのは私なんだから」

「偉い人間の判断ってわけか？」

「そう。だから、アークスを勧誘しないで」

「…………」

バルバロスは一瞬黙り込み――思いのほかあっさりと引き下がる。

「くくく、そうだな。勧誘は気が早すぎたな。いまのは忘れてくれや」

バルバロスは一時の気の迷いか、戯れかとでも言うように、手を振ってうやむやにする。

一方でスウは、それに追撃をかけるように、恭しく頭を下げた。

「この度はご助力感謝いたします。バルバロス・ザン・グランドーン殿」

「なんだ。知ってたのかよ」

「他国の主要な方々の顔は一通り覚えています。それ以前に、それだけ大きな身体をした人間なんてそうそういませんので」

「ははっ、確かにな。俺様は悪目立ちが過ぎる。にしても顔を覚えているとは、お前さんは一体どこのお姫さまなんだろうな？」

「…………」

「いや、余計な勘繰りだったな。くくく……」

バルバロスは去り際、こんな言葉を言い残していった。

「――欲しいモンは力ずくで手に入れるのが正道ってモンだ。アークス、お前も必ず手に入れてやるぜ」

その一方で、スウがバルバロスの背中を最後まで睨んでいたのが、ひどく印象的だった。


――夜の王都を、ある男が逃げていた。

ときに屋根伝いに走り、ときに路地の陰に人目を忍んで。

同じ国から訪れ、同じ任に従事した仲間たちを見捨て、ただただ一目散に。

いや、彼にとっては、もともと彼らなど仲間でもなんでもないのだ。

男にとって彼らなど、使い捨ての駒のようなもの。

切り捨てる捨てない以前に、使い潰されてしかるべきものだった。

確かに今回のことは、彼にとっても予定外続きではあった。

王国魔導師の能力向上の正体を掴むため、〈魔導師ギルド〉へ潜入を試みれば厳戒体制が敷かれており。

かといって死者の秘薬を用いても、〈魔導師ギルド〉は迷路のように変化し、目的の場所にはたどり着けず。

ガウンが協力者を引き連れて襲撃まで仕掛けてきた。

そのうえ協力者の子供たちは、一流の魔導師にも匹敵する実力を有しており、部隊は瞬く間に全滅。

果ては薬を飲んだ者の一人が怪物と成り果てるという不測の事態にまで陥った。

しかしそれでも、ことは概ね彼の予定通りに運んでいた。

あとはあの少年たちが、息のある間者たちを王国の役人にでも突き出してくれれば、メイファが国内外から糾弾されることになる。

彼らはもともと間者の訓練も受けていない半端者たちなのだ。

拷問を受ければすぐに口を割るだろうし、事前に伝えていた嘘の情報を吐き出すことだろう。

あとは王国から脱出して、主の下に成功の報告をしに行けばいい。

いまは一度別に用意したねぐらに戻り、まずは逃げ出す機会を見計らう……はずだった。

そう、三つの影が、彼の前に立ちはだかるまでは。

「――残念ですが、ここで通行止めです」

前方の闇から飛んできたのは、そんな冷ややかな声だった。

ここが遁走の終着だとでもいうような、正しく妨害を予期させる宣告である。

足音が近づいてくると共に、やがて影がはっきりとした輪郭を映し出す。

目の前には、男が二人と女が一人。

一人は、青い髪を肩口で切り揃えた片眼鏡《モノクル》の青年だ。執事服をきっちりと着こなす姿は、まさに従者の鑑といった佇まい。しかしその中にも、隠しきれない鋭さが垣間見える。

一方でもう一人は、執事服を着た三白眼の男。ワックスで撫で付けた黒髪、乱杭歯をむき出しにして、常に不穏な笑みを貼り付けているのが特徴的だ。

そして、最後の女。薄桃色の髪を後ろで束ね、瞳は色素の薄い紫色。王国では上級貴族であることを示すファー付きのマントを羽織り、銀縁の眼鏡をかける。こちらは青髪の青年をさらに神経質にしたかのような印象を受ける。

――そう、間者の男の前に立ちはだかったのは、ノア、カズィ、そして監察局の長官であるリサ・ラウゼイだった。

「邪魔はガウンやガキ共だけではなかったのか……」

わずかに焦りを抱く間者の男に、まず答えたのはノアだ。

「当然でしょう。子供には保護者がついていないといけないというのは、常識的なことです」

な！」

「キヒヒッ！　ウチのご主人サマが聞いたら、いつも子供扱いしてくれとか言いそうな気もするけど

「ガウンと行動し、あんな巨大な怪物まで倒してしまう……本当にあの少年は一体どうなっているのか」

それぞれ抱くのは、慇懃さと喜色と困惑だ。

そんな与太の隙を見計らって間者の男は動こうとするが、それに気付いたカズィが呆れたように手を振った。

「やめとけやめとけ。この面子《メンツ》じゃ逆立ちしたって勝てないぜ？　なんたって王国式細剣術の手練れが二人もいやがるんだからな」

「カズィさん、ご自身は手練れの内に含めないんですか？」

「俺は剣術なんて高貴な技術は持ち合わせてないんだよ」

「先輩、ケンカはもっぱら素手でしたしね」

ノアたちがそんな軽口を叩いている一方で。

——戦わなくとも、逃げられればいい。

間者の男がそう考えた、そのときだった。

間者の男の肩口に、衝撃が走る。

「ガッ⁉」

衝撃に打ちのめされた肩が、じわりとした熱を帯びていく。

それがリサの細剣によってもたらされたものだということに彼が気付いたのは、廃墟の壁に吹き飛ばされたあとだった。

「――火一閃《バーンスラスト》」

リサが、剣を放った形のまま、そんなことを口にする。

その技は、先ほど間者の男が目にした、王国式細剣術の技の一つだ。

そのうえリサは、剣を肩口に突き刺すと同時に、突進の勢いをすべて預けて吹き飛ばしたのである。

だが――

「ぐっ、うぅ……馬鹿な」

これは、間者も一度見たものだ。

一度見た物ならば、そうそう後れを取ることはない。

しかし、リサの放った技は、シャーロットが見せたものよりも、早さも鋭さも段違いだった。

いくら、歳の差があるとはいえ、こうも違うものなのかと、間者が恐れを抱いていたそのとき。

「ま、それはそうとして、だ」

「ええ」

「そろそろ、出てきてもよろしいのではないですか？」

リサがそう言うと、路地の脇から、一つの影が姿を現す。

「――まさか、見物が裏目に出てしまうとはな」

月光が明らかにした輪郭が発したのは、そんなため息じみた言葉。

現れたのは、軍服を着たダークブロンドの女、メイファ・ダルネーネスだった。

彼女を目にしたリサが、すぐさまその場で礼を執る。

「お初に御意を得ます、メイファ・ダルネーネス閣下。私は王国で伯爵位を授かるリサ・ラウゼイと申します」

「知っている。王国の陰で暗躍する伯爵殿だな。そちらの二人は……貴公の部下か？」

「いいや。違うぜ」

「ええ。違いますね」

「ほう。ではその姿、あそこにいた中の誰かの従者……といったところか」

メイファが騒ぎを監視していたことを匂わせる言葉を口にした直後。

彼女のすぐ脇に、複数の影が付き従うようにして現れた。

護衛だろう。ノアたちがそう判断したその折、その内の一人が耳打ちのようにメイファに伝える。

「……メイファ様。その二人、ノア・イングヴェインとカズィ・グアリです。どちらも王国の魔法院を首席で卒業した魔導師です」

「ふむ。魔法院出の英才か……」

やがて、思い当たるものがあったのか。

「ならば、あの銀髪の少年の従者ということか。首席卒の秀才二人が従者であることに加え、ガウンが頼りにするとは、よほど優秀なのだろう」

「いえいえ、私たちの主人は魔力が少量すぎて廃嫡されるほどの方でして」

「そうだな。わけわからねぇことばかり言って、よく困らせられるんだわ」

ノアやカズィがけなすようなことを言って煙に巻こうとするが、メイファは額面通りに受け取らない。

「主人を貶すとは従者としては論外だが……つまり、そこまでしなければならないということか……いや、だろうな。あのような【精霊年代】や【天地開闢録】に出てきてもおかしくない魔法を操るのだ。秘しておきたい気持ちは重々わかる」

「…………」

「…………」

ふいに、メイファは肩にかかったダークブロンドの髪を優雅に払う。

淑女が見せる仕草というよりは、いささか傲岸さに富みすぎたそれ。

「いらぬ与太を挟んだが――率直に言おう。その男、こちらに引き渡してもらいたい」

「失礼ながら、閣下の申し出は拒否せざるを得ません。引き渡すにも、まずは事情を訊かねばなりませんし、こちらとしてはこの男が閣下の部下であるという疑念も拭い切れない」

間者の男は、それを好機と見たのか。

「そ、そうだ！　俺はその女に言われて……」

「黙れ」

リサの言葉に乗っかろうとした間者に対し、メイファが武威を発する。

「老骨共の汚らしい犬めが」

その武威は、一国を統べる者に相応しいほど。

それを真正面から受け止めることになった間者の男は、恐れを抱いたようにへたり込み、尻餅をついた。

メイファは間者の男の意思が挫かれたのを見極めると、リサへと視線を向ける。

「では、こちらも譲歩しようか。この男を引き渡す代わりに、魔導師の件は引き下がるとしよう」

「それは、今回の視察を切り上げるという風に受け取ってもよろしいので？」

「そうだ。本当ならもう少し粘ろうと考えていたのだがな。ここが落としどころだろう」

「それが対価になるとでも？」

「少なくとも、魔導師の練度向上には何らかの絡繰りがあるのだろう？　ガラス製品を用いた何かが、大きくかかわっているはずだ」

メイファはそう言い当てる。

一方でリサはおくびにも出しはしなかったが、心中では少なからず驚いていた。

「……うまく隠しているものだ。一人取り込んだだけではわからないよう、作業所を分散させて、秘匿しているとは。この秘匿の方法は我らも見習わなければならないだろうな」

「〈魔導師ギルド〉の監視をすり抜けたのですか？」

「いやそちらは厳重だった。ただ、ガラス細工の工房までには及ばなかったらしいな。こちらも嗅ぎつけるのに随分と苦労したがな」

メイファはリサに選択を突きつける。

「どうする？　こちらは粘ってもいいのだ」

「……いいでしょう。ですがあちらで捕縛された者たちは、こちらで処理いたします」

「構わぬ。あとは……そうだな。発表の準備が整ったら一番に交渉の席を設けて欲しい。それまではこちらも何も言わない。当然、画策した連中に賠償はさせる。これでどうだ？」

「……陛下にお伝えするだけ、しておきましょう」

「まったく何をもったいぶっているのかは知らないが、発表など早く済ませて欲しいものだ。これだけ魔導師の練度を向上させた代物だ。ときを待たずとも王国は莫大な利を得るだろうに……」

　メイファはそう言うと、間者に視線を落とす。

　冷たい視線だ。それはさながら磨き抜かれた鋼になぞり落ちる光沢のよう。

「貴様らのせいでとんだ損失だ。うまくいけば現時点で交渉まで運べたものを……」

「ぐっ……」

　メイファの護衛が間者を縛り上げようとした、そんなときだ。

「ちょっと待ってー」

　遠間から、場にまったくそぐわない声音を上げて、何者かが慌てた様子で走ってくる。

　思いがけない闖入者の、気の抜ける台詞を聞いて、みな一瞬毒気が抜かれたように動きを止める。

　現れたのは、青色ローブの影法師、死者の妖精ガウンだった。

　ガウンはまず、メイファのもとに歩み寄る。

「メイファちゃん、こんばんは」

「……こんばんは」

「うん」

ガウンはいつものように満足げに頷くと、すぐに間者の男に視線を落とす。

「彼、連れてってもいいけど、その前にいろいろ記憶を操作しなくちゃならないんだ。だからちょっと待って欲しい」

「ガウン殿、それは……」

メイファが、答えに言い淀む。

彼女としても、頷きたくない気持ちが拮抗したためだろう。

記憶を操作されれば、彼女が欲しがった情報が手に入らなくなる恐れがあるからだ。

だが、ガウンはその答えを待たず。

間者のもとへと歩み寄る。

そして、ガウンが頭に袖をかざそうとしたその折。

「それはこちらとしても困る」

「邪魔をしないでもらおう」

メイファの脇に控えていた影たちが、動き出す。

「待て、お前た――」

ガウンを止めようというのだろうが、それはあまりにも浅はかだった。

「――トライブ」

メイファが止めようとするが、間に合わない。

ガウンから下されたのは、そんな冷たい言葉が一言だけ。

直後、どこからともなく獣のようなシルエットが現れた。

……ランタンに灯る火が、滲み出た粘液のように寄り集まり、その身体を形成する。

不揃いな足の数、長い舌を持ち、おおよそ妖精が扱うとは思えないような怪物じみたその姿。

それは直線的な軌道を描きながら夜の闇を駆け、瞬く間に護衛たちのいる場所を通り過ぎていく。

当然彼らに抵抗する術はない。その場で昏倒してしまう。

それを見届けたガウンは、陰気さをまとった声で言い放った。

「ボクが君たちの邪魔をすると、じゃないよ？　君たちがボクの邪魔をすると困るんだよ」

それは、いつも彼が挨拶をするときや、握手を求めていくときとはまったく違う声色だ。

ガウンは険しい目をしたまま、メイファの方を向く。

「それで、メイファちゃん。君はどうするの？　君もボクの邪魔をするの？」

「……いえ、我ら人の子が敬うべき存在にたてつくなど、恐れ多きことです」

「ならよかった」

ガウンはそう言うと、またいつものようににっこりと微笑み、間者の男のもとへ。

間者の男はガウンを恐れるように身を引き、びくりと身じろぐが――すぐにその頭は袖に覆われた。

間者の男は静かに意識を失い。

その行為が終わると、ガウンはリサの方へと歩み寄る。

「リサちゃんこんばんは」

「はい。ガウン様」

挨拶が終わると、ガウンはちょいちょいと、顔を寄せろというような仕草を見せる。

リサはそれに従い、彼の方へと顔を近付けると。

(まりょくけいのことも思い出せないようにしておくから)

(……よろしいのですか？)

(あれもアークスくんのことだし、手伝ってくれたからね)

ガウンは幽霊犬トライブを労うようにひと撫で。

伝えることは伝え終えたというように、そのまま闇へと溶けてしまった。

ガウンのマイペース振りに、逆について行けなくなる状況の中。

ふと、カズィがとあることに気付く。

「というか、あれはどうするんだ？」

カズィが気にしたのは、気を失った間者の男とメイファの護衛だ。

間者を含めれば、数は五。このまま放置してはおけないが、そうなると、だ。

「私たちでどうにかするしかないでしょうね」

「えっと、先輩。私は報告がてら人を呼びに……」

「ちょ！　お前、逃げる気かよ！」

カズィが引き留めるが、リサはその場から逃げるように去って行く。

そんな風に取り残される中、メイファが口を開く。

「よろしく頼む」

ただ一つわかっているのは、メイファには運ぶつもりが微塵もないことくらいだった。


あの騒ぎから、約一ヶ月後。

この日、ライノール王国王城にある〈青蛍の庭〉に、とある来客があった。

その客人は、灰色のあご髭を蓄えた一人の男。

しかし、王が私室で出迎えるほどの貴賓であるにもかかわらず、その服装は高貴とはまったく無縁の様相だ。フリンジ付きの豪快なマント、人間が持つには適さないほど巨大な湾刀《カトラス》を背に、極めつけは頭に乗せた海賊が被るようなパイレーツハットだろう。

この男が一人いるだけで、あたかも海賊が船ごと乗り付けてきたかのような、そんな場違いささえ感じてしまうほど。

しかしてその人物は、アークスたちと共にガウンを助けた偉躯の男、バルバロスだ。

庭の中心にある四阿《あずまや》に向かって、石のアプローチを闊歩する。

しかしてそれを待ち構えるのは、この庭園の主であるシンル・クロセルロードと、そしてもう一人。

金糸の龍が描かれたきらびやかな袍服を身にまとった姿は、十かそこらの年頃。

頭をすっぽりと覆う仏僧帽子のようなかぶり物には、黒の面紗《ベール》がかけられており、男か女かもわからない。

ライノール王国王太子、セイラン・クロセルロードである。

そして彼らの後ろに控えるのは、王国が誇る国定魔導師たちだ。

この日はシンル、セイランの護衛として居合わせている。

当然、【溶鉄】の魔導師クレイブ・アーベントの姿もまた。

バルバロスは四阿にたどり着くと、まるで親しい友人に挨拶でもするように快活な声をかける。

「――よう。邪魔するぜ」

「邪魔するつもりなら早々に帰って欲しいもんだな。オレも暇じゃないんだ」

「そう言ってくれるなよ？　俺様とお前の仲じゃねぇか」

「勝手に仲の良い間柄にするなよ」

「久しぶりに訪ねてきたってのに、冷てぇなぁ」

シンルのすげない態度に、バルバロスは困ったように髭をしごく。

しかし、シンルはにべもない。

鋭い視線を向けたまま、敵対者とでも相まみえたかのような態度で構えている。

そんな中、バルバロスの目がぎょろりと動いた。

「で、そっちが彼の名高き麒麟児殿か？」

バルバロスの視線に晒されたのはセイランだ。

まるで、品定めでもするかのように、上から下まで矯《た》めつ眇《すが》めつ。

王国王太子に対して、あまりに不躾な行為の数々だが、それが逐一咎められることはない。

そう、偉躯の男バルバロスも、相応の立場を持つ人物だからだ。

「初にお目にかかる。グランシェル王、バルバロス・ザン・グランドーン殿」

セイランの挨拶を受けて、何故かバルバロスが顔に困惑を浮かべる。

そして、シンルの方を向き――

「随分とまあ堅っ苦しいのな。ほんとにこいつがお前の子供かよ？」

「これも教育の賜物だ。いや？　オレよりしっかりしているか？」

「いえ、私などまだまだにございます」

シンルがセイランに水を向けると、セイランは頭を下げてへりくだる。

その様子にシンルは「ほらな」と言い、言われた方のバルバロスはと言えば「よくできてるぜ」と肩をすくめた。

バルバロスは用意された専用の席に、どっかりと腰掛ける。

「おう、最近随分と景気がいいらしいじゃねぇか」

「金稼ぎはしてないつもりだが？」

「嘘をつけよ。お前から金の匂いがするぜ？」

「は、がめついのは相変わらずだ」

シンルはバルバロスの言葉を涼しげに流すと、指を動かしてワインを注がせるように指示を出す。

両者とも乾杯さながらにグラスの縁を突き出して、口元へ。

バルバロスはそれを豪快に飲み干すと、今度はクレイブへと視線を向けた。

「クレイブ。お前も元気そうだな」

「ご無沙汰しております。グランシェル王陛下」

「もうそろそろ俺様の船に来ねぇか？　頃合いだろ？」

「その件に関しては、以前にお断りしたはずですが？」

「うん？　そうだったか？　いや最近は歳のせいか物忘れが激しくてな、ハハハ!!」

クレイブがそう言うものの、しかしバルバロスは惚け出す。

そして、前座の話題は終わりだとでもいうように、真面目な顔を見せ。

「あと、お前の甥、アークスだがな」

「…………」

予期せぬ話題に、クレイブは驚く。どうしてこの場で、しかもバルバロスの口から、アークスの名前が出てくるのかと。

疑問はあるが、まずはバルバロスの問いに応じる。

「……アークスがなにか？」

「ああ、あいつを俺にくれ」

バルバロスはそう言うと、クレイブに含みのある笑みを向ける。

それはさながら、宝を独り占めにせんとする欲深い海賊の顔か。

「……失礼ながら、どこであいつのことを？」

「つい一月ほど前に王都《ここ》に来たときに、ちょっと知り合いになってな」

「王国を訪れていたと？」

「行きつけの酒場に、取り置きの酒があったもんでな」

バルバロスはそんなことをうそぶきながら、さらに条件を提示する。

「代わりの金ならいくらでも出すぜ？　金をウチで一番デカい船に目一杯積み込ませて贈るぞ」

あまりに破格の申し出に、周囲の者は驚くが。

しかし、クレイブの答えなど決まっていた。

「そう言って引き渡すとでも？」

「だよなぁ。あれだけ有能なんだ。金程度のモンならそれこそいくらでも生み出してくれるだろうな」

クレイブに断られるも、しかしバルバロスはそれ以上食い下がることはなかった。

そんな中、ふいに庭に繋がる回廊が騒がしくなる。

船乗りの服に身を包んだ一人の男が、近衛に案内され、現れた。

「――船長！　報告です！」

「おう！　どうした！」

バルバロスは怒鳴るように訊ねると、部下らしい男は顔に喜色を浮かべ。

「大勝利です！　ゼイルナー、陥落しました！」

その言葉にシンルは、神妙に目を細め。

「……ゼイルナーを落としたか」

バルバロスは、笑いを爆発させた。

「そうか！　やったか！　ガハハハ！」

「へえ！　おめでとうございやす船長！」

「これでようやくうまい酒が飲めそうだな！」

「祝杯の準備はすでに！」

バルバロスはひとしきり笑うと、ふとクレイブの方を向く。

「クレイブよう。お前には礼を言っとかなきゃならんな。この勝利はお前の甥っ子のおかげだ」

「……どういうことです？」

「あいつがゼイルナーの落とし方を、俺様に指南してくれたのよ」

「……アークスが？」

その話を聞いて、クレイブは困惑する。

他国、しかも一応は敵国として定められている国の王に、そんなことを教えるとは。

周囲に動揺が広がるが、そこでセイランが口を開く。

「……すでに聞き及んでいる。正体を隠し、戦棋の戯れと偽って、アークスにゼイルナー攻略の道筋を示させたとな」

「そうだ。というか麒麟児殿は知ってるのか。そりゃあそうだよな。ああいうのの動きは逐一押さえておかなきゃならんからな」

「…………」

セイランが黙る一方、クレイブは睨むような顔を向ける。

「バルバロス陛下。アークスを利用されるのは困るのですがね」

「いやいや、俺様もそのときは本気じゃなかったんだよ。あのときはただ単に子供の視点っていうのが欲しかっただけで、本気で具体的な策が欲しかったわけじゃない……じゃないんだがな、あいつはそれらしい攻め方を考え出しやがった」

「それで、この勝利というわけか？」

「そういうことだ。まあ面白い策だとは思ったが、まさか本気で落とせるとは思わなかったぜ。帝国でさえ十年かかっても落とせなかった都市を、たったの一ヶ月で陥落させせちまうとはな。笑いが止まらねぇとはこのことだ」

バルバロスはそう言って、豪快な笑い声を上げる。

城塞都市ゼイルナー。三方を海に囲まれ、陸側には高い防壁を備える難攻不落の都市だ。

破格の兵力を持った帝国すら、ここを落とせず撤退の憂き目を見たという。

「だからよ、いっちょ俺様にアークスを恵んでくれねぇか？」

「やらん。やるわけがないだろう」

「あと、スウシーアとかいう貴族の娘も欲しいな。あれも有能だ。個人的な印象だが、あれは将来いい女になるぜ？」

バルバロスはまったく話を聞かずにしゃべり出す。

しかし、シンルはそんな彼の性格を知っているため、いちいち気にすることもない。

そんな中、神妙にしていたセイランが口を開く。

「アークスが提示したというあの荒唐無稽な策を実現させるとは……」

「麒麟児殿は意外だったか？　だが俺様は存外悪くねぇと思ってたぜ？　なんたって、あいつには絶対に成功するっていう確信があったみたいだからな。それに、あの策で俺様が目を付けたのはそこじゃない」

「策が有用だと思ったからなのではないのか？」

「そうよ。あいつの言った、『戦の要訣は相手が思ってもみない場所を叩くこと』これだ。あいつがそんなことを口にしたから、俺様はその策を使ったんだ。だってそうだろ？　もし相手が思ってもみないところを叩ければ突破は約束されたようなモンだ」

バルバロスはセイランにそう語ると、またワインの入ったグラスを傾ける。

「勝利の報告を聞いたあとに飲む酒は格別だな。あとで銘柄を教えてくれ。船ごと買ってくぜ」

「逆にオレはまずくなった。酒は売ってはやるが税はしこたま取るからな」

「構わねぇ構わねぇ。ゼイルナー陥落で、どれだけ取られても小鳥がこぼす涙程度のモンだしな」

バルバロスはそう言って、天を仰いで語り出す。

「アークスはいい。あいつはきっといろいろな夢を叶えてくれるだろう。どうだシンル？　お前は、あいつに夢を叶えてもらったか？」

「相手は子供だぞ？」

「知ってるぜ？　だが、なんで列強の王の一人であるライノール王が、たかが子供のことを詳しく知っているんだ？」

「さてな」

「クハハハハ!!　その様子だと、少なくとも何かしら役には立っているってことか」

呵々大笑から一転、再び顔をあくどいものへと変化させる。

「――シンル。お前、あの約束、きちんと覚えてるだろうな？」

「お前《おまえ》が王国を攻め切ることができたら、オレがお前に服従するとかいう酒の肴にもならない話か？」

「どうやら大丈夫なようだな。いまから楽しみだぜ。俺様がお前の持っているものを根こそぎすべて手に入れるときがな」

「バルバロス殿、それは口が過ぎるというものではないか」

「ラン」

にわかに武威を露わにしたセイランに、シンルが止めるように言葉を発する。

敬愛する父を愚弄されて我慢できなかったようだが、しかしバルバロスは気にした様子もない。

「ハハハハハハ！　一向に構わねぇぜ？　どうせいずれは全部俺様のモンになるんだからな！　お前に、お前の子、クレイブや国定魔導師たちに十君主共、そしてアークスだ。お前ら全部手に入れれば、俺様の国は最強になる」

その顔は、ひどく凶悪にゆがんだ。

まるで、海賊の本性が露わになったかのように。

「バルバロス。金もなしに弾くそろばんは空しいだけだぜ？」

「は――夢を語れる馬鹿にならなきゃ、船乗りってのはやってられねぇんだよ」

バルバロスはシンルとそんな言い合いをすると、のっそりと立ち上がる。

「俺様はそろそろお暇《いとま》するぜ。シンル、俺が攻め落とす前に帝国に攻め落とされるんじゃねぇぞ？」

「帝国にもお前にも攻め落とされるつもりはない」

「いいぜ。その意気だ。そうじゃなくちゃ面白くねぇ」

「上ばかり見て、船を沈めるなよ？　お前はオレが叩き潰すんだからな」

「ならそのときは俺様がお前のお抱え船長か？」

「いいや、ランのだ」

シンルがそう言うと、バルバロスは一転呆れたような表情を見せる。

「はー、お前子煩悩はいい加減にしといたほうがいいぜ？」

「黙れ。帰るんならさっさと帰りやがれ。ゼイルナーの玉座でそろばんでも弾いてろ」

シンルは苛立ちを発するが、バルバロスは気分よさげに笑うだけ。

城内すべてに響き渡りそうなほどに大きな笑い声を上げながら、〈青蛍の庭〉をあとにした。

……巨大な嵐が過ぎ去ったあと。

「父上」

「ラン、覚えておけ。あれがバルバロス・ザン・グランドーンだ。おそらく帝国よりも難敵なのがあれだろうよ」

「肝に銘じておきます」

セイランはそう言ったあとも、バルバロスが消えた先をずっと睨み付けていたのだった。


結局、捕まえた間者たちのことは、スウが呼んだ護衛の人間に引き渡してそれきりだ。

彼らの処遇は、偉い人間が考えること。

自分は魔力計の情報漏洩を避けられたのならそれでいいのだ。

あのあとどうなっただろうかと思いを馳せることも、うまくことが運べたことを祈る必要もない。

……というか、書類仕事に追われてそんなことを考える暇すらないのだが。

書類仕事に一区切りついたあと、机の上に置かれた『とあるもの』に目を落とす。

それは、スチールランタンだ。それも、ガウンの持っていたものとまったく同じタイプのもの。

これはあの事件のあと、ガウンが家に訪ねてきた際、置いて行ったのだ。

「――これはお手伝いしてもらったお礼」

「これは？」

「ボクのランタン。窓を開けると鬼火が灯って、トライブを呼び出せるんだ。もし何か困ったことがあったら、これを使ってトライブを呼んでよ。力になるから」

「へ……？」

トライブ、つまり【幽霊犬トライブ】のことだ。

間者たちを追いかけるときにもその姿を見せたが。

ガウンの意に忠実に従い、あらゆるものを追い立てるという猟犬である。

「いやこれ、かなりすごいものなんじゃ……」

「ボクの自慢の猟犬だよ」

ガウンはむふーと鼻息のようなものを鳴らして自慢げにする。

これは、妖精がその権能を行使するために使役する規格外の存在だ。

突然そんなものを扱う権利を渡されても、当たり前だがこちらは困惑しかない。

「こんなの渡されても、一体どんなときに呼び出せばいいんだよ……」

「そんなに深く考えなくてもいいよ。人手が足りないときとか、身の危険を感じたときに呼んでもらえればいいからさ」

「どうしてそこまでしてくれるんだ？　……いや、理由は察しが付くけどさ」

「もちろん、アークスくんだからだよ。あと、これは君のためだけってわけじゃないよ」

「それは？」

「この前も言ったけど、精霊や妖精が主立って困難を解決する時代は、ずっと昔に終わったんだ」

だから、人間が解決するべきだということだろう。

そして、ガウンがそれを再度ここで口にするということは、つまり。

「困難を解決させられそうなやつに、使える道具を渡しとくってことか」

「そうなるね」

その言葉には、当然ため息を禁じ得ない。

「勘弁してくれよ……そうでなくても俺は魔力が少なくて困ってるっていうのに」

「魔力が少なくてもアークスくんが戦えるっていうのは、この前証明されたよ？　スソノカミになりかけた怪物を、倒したんだ」

「あれはガウンから魔力をもらったからで」

「つまり、魔力さえあればアークスくん一人でもできるってことだよ」

「だからその魔力がないから困ってるんだってば……」

そんなことを言っても、ガウンは「だいじょうぶ」と言うばかり。

相変わらず、要領を得ない会話になる。

そして、用事は終わったというように、背を向けて、肩越しにこちらを向いて袖を振り振り。

「じゃあね。たまに遊びにくるから」

「あ、ああ」

こうして、妖精さんがお友達（？）になったのだった。

エピローグ　思惑二つ

――ポルク・ナダール。

この男は、王国では伯爵の地位を持ち、帝国との有事にはその先鋒となるべき上級貴族の一人だ。

もともとは王国北部に領地を持っていたが、反乱鎮圧の失敗や領地経営の不備などを理由に、王家に転封を命じられ、現在の西方にあるナダール領を預かるに至ったという経緯がある。

平和の引き延ばし工作のため帝国との国境に宛てがわれ、交渉などを任せられている……と言えば聞こえはいいが、真実はていのいい弾避けだ。

末々の戦争が回避できない以上は、貧乏くじであるということは否めないし、戦となれば真っ先に彼の領地が被害を受ける。それが平和の維持に尽力させる原動力にもなるだろうが、本人からすれば気が気ではないはずだ。

その辺り、中途半端に外交能力に長けていたのが裏目に出たとも言えるだろう。

そんな彼は現在、苛立ちと焦りの渦中にあった。

それは、数日前に入った報せのせいだ。

王国王太子セイラン・クロセルロードが直々に視察に来る。

その事実は、彼にとっていわば青天の霹靂であり、部下からの報告を受けた直後は顔色を失ったほど。まさか、このような時期外れに、しかも王太子直々に視察を行うとは、彼もまったく予想しなかった事柄だった。

常ならば、なにかしら不審の芽があった折はまず現地に役人を送るのが慣例だ。にも関わらず、その慣例をすっ飛ばして国政の一端を担う王太子が赴くなど、横紙破りも甚だしい。

ポルク・ナダールの頭の中をぐるぐると渦巻くのは、危惧懸念不安のいずれも。

――まさか、不正がバレたのか。

――しかしそれならば、まず王城に召喚、もしくは連行されるはず。

――では、今回の視察は、それを押さえるためのものか。

――どうなのか。

――本当なのか。

――今後どうなるのか。

だんだんと思考が鈍麻していくのに反比例して、領城の応接室に向かう足が自然と早くなっていく。

後ろからしきりにかけられる従者の声も、ほとんど頭に入ってこない。

お待ちを。

資料が。

などと、焦った声を上げながら追随する、そんな従者への配慮が行き届かないほどには、ポルクには余裕がなかった。

……いま応接室には、客人を待たせている。

それは、ポルクの共犯者とも言うべき者だ。

ポルクが応接室に入ると、部屋にはすでに男がおり、ソファに腰かけていた。

年齢は四十代も半ば。護衛である歳若い従者を二人後ろに立たせ、一人上質な革張りのソファの柔らかさを堪能している。

ソファの上で足を組んで紙たばこを吸う様は、上級貴族の前に出る者の態度としては、まったくそぐわない横柄ぶりだ。まるで我が物顔。己が高貴な者の客ということをまったく弁えていないとも思える不躾さが窺える。

だが、ここではそれが許される。この客人は、王国貴族の権威が届かない場所にいる人物なのだ。むしろ、立場の上下を言えば、この客人の方に天秤が傾いているとも言える。

ワックスで神経質に固められた黒髪。横柄そうな態度とは裏腹に、顔つきは実直そのもの。それを見るに、この傲慢な態度が、まるでそうしなければならないから行っているという、規範への忠実さの表れのようにも感じられる。

事実、そうだ。この男は、自分が上位者であることを形式的に示すべく、このような態度を取っているにすぎないのだから。

身に付けるまといは、王国の形式とは別種の様相。

黒を基調とした制服。

肩から渡される金の飾緒。

十字と星をかたどった勲章。

神経質という言葉が似つかわしいほど細部にまでこだわった意匠はまさしく、敵国であるギリス帝国の軍服に他ならない。

そんな男は、ポルクにちらりと視線を向けると薄い笑みを浮かべて挨拶を行う。

「ポルク・ナダール伯爵閣下。ご機嫌麗しゅうございますな」

「っ、麗しくなどあるものか。笑えない冗談など止めていただきたい。グランツ将軍」

「それは失礼を。非礼、許されよ」

グランツ――ギリス帝国東部方面軍所属、レオン・グランツ。地位は方面軍に複数設けられた将軍の一人でしかないが、それでも万単位の集団を率いる立場にある。

レオンはそれが当然であるかのように、一切頭を下げる素振りも見せない。見せるのは鷹揚さに物を言わせた余裕だ。レオンの立場が上であるからこそのこの態度である。

だからこそ、ポルクにとっては苦々しい限りなのだが――

ふとレオンが手の平を差し出す。

「まず、お掛けになられたらどうか？」

その物言いは、まるで自分の城にでもいるかのよう。ポルクは矜持を逆なでされたことで腹が立つが、「わかっている」と殊更神妙に口にして、どかりとソファに腰を下ろす。

そして、

「手紙にも認《したた》めてあったゆえ、すでにそちらもわかっているとは思うが」

「王太子が視察に来るというのだな」

「そうだ。あの小僧め突然何を思ったのか……」

「王太子の才知が風聞通りであれば、貴公の背任を察知したということだろう」

「それはない！　隠蔽は完璧だった！　これまでも監察局の内偵だろうと、ことごとくをかわしている！」

「確かに、それは事実だろうな」

レオンはポルクの言葉に同意する。

彼が調べた範囲でも、確かに監察局や役人に気取られた様子はない。

ポルクは役人たちが動くことを察知するや否や、巧みに立ち回ったり、ときには鼻薬を嗅がせたりと、そつなく動いた。

その辺りの手腕は、褒めてしかるべきところだが。

「しかし、それは役人どもだけだ。下々の口までは抑えられてはいない」

「なんだと？」

「我らが調査した限りでは、おろそかになっている部分がある。巷ではとうとう商人どもが騒ぎ始めたぞ？」

「おしゃべりな雀どもめ……」

ポルクが苦々しく吐き捨てる一方、レオンは口元に不敵な笑みを作る。

「むしろ、ちょうどよかったのではないか？　頃合いから考えても、潮時だ」

「ううむ……」

ポルクは唸り声を一つ上げると、レオンから事前に送って寄こされた書類を見る。

それには、ポルクの今後の身の振り方に関して、帝国からの提案が書かれていた。

だが、それはあまりに綱渡りなものだ。

王国貴族としては、破滅的とさえ言えるほど。

だが現状、ポルクがそれに従わなければならない状況に追い込まれているということも、また事実だった。

だからこそ、

「本当にこれで私の帝国での地位は約束されるのだろうな⁉」

ポルクはこうして喚き立てるのだ。

口を開けば、我利私欲、自己保身。

対するレオンとしては、辟易もするというもの。

……ポルク・ナダール。神経質そうな肥満の男。苛立ちやすく、ともすれば激しやすい。いまはせわしくなく身体を動かし、ひたすら爪を噛んでいる。物事が予定通り運ばないと、こうしてすぐに態度に現れる人間なのだ。

レオンがポルクを冷めた目で見つめていると、

「グランツ将軍！」

「……それは間違いない。皇帝陛下もすでに存じていることだ」

「言葉だけでは信じられん！　確たる証を用意してもらわねば！」

「と申されてもな。たとえ書類を残したとして、それが効力を持つかと言われれば、難しいものだ」

「私が行うのはクロセルロード家への反逆だけではない！　このうえは地位と領地すら捨てることになるのだぞ！」

ポルクの聞き分けのなさに、レオンは内心ため息を吐く。

それもすべては、自分が撒いた種なのではないのかと。

己が欲を出したせいで、こんなことになったのではないのかと。

「……嫌なら貴公の好きにすればいい。いずれにせよ貴公は、我らを頼るほかないはずだ。そうではないか？」

「ぐっ……」

「ことが露見すればいずれにせよ貴公は領地没収のうえ、死罪となるだろう。それが嫌だから、こうして我らに縋ってきたのではないのかね？」

そう。こうなった時点ですでに、ポルクの進退は窮まっているのだ。

視察に訪れれば、鼻の利く王太子のこと、事は確実に露見する。

ならば、選ぶ道はただ一つ。

王家を裏切り、帝国に付く。

ポルクが生き残る道は、もうそれしかなかった。

「…………ではこのあとはどうすればいい」

「焦る必要はない。これはもとより予想されたこと。むしろ、王太子自ら訪れるなど僥倖ですらある。貴公は当初の計画通りに進めて貰えればよい」

「……わかった。今後のこと、重ねてお頼み申し上げる」

「確かに」

……ポルク・ナダールが退出した折、しばしの忍耐から解放されたレオンはその場で疲れきったため息をつく。

実直、堅実を旨として生きて来た彼にとっては、ポルクの在り方は、貪欲で怠慢な豚そのものだ。帝国との微妙な関係を保つための背任ならばまだしものこと、私腹を肥やすために主家たる王家を裏切って、取り引きが禁じられている物品まで扱った。

そしてそれが露見しようものならば、王家の恩顧も忘れて帝国に縋りついてくる。追い詰められればなりふり構わない。まさに絵に描いたような腐敗貴族だろう。

そのくせプライドだけはやたらと高い。本人は隠しているつもりだろうが、会談中にも不満な様子が所作の端々ににじみ出ていた。

むしろそれは、レオンにとって滑稽なものにしか見えなかったが。

レオンはしばしの間、紙たばこに逃避する。

脂ぎった豚と会話するのは、逐一こうして発散しなければならないほどに不快なものだ。

紙たばこを吸い終えると、応接室の隅を向く。

見れば誰もいなかった場所に、ぼんやりと白仮面が浮かんでいた。

やがて、闇が部屋の隅から剥がれるかのように、藍色の衣をまとった何者かが現れる。

ゆったりとした法衣に身を包み、顔は仮面で隠されているため、当然男か女かはわからない。

緊張で身を固くする従者たちの一方で、レオンは落ち着いた様子を崩さなかった。

白仮面の何者かは、グランツの対面に腰をかける。

紙たばこを灰皿ににじったレオンは、ぴくりと片眉を動かし、

「……アリュアス殿、これで良いのだな？」

「ええ、上出来でしょう。この結果は、【第一種障壁陣改陣《ウォールアルター》】の見返りとして十分なものかと」

レオンがアリュアスと呼んだ白仮面の奥から聞こえて来るのは、若々しい女の声だ。まだ二十代、もしくは十代ということもあり得るほど瑞々しさが備わっている。

会話の通り、この会談の裏幕は彼女との取り引きだ。

レオンとアリュアスの、ではなく。

帝国と、彼女の所属する組織との。

新型の防性呪文の対価として、ポルク・ナダールの反逆が望まれたのだ。

だが、わからない。

「貴公……いや、貴公らは一体なにがしたいのだ？　呪文一つの見返りに、貴族一人の破滅を望み、あまつさえ戦を助長させるような真似など」

「それをあなたが知る必要はありません。レオン・グランツ将軍。この件については皇帝陛下も承知の上でのこと」

「しかしだな」

「将軍として……いえ、一個人として、得心が行かないというのですね？」

「当然だ」

国家でも、敵対関係にある貴族でもない、たかが一組織が、一貴族の身の破滅を望む。レオンにはそれが腑に落ちなかった。

ゆえにここで、その理由を追究しようとしたのだが、

「将軍閣下。軍人ならば、上の命令には従わなければならないのでは？」

「む……」

規範を持ち出されれば、実直なレオンは何も言えなくなる。

軍人とは、組織の歯車であるべきだ。その歯車が自分勝手に動き出せば、組織が立ちいかなくなるのは必定。

すでに皇帝陛下からの命は下りているため、ここでその理由を問い質したとしても、レオンのやるべきは変わらないのだ。

ふと、白仮面の奥から薄ら笑いが聞こえてくる。

「それに、これは帝国《そちら》としても、利のあることでしょう？」

「それは……」

確かに、そうだ。

最近、王国軍の魔導師部隊の練度が急激に向上したという報告が上がっている。

いまだ情報は不確定であり、どれほど練度が向上したのかは不明だが、それが事実であるにせよ事実でないにせよ、帝国軍としては一当てして戦力を評価する必要があるのだ。

そう言った点では、今回の巡り合わせは、まさに僥倖と言える。

帝国から戦を仕掛けるわけでもなく、しかし上手くいけば、帝国の損失なくことを進めることも不可能ではないのだから。

「将軍閣下もご理解しているのであれば、否はないはず」

「……承知した」

……王国の魔導師の質が高くなるのは、帝国にとっては脅威だ。王国はもともと魔導師戦力が高い国家であり、それがさらに強くなったとなれば、今後南への版図拡大を考えている帝国としては頭の痛い事柄である。

こちらは魔導師たちの力量を合わせるのも手一杯。もともと王国の魔導師には苦しめられていたが、もしこれが事実ならば、これからはさらに苦しめられることになることが予想される。

ゆえに、その実態を、確かに掴まなければならないのだ。

「……アリュアス殿、そちらでは何か掴んではいないか？」

「私どもの方でも調査中です。いずれにせよ、鍵はやはり、消費量が増えた銀にあるのではないかと」

「だろうな……」

魔導師の練度の向上。

それと時を同じくして、王国での銀の消費量が少しずつ増えているという。

それゆえに、ポルク・ナダールを介して横やりを入れたのだ。

おそらく何かが動くはずだと。

——ポルク・ナダールには、生贄になっていただきましょう。

それは、ポルクを唆す前に、アリュアスが口にした言葉だ。

それを思い出すと、いまでもレオンの背にうすら寒いものが駆け上がる。

応接室に、上品な笑い声が響く。銀の鈴を鳴らしたような、透き通った声音がなす笑声。

他者を陥れる企てにはまったく似つかわしくなく。

だからこそ不気味に聞こえて仕方がない。

やがてアリュアスは席を立つと、再び部屋の隅の闇に溶け込んでいった。

「銀の明星、か……」

そんなレオンの呟きは、噴き出した紫煙と共に、天井へと溶けていった。

南部貴族家魔導師

なんぶきぞくけまどうし

ライノール王国南部に領地を持つ貴族家に属する魔導師たち。東部はレイセフト家を筆頭に火の魔法を好んで使用し、北部では水、西部は風。南部では土、岩など、物質を操る魔法の大家が多い。国定魔導師の一人、ガスタークス・ロンディエルが当主を務めるロンディエル家や、ケイン・ラズラエルのラズラエル家などがこれに含まれる。

石秋会

せきしゅうかい

王国にある、魔法を教える私塾のようなものの一つ。主に南部の土や岩を用いる魔導師で構成されており、一大派閥となっている。才ある魔導師を多く輩出し、魔法院の講師もここの出の者が多い。

魔法の種類

まほうのしゅるい

種類は大別して三つ。対象に直接的、間接的に害を与える【攻性魔法】。使用者や対象者の身を守る効果を持つ【防性魔法】。前二つとは違う効果を持つ【助性魔法】。これ以外にも、主に補助的な目的で使われるが、攻撃力のある【助性攻性魔法】。攻防一体の効果を持つ【攻性防性魔法】。三種類の性質を合わせ持つ【複合魔法】など、種類を細かく突き詰めれば多岐に及ぶ。基本的にオリジナルを作る魔導師のフィーリングの関わるところが大きい。

北部連合

ほくぶれんごう

王国の北にある国家。いくつもの小国が集まった国家連合であり、現在の盟主はメイファ・ダルネーネスが務めている。ライノール王国とは同盟関係にあり、ギリス帝国を囲む他の国家同様、帝国とは敵対関係にある。古くはアルノーザスと呼ばれていた。

錬魔力

れんまりょく

アークスが魔力を錬って生み出した加工魔力で、もっぱら魔力計の中心素材である錬魔銀の作製に使用される。既存の魔法のエネルギー源としては使用できないものの、通常の魔力よりも密度が高くなっているため、放出しても簡単には減衰せず、そのまま物理的な攻撃に転換させることが可能。

ガウン

ガウン

紀言書は第二【精霊年代】に登場する六妖精の一つ。死者の妖精。ローブを頭からかぶったような見た目で、まるで“男の世界”のジャックオーランタンのような愛嬌のある出で立ちをしている。紀言書に描かれるが、物語の中だけの登場人物ではなく、実際に存在する超常的存在。主に墓地に現れ、呪詛(スソ)を祓い、死者の魂を弔う。他者には「ねえねえ」と言って呼びかけ、ヤマネコを嫌う。風や土を操る魔法が得意。

戦棋

せんき

アークスの世界にあるボードゲームの一つ。身分の高低、年齢にかかわらず、広く親しまれている娯楽。成り立ちは“男の世界”における将棋などとほぼ一緒だが、駒の名称はより直接的で、魔導師などの変わり種の駒も存在する。

呪詛

スソ

魔法を使用した際に生まれる残り滓のことで、魔物が生まれる原因とされている。魔法が多く使われる場所に多く存在し、特に暗渠など薄暗い場所や汚い場所に蓄積される傾向にある。魔法の効果が発揮されたあと、砕け散って消失する【魔法文字】がこれ。

スソノカミ

スソノカミ

呪詛(スソ)が集まってできた巨大な怪物。呪詛ノ神。呪詛が集まってできた負のエネルギーを原動力として活動する。生物を核とし、周囲に夥しい数の呪詛の帯をまとう。古代の魔法文明を滅ぼした原因の一つとみられているが、詳しいことは不明。

識格

しきかく

言葉に関する知識がどれだけ高いかを表す言葉。高い識格を持つ魔導師は、魔導師としての力量が高い。識格が高いと魔法に補正がかかる……というよりは、正しい呪文の作り方が自然とわかるようになるといった感じ。アークスたちの世界は言葉で成り立っているため、言葉を知れば知るほど存在としての格が上がり、いずれこの世の真理にたどり着くと見なされている。

海洋国家グランシェル

かいようこっかグランシェル

王国の南にある国家。海に面しており、南に広がる海洋のほとんどを手中に収めている。国家元首はバルバロス・ザン・グランドーン。海洋国家というよりは海賊国家という方が正しいか。ライノール王国とは長らく敵対しているが、国王同士の仲は存外悪くないという変わった関係。

あとがき

ご無沙汰しております。著者の樋辻臥命です。

まずは、「失格から始める成り上がり魔導師道！」二巻を手に取っていただき、ありがとうございます。

今巻は主人公アークスくんが十才～十二才になった辺りのお話で、皆様お待ちかねの魔力計の発表が描かれる巻ともなっております。

魔力計という一大発明が、彼の人生にこれからどんな影響を与えていくのか。

ともあれ、不遇を託ってきたアークスが、やっと大きく評価される場面となり、読者の皆様方におかれましては、ようやくのカタルシスを得られる展開となるかなと存じます。

やったねアークスくん！

そして今作後半は、二巻用に書き下ろした部分となります。

新しいキャラに、ＷＥＢ版には出てきていない魔法などなど、盛りだくさんなものとなっていますので、すでにＷＥＢ版を読んでくださっている皆様にも、楽しんでいただけるものかと思います。

では最後に謝辞といたしまして、ＧＣノベルズ様、担当編集者のＫ様、イラスト担当のふしみさいか様、校正会社鴎来堂様、いまも応援していただいている読者の皆様、本当にありがとうございます。

GC NOVELS

失《しっ》格《かく》から始《はじ》める成《な》り上《あ》がり魔《ま》導《どう》師《し》道《どう》!

~呪《じゅ》文《もん》開《かい》発《はつ》ときどき戦《せん》記《き》~

2

2020年3月5日　　初版発行

著　者　樋《ひ》辻《つじ》臥《が》命《めい》

イラスト　ふしみさいか

発行人　武内静夫

編　集　川口祐清

装　丁　横尾清隆

印刷所　株式会社平河工業社

発　行　株式会社マイクロマガジン社
〒104-0041　東京都中央区新富1-3-7　ヨドコウビル
[販売部] TEL 03-3206-1641／FAX 03-3551-1208
[編集部] TEL 03-3551-9563／FAX 03-3297-0180
http://micromagazine.net/

ISBN978-4-89637-985-3　C0093

本書は小説投稿サイト「小説家になろう」(http://syosetu.com/)に掲載されていたものを、
加筆の上書籍化したものです。